ERA UMA VEZ UMA CAPA

HISTÓRIA ILUSTRADA DA LITERATURA INFANTIL

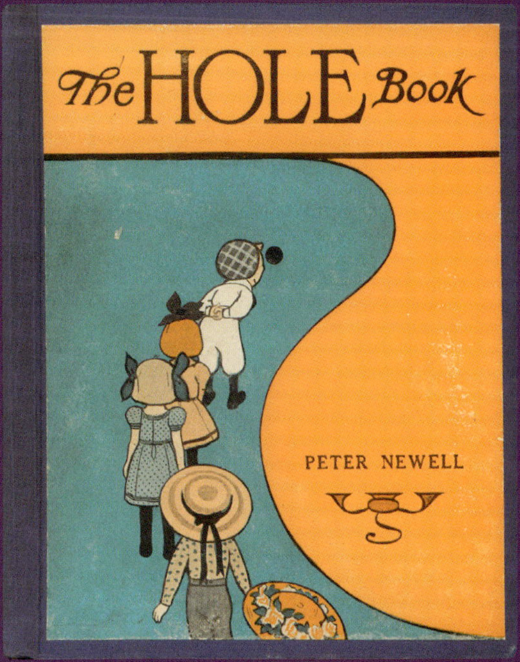

(Página 1)
The Hole Book [O livro do furo]
Peter Newell (autor e ilustrador).
Nova York: Harper Bros, 1908.
225 x 185 mm
Tom Potts dispara acidentalmente um tiro, que atravessa uma série de buracos no livro, provocando caos antes de ser finalmente parado por um bolo. Peter Newell (1862-1924) inventou vários livros cuja forma física é parte integrante da história (p. 13).

← ***We Are All in The Dumps with Jack and Guy*** [Estamos todos tristes, como Jack e Guy]
Verso popular, Maurice Sendak (ilustrador).
Nova York: Michael di Capua Books, Harper Collins, 1993. 210 x 280 mm
Capa incomum de um dos grandes artistas de livros ilustrados do século xx, traz o título na quarta capa. A enorme boca convida o leitor a entrar no livro.

ERA UMA VEZ UMA CAPA

ALAN POWERS

TRADUÇÃO OTACÍLIO NUNES

COSACNAIFY

3 GUERRA E RECONSTRUÇÃO: AS DÉCADAS DE 1940 E 1950

4 A ÉPOCA EM QUE USAMOS A FANTASIA: AS DÉCADAS DE 1960 E 1970

5 DA GUERRA FRIA À GLOBALIZAÇÃO: AS DÉCADAS DE 1980 E 1990

INTRODUÇÃO

← ***The Violet Fairy Book***
[O livro da fada violeta]
Andrew Lang (autor), H. J. Ford (ilustrador). Londres: Longmans, Green & Co., 1901. 187 x 130 mm
Suntuosa encadernação do final do período que durou quase um século cuja capa permanente do livro costumava ser objeto de ornamentação refinada. Neste exemplar, pertencente à Osborne Collection of Early Children's Books, de Toronto, o ouro está especialmente bem preservado.

Colecionadores de livros para criança pagam por itens raros somas que espantariam pessoas alheias a esse mundo antigo. Talvez as obras mais valiosas sejam aquelas que conservaram as sobrecapas originais, principalmente se forem de um período no qual se costumava jogá-las fora. Quando os livros são manuseados por crianças em casa, as sobrecapas correm o risco de se desgastar, ao passo que as grandes bibliotecas as descartam rotineiramente. Apenas as bibliotecas públicas circulantes tendem a conservá-las. Como objetos em si, as sobrecapas que atingem altos preços – como as de papel acetato que revestem os conhecidos estojos coloridos dos livros de Beatrix Potter – podem ser surpreendentemente desinteressantes, e ter o seu valor relacionado à raridade e associado a um título famoso, em vez do interesse cultural intrínseco. No caso de obras anteriores a 1914, em geral o foco de atenção do projeto gráfico era a capa, fosse flexível ou rígida, e não a sobrecapa – embora esta última, quando sobrevivia, servisse pelo menos para proteger o que estava embaixo.

É espantoso que a importância cultural das capas ainda seja negligenciada pelos bibliógrafos. A capa é parte integrante da história de qualquer livro, e a sobrecapa, em particular, nos permite visualizar o que o primeiro comprador teria levado para casa, dando por sua vez uma pista sobre o impacto que o editor desejava causar nos leitores. Em períodos posteriores, elas podiam conter informações sobre outros livros, excertos de resenhas, e às vezes informações sobre o autor.

O descaso pelas capas de livro resulta de uma disputa entre a palavra e a imagem nos processos de edição e de leitura. A tendência de as crianças lerem ilustrações, e não texto, implicou a visão de que capas atraentes demais degradam conteúdos importantes – paradigma que talvez ainda seja corrente no caso das publicações acadêmicas. As crianças, porém, não fazem uma separação tão automática entre forma e conteúdo, e podem estabelecer um vínculo emocional com um livro do mesmo modo como fariam com um brinquedo. A capa pode desempenhar funções diversas nessa conjunção. No caso de um livro ilustrado, ela pode servir de amostra das delícias que virão – uma espécie de janela para um mundo interior, mas não necessariamente a

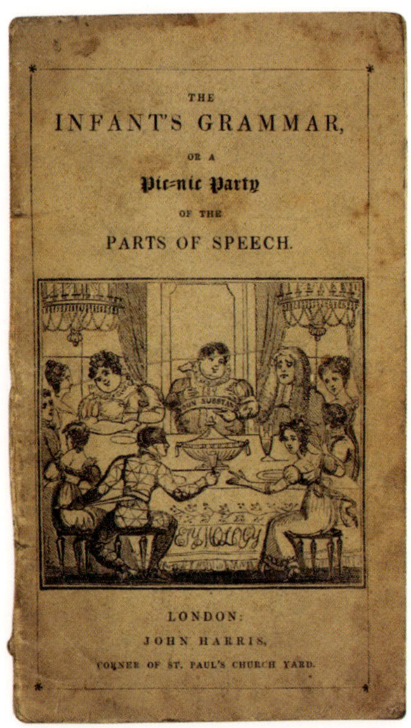

↓ ***The Infant's Grammar or a Pic-nic Party of the Parts of Speech***
[Gramática infantil ou a Festa das falas]
Londres: John Harris, 1824.
180 x 105 mm
Este exemplar de um dos mais deliciosos livros para criança do período da Regência traz a inscrição "1828". O conteúdo é didático, mas o tom é festivo, pois as diferentes falas se reúnem em roupas teatrais ao redor da mesa.

mais valiosa delas. Num romance juvenil, ela pode ser a única parte do livro impressa em cores e, portanto, a mais atraente.

A capa, sem dúvida, cumpre um papel no processo de envolvimento físico com o livro, pois, embora não se possa olhá-la enquanto se lê, ela o define como objeto a ser apanhado, deixado de lado e talvez conservado ao longo do tempo. Um de meus livros favoritos quando criança foi *Lavender's Blue*, 1954, de Harold Jones (p. 59). Penso que uma das razões é a organização hierárquica da capa, com figuras em diferentes quadrantes, como nichos arquitetônicos. As aquarelas supostamente "destinadas a crianças" de Brian Wildsmith para o *Oxford Book of Poetry for Children*, editado por Edward Blishen em 1963, não me convenceram como um novo estilo. Lembro-me ainda de observar fixa e atentamente a capa de Barnett Freedman para *The Complete Nonsense of Edward Lear*, 1947 (p. 32), talvez devido ao modo como os desenhos de Lear, colados sobre um fundo de textura e inscrições decorativas, tinham de ser olhados com cuidado. E também por causa da falsa folha de papel que portava o título, com espiral *trompe l'oeil* e extremidade pontiaguda. A capa de Lear ainda é usada pela editora Faber & Faber; quanto a *Lavender's Blue*, foi republicado pela Oxford University Press em fac-símile da edição original. Mesmo assim, tenho plena convicção de que nenhum editor hoje publicaria quaisquer desses projetos, fossem eles lançamentos. Seriam vistos como complicados demais e carentes de impacto visual imediato no que diz respeito à cor e ao projeto.

Os exemplos apresentados neste livro foram selecionados para ilustrar uma vasta gama de períodos e estilos, e não podem ser considerados os melhores representantes de excelência artística. Alguns, como as capas dos livros de A. A. Milne, foram escolhidos para exemplificar acontecimentos famosos na história da edição, ainda que apresentem uma surpreendente falta de senso estético. Outros menos famosos foram incluídos por revelarem capas maravilhosas. Peço desculpas de antemão aos leitores que não encontrarem aqui suas obras favoritas, mas espero ter ao menos evocado lembranças.

Embora a edição para crianças e jovens esteja aparentemente em alta no começo do século XXI, a qualidade dos projetos e da produção gráfica dos livros, inclusive das sobrecapas, tem se mostrado inferior a de períodos muito anteriores, quando era exigido um nível maior de habilidade e engenhosidade para se obterem cores claras e vibrantes, letras manuscritas ou papel texturizado agradável ao tato. Espero que alguns dos exemplos deste livro inspirem editores no mundo todo a apoiar azarões e arriscar mais, não só na escolha de autores e textos, como também na busca de formas estimulantes e originais de apresentá-los para os leitores.

↓ ***The Rabbit Book (The Stump Books)***
[O livro do coelho]
Mary Tourtel (autora e ilustradora).
Londres: Anthony Treherne & Co., c. 1904.
150 x 410 mm
Os livros "Stump", uma "inovação" em termos de formato, eram impressos em cores em apenas um dos lados do papel, com a capa presa por um pino de osso. Esta é uma das primeiras obras da criadora do Urso Rupert (pp. 52-3).

'He filled their listening ears with wondrous things'

1

DOS *CHAPBOOKS* AOS LIVROS-PRESENTE

Entre meados do século XVIII e a Primeira Guerra Mundial, houve uma enorme diversificação nos tratamentos dados ao projeto gráfico de livros para criança, com uma inventividade que demorou a ser superada. Os livros variavam em tamanho e em preço, do humilde ao sofisticado. Faziam uso das mais avançadas tecnologias de impressão e de manufatura de encadernação, que tornavam possíveis novos gostos e modas. Esses livros surgiram de um mundo cada vez mais complexo, embora relativamente pequeno, de editores, livreiros e gráficas, numa época em que essas funções estavam apenas começando a se distinguir e em que as pessoas criativas produziam muitos objetos genuinamente prazerosos, mas permaneciam anônimas. No final desse período, a edição norte-americana de livros para criança começou a emergir com identidade própria, desempenhando um papel importante nos eventos posteriores.

← ***Episodes of Insect Life***
[Vida de inseto: episódios]
"Acheta Domestica" [Miss E. L. Budgen] (autora), desenho anônimo da capa gravado por "Staples". Londres: Reeve, Benham and Reeve, 1849. 208 x 136 mm
Eis aqui um ótimo exemplo de encadernação vitoriana em tecido para um texto de história natural, gênero popular na época.

←*Three Little Pigs* [Os três porquinhos]
Nova York: Raphael Tuck & Sons Co., (Father Tuck's Nurseryland Series), c.1890.
Um exemplo de capa em cromolitografia, impressa principalmente na Alemanha e popular na Inglaterra e nos Estados Unidos na década de 1890. Desencadeou um movimento no sentido de se ilustrarem livros para criança de maneira genuinamente mais artística.

A encadernação em tecido começa a ser feita entre 1820 e 1830, originalmente usando material de cortinas, e teve um efeito imediato na indústria editorial. Exemplares com esse acabamento podiam ser produzidos em maior número do que aqueles encadernados em couro. Além disso, permitiam usar elementos decorativos, bastando para isso alguns golpes de uma prensa que estampava [*arming press*]. Os livros para criança haviam apontado o caminho para um tratamento decorativo da capa, normalmente concentrado na frente e na lombada e, por sua vez, os livros para adultos se tornaram cada vez mais elaborados. Os títulos eram estampados em ouro, tinta colorida, zinco ou bronze em baixo-relevo, alto-relevo ou uma combinação de tudo isso. Na década de 1860, surgiu a moda de colar gravuras ou fotografias impressas na capa. Em meio a toda essa riqueza, a relação conceitual entre a capa e o miolo em muitos casos quase se perdia. Mesmo que o livro tivesse ilustrações, a capa, embora fosse a parte mais destacada, não era necessariamente obra do mesmo ilustrador. As encadernações de livros de ficção do final do período vitoriano (1837-1901) e início do eduardiano (1901-10), conforme mostrado nas capas das aventuras históricas de G. A. Henty (1832-1902), eram uma continuação direta desses estilos, quase sempre obra de ilustradores anônimos da indústria do livro.

Nesse período, os livros para criança continuaram a ser produzidos com capas de papel e se beneficiaram do desenvolvimento da impressão em cores usando múltiplas matrizes de madeira, patenteada em 1835. Sir Henry Cole (1808-82) introduziu os livros para criança em outras áreas de conhecimento, com a intenção de reformar os padrões de projeto gráfico. Com o editor Joseph Cundall, iniciou a série Home Treasury, com capas de papel impressas com um padrão elaborado de cores (p. 16). Cole ajudou a revigorar a edição de livros para criança, que fora adversamente afetada pelas influências evangélicas nas décadas de 1830 e 1840. No entanto, a obra *Struwwelpeter*, que chegou da Alemanha em 1848 (p. 36), inspirou a forma e o tamanho dos livros ilustrados posteriormente, além de lhes conferir um tom mais descontraído. George Routledge (1812-88) iniciou a publicação da série Aunt Mavor's Picture

↓ **"Uma estante eduardiana"**
Foto de *Plain and Fancy*, exposição de capas e encadernações de livros da Osborne Collection of Early Children's Books, Toronto Public Library, 2001.
Essas encadernações de livros de ficção, típicas da década de 1890, são cheias de cores e detalhes. As cores fortes dos tecidos eram um bom fundo para as estampas douradas e sugerem os uniformes militares desse período do imperialismo britânico.

→ ***Peter Pan in Kensington Gardens***
[Peter Pan no Kensington Gardens]
J. M. Barrie (autor), Arthur Rackham (ilustrador). Londres: Hodder & Stoughton, 1907. 257 x 190 mm
Este era um dos mais famosos livros-presente eduardianos e trazia as memoráveis pranchas coloridas de Rackham. Questionou-se se o texto estranho e extravagante seria realmente considerado infantil. Já a encadernação é relativamente simples. A tipografia da capa é manuscrita e mostra influência do *art nouveau*.

→ ***The Wonderful Wizard of Oz***
[O mágico de Oz]
L. Frank Baum (autor), W. W. Denslow (ilustrador). Chicago: G. M. Hill, 1900. 245 x 172 mm
Esta primeira edição de um dos clássicos do novo século exibe gravação em duas cores de concepção ousada sobre uma encadernação em tecido, produzida com diversas cores, inclusive verde-claro. Na quarta capa, os três companheiros na Estrada de Pedras Amarelas são retratados em medalhões. O cãozinho Totó aparece na lombada. O livro foi lançado com uma sobrecapa de papel verde-claro impressa em verde-esmeralda, cor relevante para a narrativa.

↓ ***The Slant Book*** **[*O livro inclinado*]**
Peter Newell (autor e ilustrador). Nova York: Harper & Bros, 1910 / São Paulo: Cosac Naify, 2008.* 225 x 185 mm
Peter Newell especializou-se em formatos originais no início do século XX (p. 1). Quando o livro é colocado na vertical, a visão de cima para baixo mostra os personagens perseguindo um carrinho de bebê. Foi lançado primeiro com sobrecapa azul e branca com as mesmas figuras correndo, mas também com o objeto de sua perseguição – uma criança em um carrinho em fuga, que desaparece na primeira capa e surge na lombada.

* As referências a edições brasileiras foram incluídas somente quando o ilustrador ou o capista é o mesmo da edição original. Em alguns casos, embora preserve o ilustrador, a capa pode apresentar layout diferente. Nas legendas, as indicações de local, editora e data da edição brasileira procedem as da original. [N. E.]

Books em 1852, com a história *The Old Cornish Woman*. Esta foi levada a Londres para a Grande Exposição de 1851 (organizada basicamente por Cole), com uma capa de cor azul impressa com a ilustração característica da série, mostrando a "Tia Mavor" rodeada por crianças.

Os "livros-brinquedo" que Routledge e seu então sócio Frederick Warne (1825-1901) desenvolveram durante as décadas de 1850 e 1860 foram destaque notável da editoração da segunda metade do século XIX. Com um número de páginas padrão e formato maior que o usual, tinham um único caderno de páginas, costuradas com a capa. Esta era composta de duas folhas de papel impressas empastadas verso contra verso, ou, no caso dos livros mais caros, com linho entre elas para aumentar a resistência. Desde o início, os livros-brinquedo se caracterizavam por capas coloridas e vibrantes, a maior parte delas impressa por Edmund Evans (1826-1905), que preferia continuar usando matrizes de madeira e não o processo mais recente (e potencialmente mais barato) da litografia. Na década de 1860, esses livros viveram uma moda de tratamento tipográfico "de letreiros", com maiúsculas sombreadas em negrito contra fundos de uma cor só.

Os ilustradores começaram a sair do anonimato da metade do século e, quando Evans "descobriu" Walter Crane (p. 18), os livros-brinquedo passaram a ser pensados como se fossem obras de arte. A cromolitografia combinou-se à impressão em blocos de madeira na década de 1880, e muitos editores encomendavam trabalhos da firma bávara de Ernest Nister. As ilustrações de Arthur Rackham para o livro *Ingoldsby Legends*, em 1898, assinalaram um momento significativo, quando a impressão em quadricromia, que permitia a reprodução fotográfica de um original colorido, foi apresentada como integrante de uma nova fórmula para obter "livros-presente" (*gift books*) – que eram itens de luxo. Diferentemente dos livros-brinquedo, estes tinham ilustrações montadas sobre cartão cinza, separadas do texto e agrupadas no final do volume. Na Inglaterra, Rackham era o principal ilustrador de livros-presente, enquanto Howard Pyle exercia esse papel nos Estados Unidos. Esses livros normalmente tinham sobrecapa, com uma prancha do miolo colada (p. 33), mas o tratamento da capa encadernada era relativamente simples.

DOS PRIMÓRDIOS À REGÊNCIA

Os exemplos destas páginas mostram o surgimento de um estilo peculiar de encadernação e apresentação de livros para criança. Eles pertencem a uma sociedade descrita por F. J. Harvey Darton, em sua clássica análise histórica sobre o tema, como: "Puramente classe média e puramente inglesa, de temperamento essencialmente urbano – algo incomum naquele século agrícola. As pessoas sentiam-se intimidadas pela ideia de cometer erros ou fazer coisas inadequadas, mas eram confiantes e felizes com suas próprias opiniões. [...] São livrinhos sobre coisinhas". Harvey Darton diz ainda, sobre o editor John Newbery, que: "A encadernação foi um de seus presentes mais graciosos para a biblioteca infantil". Numa época em que os editores costumavam lançar livros sem encadernação, Newbery entendia que os livros para criança podiam ser diferentes.

A era dos sucessores de Newbery, John Marshall e John Harris, é descrita por historiadores de livros para criança como a "Era da Frivolidade" ["*The Age of Levity*"], compreendida aproximadamente entre 1805 e 1823. Nesse período, a ilustração cumpriu um papel muito mais importante que nos anos seguintes. As pranchas gravadas nos livros de Harris e Marshall seguiam o costume do mercado editorial da época e eram normalmente coloridas à mão, tanto no caso de caricaturas políticas como de ilustrações de roupas ou produtos juvenis. Incluem-se aí folhas de teatro de brinquedo para recortar e montar, produzidas pela primeira vez por volta de 1811. As delicadas aquarelas quase transparentes, aplicadas habilidosamente e sem detalhes em excesso, são vistas nas três etiquetas mostradas aqui, as quais incorporam inscrições em um cenário ou objeto apropriado. A ideia de mostrar a parte traseira da carroça em *History of Whittington and his Cat*, de Hodgson, como se esta desaparecesse no miolo do livro, é um exemplo engenhoso da capacidade de fazer com que uma imagem de capa desperte a sensação física de entrar no livro.

As etiquetas coladas na frente dos livros se aproximam mais da ideia moderna de capa (nessa época, os livros para adultos ainda exibiam informações sobre a obra apenas na lombada). Elas propiciaram o uso de vários papéis coloridos, que tanta alegria acrescentaram a esses livrinhos, mas que não poderiam ter sido impressos diretamente. No caso de *The History of Little Fanny*, o livro é acondicionado em uma luva com ornamento em estilo italiano de aspecto bastante adulto, que pouco sugere as delícias que ele contém.

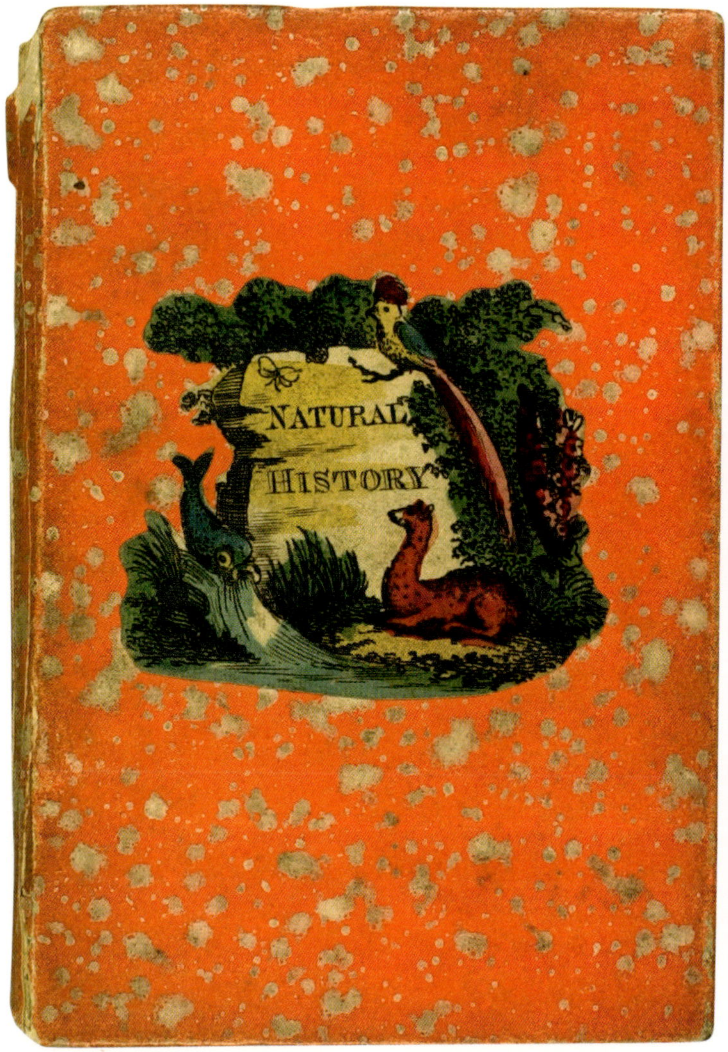

↑ ***Prints of Natural History with Description*** **(volume 1) [Vestígios da História Natural com descrições]**
Londres: John Marshall, 1802. 98 x 65 mm
O papel laranja malhado exibe uma gravura colorida à mão cuidadosamente recortada, mostrando uma coleção de criaturas de aparência bastante antinatural. A encadernação é provavelmente da década de 1820, mas o miolo foi impresso anteriormente.

→ ***The Good Girl's Soliloquy*** **[O solilóquio da boa menina]**
Nova York: Samuel Wood & Sons, 1820. 130 x 105 mm
Produção simples em estilo *chapbook* de uma gráfica norte-americana. A capa mostra a persistente convenção da moldura composta de unidades de tipos móveis enquadrando o título, uma gravura comum, uma vinheta decorativa e os detalhes-padrão da publicação, que também eram impressos na folha de rosto. Este é o exemplar que acompanha *The Good Boy's Soliloquy*, publicado pela editora inglesa Darton como uma sátira dos livros devotos sobre autoajuda. O editor norte-americano que encomendou o livro, porém, não percebeu a sátira e o publicou como um texto sério.

← ***Poetical Flower Garden with Moral Reflections for the Amusement of Children*** **[Jardim de flores poéticas com pensamentos morais para o divertimento das crianças]**
J. Bell (gravador). Londres: T. Carnan, 1778. 118 x 76 mm
Thomas Carnan (c. 1735-88) era enteado do editor John Newbery e continuou seu negócio. Essas gravuras, assim como duas semelhantes exibidas na quarta capa, não têm nenhuma relevância particular para o tema e são clichês (baixo-relevo).

→ ***The Picture Gallery for All Good Boys and Girls Shewing Them The Cries of London*** **[Galeria de imagens para todos os bons garotos e garotas verem The Cries of London]**
Londres: John Wallis, 1802. 175 x 110 mm
Uma etiqueta gravada e colorida à mão, cortada em forma de círculo, foi colada sobre cartolina azul. O *showman* com sua corneta exibe um esquilo vivo no que parece ser uma gaiola giratória com uma fileira de sinos no topo. Não é de surpreender que o poeta William Blake se desesperasse com uma nação "civilizada" capaz de tolerar tal crueldade com animais em troca de diversão e lucro.

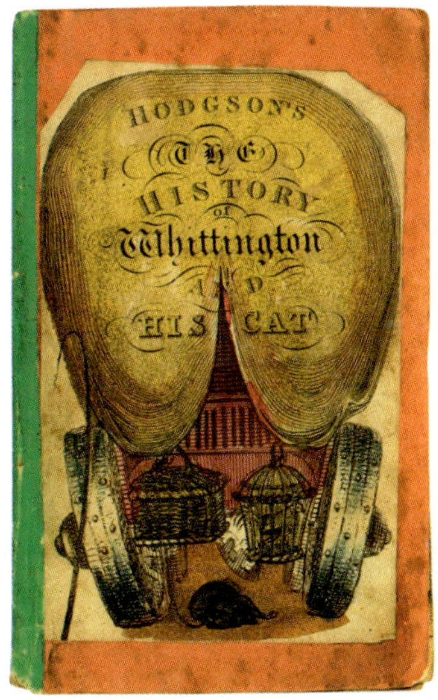

↑ ***The History of Whittington and his Cat*** **[A história de Whittington e seu gato]**
Londres: Hodgson & Co., 1822. 139 x 91 mm
O estilo da tipografia gravada seria esperado em folhas de rosto de produções mais importantes. A coloração mostra a capacidade do ilustrador de trabalhar com rapidez nessa tarefa demorada, mas a capa tira proveito da aplicação ampla de diferentes áreas de cor.

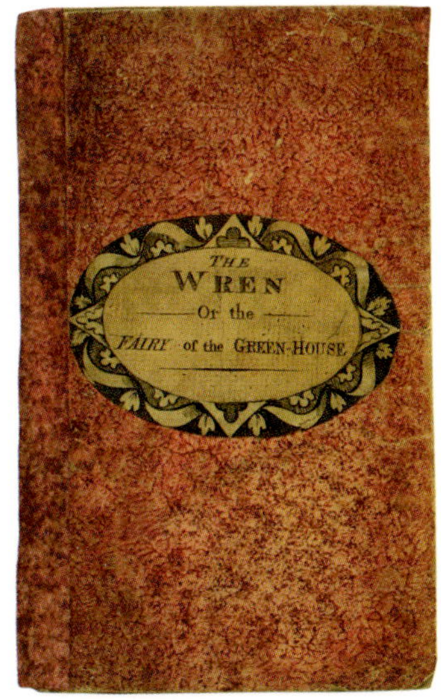

↑ ***The Wren, or the Fairy of the Greenhouse*** **[O uirapuru ou a fada do viveiro]**
Londres: John Marshall, 1805. 172 x 112 mm
O papel de encadernação vermelho mosqueado traz etiquetas ovais na frente e atrás. Livros deste estilo eram encontrados nas "Juvenile Libraries" de Marshall (p. 11).

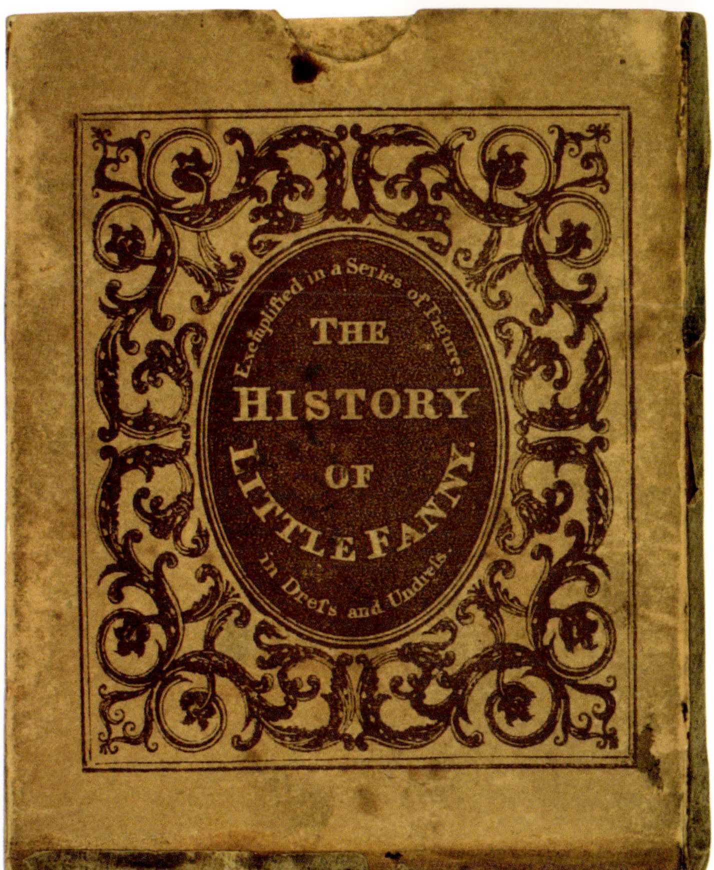

↑ ***The History of Little Fanny, Exemplified in a Series of Figures in Dress and Undress*** **[A história da pequena Fanny mostrada em figurinhas vestidas e sem vestimenta]**
Londres: S. e J. Fuller, 1830 (10ª edição). 132 x 100 mm
O livro, que é amarrado por fitas, vem em uma luva que repete o desenho de uma encadernação de papel de estilo semelhante ao dos "anuários" da época para senhoras. A verdadeira diversão está no seu interior, onde há um conjunto de vestidos cortados para uma boneca de papel. A primeira edição deste item popular foi lançada em uma carteira com tipografia-padrão em 1808.

↑ **Papel "Dutch"**
Detalhe de uma amostra do papel decorativo estampado e colorido despretensiosamente, usado com frequência no final do século XVIII para encadernar livros para criança. Esta amostra manteve o colorido original porque nunca foi de fato usada para encadernação.

EDUCAÇÃO E LAZER EM MEADOS DO PERÍODO VITORIANO

A partir da década de 1830, cresce o interesse por informações precisas sobre a produção de livros para criança. Um exemplo disso é o autor norte-americano S. G. Goodrich (1793-1860), que escrevia sob o pseudônimo de "Peter Parley". Os livros de Goodrich, populares tanto na Inglaterra como nos Estados Unidos, seguiam a tradição dos *chapbooks* e pretendiam ser uma alternativa aos contos de fada, como *Jack the Giant Killer*. Iniciada em 1843, a série Home Treasury, de Sir Henry Cole, trazia versões ilustradas de histórias clássicas da literatura infantil e foi um ataque direto ao "peter parleyísmo", visando ao mesmo tempo elevar o padrão visual e destacar aspectos da cultura nacional inglesa que Cole considerava importantes para a imaginação das crianças. A capa de Cole para *The Mother's Primer*, embora usasse técnicas então inovadoras da impressão em cores, ainda era a recriação de um estilo histórico de decoração abstrata, mais voltado para adultos que para crianças.

Entretanto, ela é típica do senso estético da época, quando capas de papel coladas sobre cartão, frequentemente exibindo grande variação de cores e padrões, eram quase sempre o aspecto mais interessante das muitas obras "edificantes" oferecidas naquele mercado em expansão. Nesse período, o desenvolvimento da encadernação mecânica barateou os livros de capa dura para crianças, e era comum decorar os títulos com desenhos atraentes, estampados em molduras ornamentadas. Enquanto isso, a tradição do *chapbook* em brochura continuou nos dois lados do Atlântico, com o reconto de histórias folclóricas e, na ausência de leis de direitos autorais eficientes, de histórias de autores mais recentes.

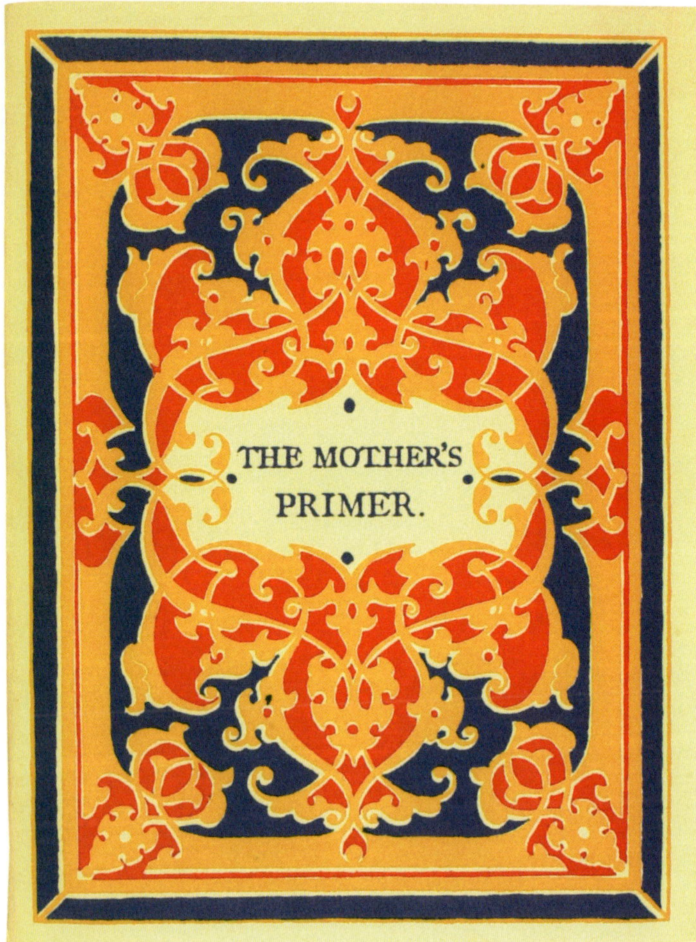

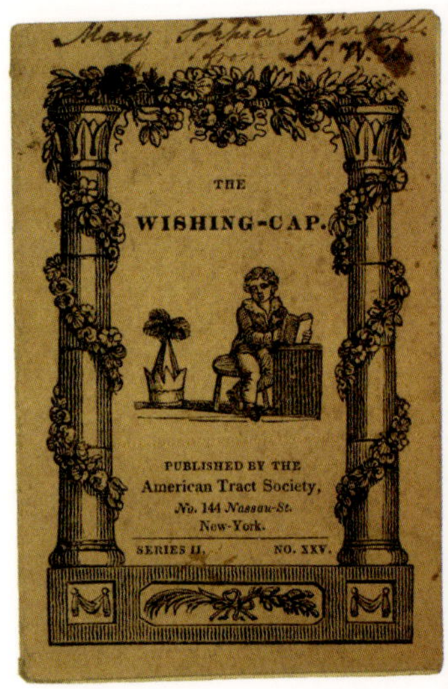

↑ ***The Mother's Primer*** [A origem da cartilha]
"Sra. Felix Summerley" [Dame Marian Fairman Cole] (autora). Londres: Longman, Brown, Green, e Longmans, 1844 (fac-símile, Osborne e Lilian H. Smith Collection, Toronto, 1970).
167 x 125 mm
Henry Cole afirmava ter se inspirado para encadernar este e o restante de sua série Home Treasury em um desenho do artista renascentista Hans Holbein.

← ***Pretty Poetry for Little Children***
[Belas poesias para criancinhas]
Augusta, Sra. Segournay e Sra. Baker (autoras). Londres: Dean e Munday, 1842.
140 x 110 mm
As crianças brincalhonas, os emblemas clássicos e os cisnes delicados eram a gravura-padrão. A capa é de cartão forrado no estilo de um almanaque do período da Regência.

→ ***The Wishing Cap*** [O gorro do desejo]
Sra. M. M. Sherwood (autora).
Nova York: The American Tract Society, s.d.
98 x 65 mm
Uma elegante moldura arquitetônica enquadra uma vinheta, que ilustra este conto moral.

→ ***The Little Man and The Little Maid***
[O pequeno homem e a pequena servente]
Providence: Winsor & Perrin, 1849. Estereotipado e impresso por G. C. Rand & Co., Boston. 190 x 185 mm
As letras maiúsculas inclinadas para trás no título são um estilo norte-americano característico, mas aplicadas a um texto e imagens de origem inglesa. A moldura usa unidades repetidas de linotipia enquadrando uma ilustração em estilo caricatural.

↓ ***The Nursery Playmate***
[Brincadeiras do jardim de infância]
Londres: Sampson, Low, Son & Marston, 1864. 300 x 229 mm
Xilogravura, papel empastado. O estilo emoldurado "rústico" usado em capas e páginas de rosto foi importado da Alemanha na década de 1840. Ele exibe uma miscelânea de imagens que indicam o conteúdo.

↑ ***Jack the Giant Killer***
[Jack, o matador de gigantes]
Londres: J. March, s.d. 172 x 109 mm
Esta tradicional história inglesa apareceu pela primeira vez no palco londrino em 1810. O livro é constituído a partir de uma única folha de papel, dobrada duas vezes, com capa berrante para chamar a atenção das crianças.

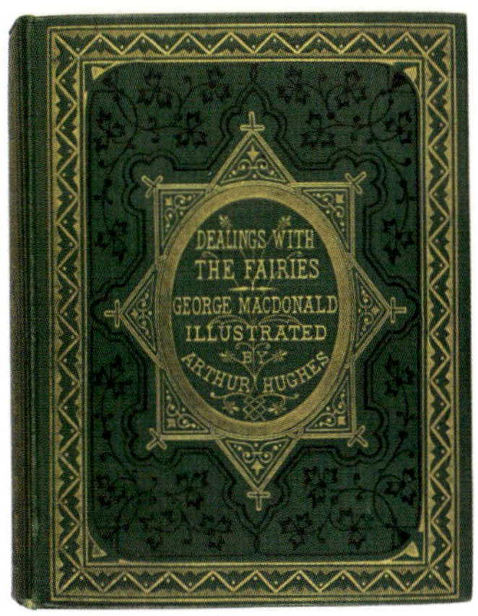

← ***Dealings with the Fairies***
[Como lidar com as fadas]
George MacDonald (autor), Arthur Hughes (ilustrador). Londres: Alexander Strahan, 1867. 140 x 107 mm
George MacDonald ofereceu uma contribuição duradoura para livros de fantasia, como *The Princess and the Goblin*. Ele era amigo de vários artistas pré-rafaelitas na Londres vitoriana, e Arthur Hughes (1832-1915), um pintor famoso, fez ilustrações evocativas para seus diversos títulos. Esta encadernação foi feita em série pelo editor, e não especialmente para este livro.

WALTER CRANE E RANDOLPH CALDECOTT

Apesar do moralismo de meados do período vitoriano, a vivacidade na produção de livros ilustrados para criança foi resgatada pela geração seguinte. Ela encontrou um formato apropriado nos atraentes livros-brinquedo, grandes e coloridos, que começaram a ser produzidos a partir da década de 1850. O impressor Edmund Evans cumpriu um papel importante na apresentação de artistas a editores. Sua primeira grande descoberta foi Walter Crane (1845-1915), que trabalhou para o editor londrino George Routledge a partir de 1865. A combinação de qualidade artística e preço baixo era uma fórmula imbatível. Crane, que tinha experiência como xilogravurista, desenvolveu diversas capas padronizadas para a série "Walter Crane's Toy Books", em que cada título era impresso com um colorido diferente. Esses projetos revelam seu entusiasmo pela ornamentação japonesa, que então apenas começava a penetrar na Europa. Crane também produziu algumas capas para títulos individuais, inclusive um porco elegantemente vestido para *This Little Pig Went to Market* (1871). Ele recordou o ceticismo com que foi recebido o volume musical com capa de cartão forrada com papel, *The Baby's Opera* (1877), descrito como "um livro de cinco xelins com encadernação de má qualidade, sem tecido e nenhum ouro". Não obstante, esse título fez tanto sucesso quanto os antecessores.

Crane deixou Routledge em 1877, quando a firma se recusou a pagar direitos autorais pelo livro, que continuou a ser bastante vendido anos a fio. Ele foi substituído pelo ilustrador Randolph Caldecott (1846-86), que concordou com um acerto de divisão de lucros com Evans quando seus primeiros livros, *John Gilpin* e *The House that Jack Built*, foram publicados, em 1878, em edições de 100 mil exemplares imediatamente esgotadas. As capas de Caldecott eram desenhadas individualmente para livros e as composições tipográficas integradas ao projeto de um modo mais leve que as de Crane. As capas também exibem seu senso de humor e sua habilidade para desenhar cenas de ação.

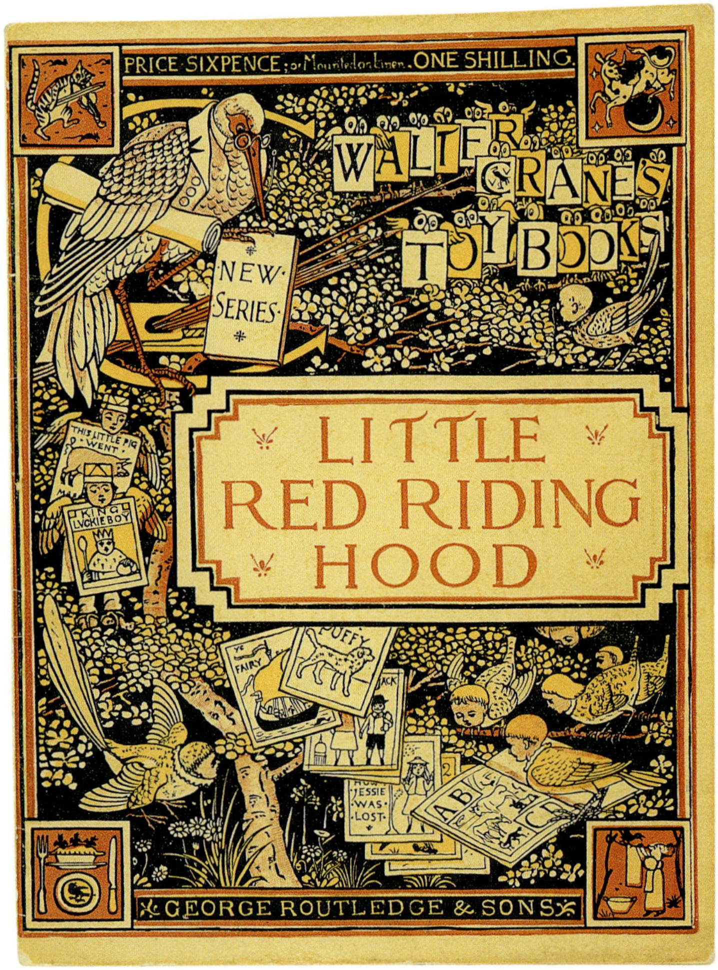

← ***Slateandpencilvania***
Walter Crane (autor e ilustrador).
Londres: Marcus Ward & Co., 1885.
224 x 224 mm
Esta história, baseada no aprendizado da escrita, foi originalmente criada por Crane para a família dele. A capa, que valoriza mais o projeto gráfico como um todo que a ilustração, mostra a influência japonesa sobre Crane (à direita).

↑ ***Little Red Riding Hood***
[Chapeuzinho Vermelho]
Walter Crane (autor e ilustrador).
Londres: George Routledge & Sons, c. 1873. 248 x 185 mm
Esta capa-padrão para a série "Walter Crane's Toy Books" mostra a influência japonesa do ilustrador pela falta de profundidade do desenho e do design assimétrico. Ele usava uma garça [em inglês, *crane*] como um rébus para seu nome, já que era especialmente bom em desenhar animais. As capas para a série de livros de Crane vendidos a um xelim em 1874 exibiam um estilo ainda mais autenticamente japonês.

→ ***A Frog He Would a-Wooing Go***
[Um sapo foi cortejar]
Randolph Caldecott (autor e ilustrador). Londres: George Routledge & Sons, 1883. 204 x 237 mm
Os gravadores que trabalhavam para o impressor Edmund Evans conseguiam produzir efeitos tonais leves na impressão em cores, que combinavam com a delicadeza dos originais de Caldecott.

↓ ***The Great Panjandrum Himself***
[O grande Panjandrum ele mesmo]
Samuel Foote (autor), Randolph Caldecott (ilustrador). Londres: George Routledge & Sons, 1885. 204 x 237 mm
Livro de rimas *nonsense* (que não rimam) do século XVIII que permaneceu em circulação até o século XIX. O professor de Caldecott, como mostra o título, começa a escrever as palavras no quadro-negro, de modo que a capa funciona como a sequência de créditos de um filme, lançando de imediato o leitor na história.

↑ ***Sing a Song for Sixpence***
[Cante uma canção por seis contos]
Randolph Caldecott (ilustrador). Londres: George Routledge & Sons, 1880. 231 x 206 mm
O arranjo do ramo de flores talvez reflita o gosto japonês, mas o estilo de desenho é típico do naturalismo de Caldecott.

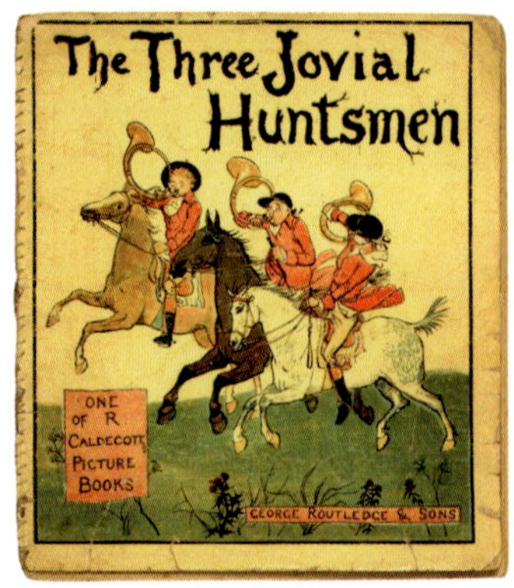

↑ ***The Three Jovial Huntsmen***
[Os três simpáticos caçadores]
Randolph Caldecott (ilustrador). Londres: George Routledge & Sons, 1880. 231 x 206 mm
A nostalgia estava em voga na época de Caldecott, pois os vitorianos começavam a avaliar suas próprias realizações e muitas vezes viam períodos anteriores com grande aprovação. A fonte usada no título faz parte da diversão.

NA MATA VIRGEM KENNETH GRAHAME

Durante o dia, Kenneth Grahame (1859-1932) trabalhava como secretário no Bank of England [Banco da Inglaterra], mas mesmo assim ainda conseguiu se firmar como autor de livros destinados ao público adulto. Suas primeiras obras, como *Dream Days*, publicada em 1898, eram mais *sobre* crianças do que *para* crianças. Como outros livros famosos para criança, *O vento nos salgueiros* surgiu das histórias de ninar que Grahame contava a seu filho único, Alastair. Elas viraram livro por insistência de uma amiga norte-americana, Constance Smedley, editora de revistas.

Embora de início tivesse sido difícil encontrar quem o editasse, a estranha mistura de humor, ação e personagens caricatos, combinada com a tentativa de observar seriamente as forças da natureza, tornou-o popular. Publicado originalmente em 1908, sua posição de destaque foi reforçada ao longo do século XX pelas muitas interpretações políticas e sociais que recebeu, inclusive aquelas enfatizadas em uma dramatização popular de Alan Bennett no National Theatre de Londres, nos anos 1980. Emissoras de televisão também adaptaram as histórias e criaram outras apócrifas, obtendo bons resultados com marionetes e *stop motion*, animação quadro a quadro.

A mais conhecida edição ilustrada de *O vento nos salgueiros* foi a de Ernest Shepard, que já se estabelecera com *O ursinho Pooh*. Ela deu forma ao Senhor Sapo e a outros protagonistas animais, concebidos de forma genial com os detalhes de fundo e os cenários naturais. O livro foi também o último título ilustrado por Arthur Rackham, em uma edição lançada pelo Limited Editions Club de Nova York, em 1940, ano seguinte ao de sua morte.

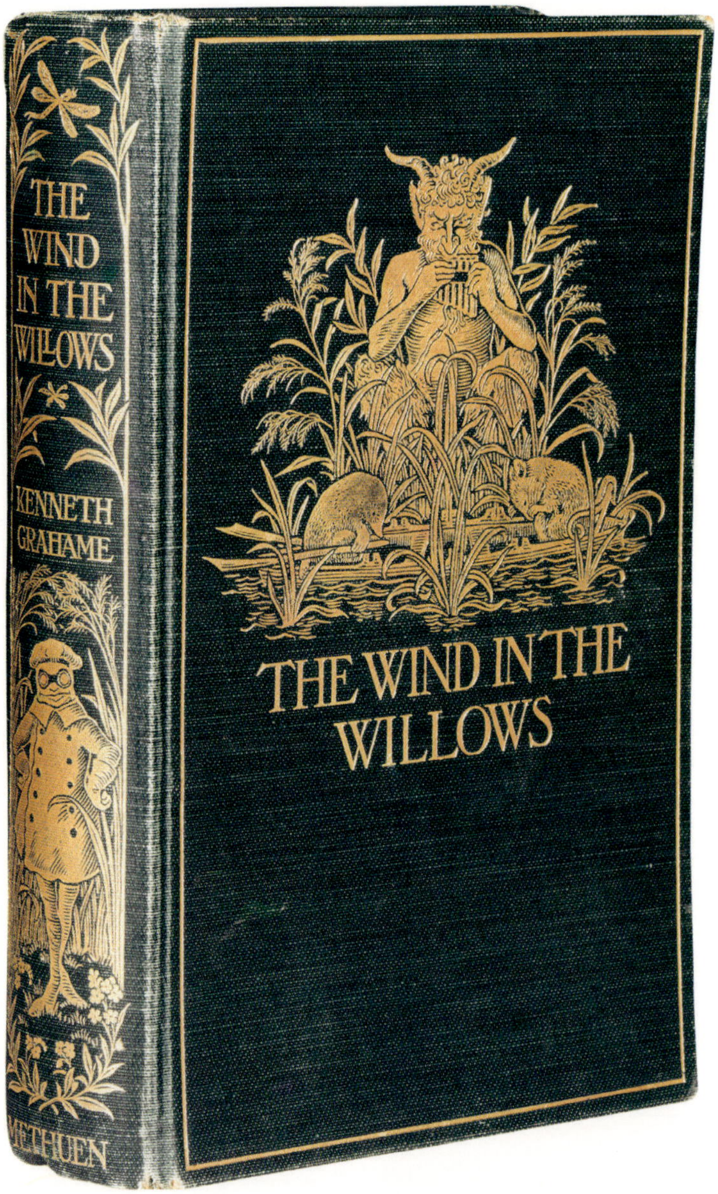

↑ ***The Wind in the Willows***
[O vento nos salgueiros]
Kenneth Grahame (autor). Londres: Methuen, 1908. 195 x 129 mm
A primeira edição exibe uma bela gravação dourada (também repetida em preto sobre uma sobrecapa de papel marrom), com ilustração de W. Graham Robertson. A capa mostra "O flautista às portas da madrugada", enquanto o Senhor Sapo aparece na lombada em sua roupa de motorista.

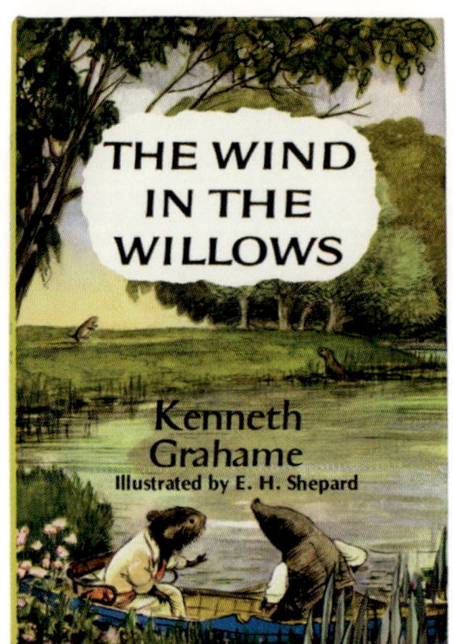

↓ ***The Wind in the Willows***
[O vento nos salgueiros]
Kenneth Grahame (autor), E. H. Shepard (ilustrador). Londres: Methuen, 1981. 205 x 139 mm
As ilustrações de Shepard foram impressas pela primeira vez em 1931, mas o longevo artista (1879-1976) foi persuadido a fazer novos desenhos de sobrecapa com aquarela, conforme se vê aqui nesta reimpressão posterior, e a colorir seu trabalho a traço, o que nem sempre beneficiava o original.

↓ ***The Wind in the Willows***
[O vento nos salgueiros]
Kenneth Grahame (autor), Sheila Lane e Marion Kemp (adaptação), Helen Fisher (ilustradora). Harmondsworth: Penguin Education, 1971. 209 x 149 mm
As ondulações levemente psicodélicas na água distrairiam o tédio, na sala de aula, dos usuários desta edição escolar.

→ ***A Frog He Would a-Wooing Go***
[Um sapo foi cortejar]
Randolph Caldecott (autor e ilustrador). Londres: George Routledge & Sons, 1883. 204 x 237 mm
Os gravadores que trabalhavam para o impressor Edmund Evans conseguiam produzir efeitos tonais leves na impressão em cores, que combinavam com a delicadeza dos originais de Caldecott.

↓ ***The Great Panjandrum Himself***
[O grande Panjandrum ele mesmo]
Samuel Foote (autor), Randolph Caldecott (ilustrador). Londres: George Routledge & Sons, 1885. 204 x 237 mm
Livro de rimas *nonsense* (que não rimam) do século XVIII que permaneceu em circulação até o século XIX. O professor de Caldecott, como mostra o título, começa a escrever as palavras no quadro-negro, de modo que a capa funciona como a sequência de créditos de um filme, lançando de imediato o leitor na história.

↑ ***Sing a Song for Sixpence***
[Cante uma canção por seis contos]
Randolph Caldecott (ilustrador). Londres: George Routledge & Sons, 1880. 231 x 206 mm
O arranjo do ramo de flores talvez reflita o gosto japonês, mas o estilo de desenho é típico do naturalismo de Caldecott.

↑ ***The Three Jovial Huntsmen***
[Os três simpáticos caçadores]
Randolph Caldecott (ilustrador). Londres: George Routledge & Sons, 1880. 231 x 206 mm
A nostalgia estava em voga na época de Caldecott, pois os vitorianos começavam a avaliar suas próprias realizações e muitas vezes viam períodos anteriores com grande aprovação. A fonte usada no título faz parte da diversão.

CLÁSSICOS DA VIRADA DO SÉCULO XX

Na década de 1890 tornou-se possível reproduzir o desenho original de um artista mecanicamente para impressão, sem a necessidade de um gravador copiá-lo à mão, como ocorria até então. A excelência da impressão de *The Violet Fairy Book* (1901, p. 6), de Andrew Lang, demonstra a qualidade que a impressão podia alcançar com um bom projeto gráfico e perícia. Os dois livros de cantigas de ninar exibidos nesta página, datados de um ano antes, usavam essa nova tecnologia. *ABC: An Alphabet*, de Mrs. Gaskin, representa o estilo *arts and crafts* em sua simplicidade caseira, enquanto a série The Banbury Cross, de tema parecido, segue o espírito mais europeu do *art nouveau*. A seleção de materiais de encadernação acompanha uma divisão estilística similar entre a contenção (mostrada no ABC) e uma forma mais expressiva (a exemplo do couro macio e dos laços de fita de *Nursery Rhymes*).

Aspectos desses dois estilos se mantiveram até o começo do século XX. A ingenuidade dos *Contos da Mamãe Ganso* pode ser contrastada com a qualidade levemente decadente de *Peacock Pie*, do irmão de Charles Robinson, W. Heath Robinson (p. 22). Ainda em 1929, o texto na capa de *Mother Goose Rhymes* mostra certa influência do *art nouveau*.

↑ ***Nursery Rhymes, The Banbury Cross Series***
[Cantigas de ninar da coleção Banbury Cross]
"Preparadas para crianças por Grace Rhys."
Londres: J. M. Dent & Co., 1895. 149 x 93 mm
Vibrantes formas laranja em estilo *art nouveau* se erguem atrás de uma criança precariamente sentada nesta capa, que dialoga com a compreensão de infância dos adultos, por meio do movimento *new art* no continente.

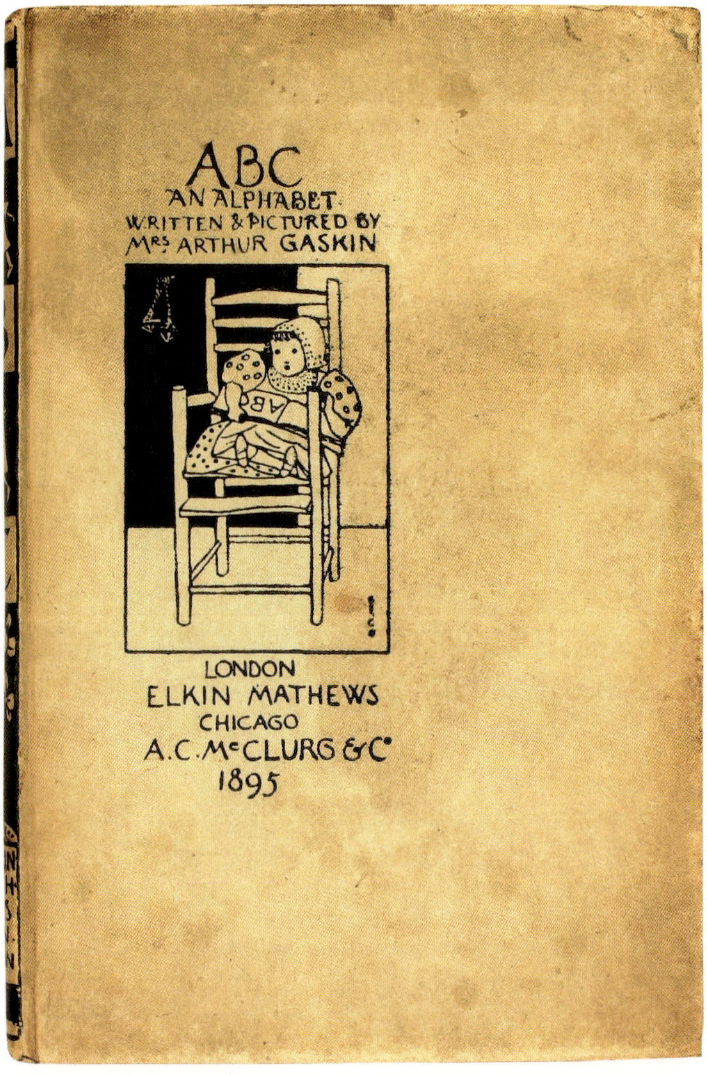

← ***ABC: An Alphabet*** [O alfabeto ABC]
"Escrito e ilustrado pela Sra. Arthur Gaskin".
Londres: Elkin Mathews, 1895. 195 x 135 mm
Imitando um pergaminho, esta modesta encadernação é fruto da vanguarda da década de 1890 na Inglaterra, embora as imagens sejam nostálgicas.

↓ ***Rag, Tag, and Bobtail***
[Trago, Farrapo e Rabicó]
Edith Farmiloe (autora e ilustradora), Winifred Parnell (versos). Londres: Grant Richards, 1899. 234 x 310 mm
Este livro de versos ilustrados tem encadernação com lombada de couro e papel listrado, impresso com um desenho sem sofisticação feito pela mulher do pároco da igreja de St. Anne, em Soho, Londres.

→ ***Mother Goose Rhymes***
[Canções da Mamãe Ganso]
Willy Pogány (ilustrador). Londres: George G. Harrap, [1929]. 190 x 80 mm
Willy Pogány (1882-1955) nasceu na Hungria e trabalhou em Londres entre 1906 e 1915 como um dos artistas mais conhecidos de livros-presente. Este é um exemplo tardio de sua ilustração, que dava prosseguimento ao estilo eduardiano.

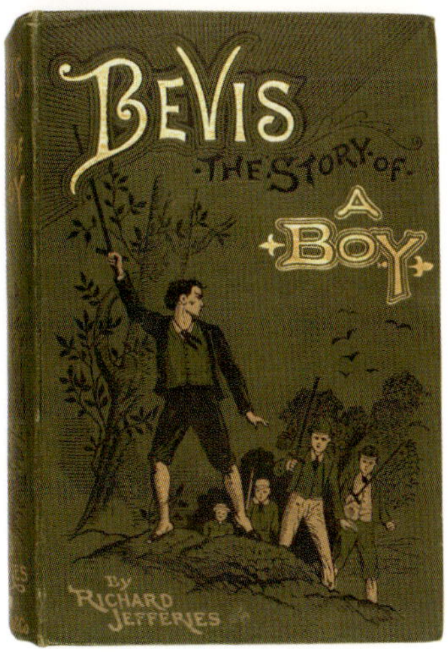

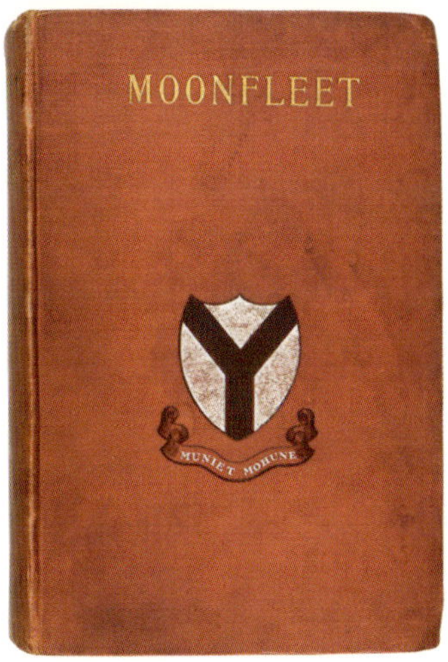

↑ ***Bevis, the Story of a Boy***
[Bevis, a história de um garoto]
Richard Jefferies (autor). Londres: Sampson, Low, Marston & Co., 1893. 190 x 125mm
Richard Jefferies tratava de temas rurais com ênfase na realidade e nas qualidades espirituais da natureza.

↑ ***Moonfleet***
J. Meade Falkner (autor). Londres: Edward Arnold, 1898. 200 x 130 mm
A encadernação mostra o brasão da família fictícia Mohun, *On a field argent, a cross-pall sable* [Num campo prateado, a cruz negra da mortalha], que desempenha um papel na história. No mais, esta é uma encadernação lisa de tecido vermelho tipicamente usada para textos de ficção no final do período vitoriano.

← ***The Adventures of Two Dutch Dolls***
[Aventuras de duas bonecas holandesas]
Bertha Upton (autora), Florence K. Upton (ilustradora). Londres: Longmans, Green & Co., 1895. 222 x 285mm
Este é o primeiro livro da série de Florence K. Upton (1873-1922) e sua mãe, Bertha (1849-1912). Os livros fizeram sucesso instantâneo com suas bonecas de diferentes tamanhos baseadas nos brinquedos baratos de madeira feitos no Tirol. Golliwogg, personagem inventado por elas, logo se tornou realidade nas lojas de brinquedos, além de inspirar "Golliwogg's Cake Walk" na *Children's Corner Suite for Piano* (1906-8), de Claude Debussy.

Tão logo a duradoura atividade de xilogravura, feita a partir das ilustrações originais do artista ou de projetos de capa, foi solapada pela nova técnica de gravação mecânica, na década de 1890, houve uma sensação de perda e nostalgia por um método que produzira tantas obras maravilhosas em períodos anteriores. Brincar conscientemente com o primitivismo era um traço característico da edição de livros para criança que remontava ao início da era vitoriana, pois mesmo a série Home Treasury, de Henry Cole, era montada em tipos que seguiam o estilo do século XVIII. Esse procedimento, entretanto, atingiu o auge na década de 1890, com as evocações deliberadamente evidentes das técnicas primitivas de impressão feitas por Andrew Tuer, da Leadenhall Press, cujos livros eram destinados a adultos. O mesmo vale para *An Alphabet*, de William Nicholson, que recaptura o espírito de um *chapbook*, embora seu tamanho seja muito maior. Custava o mesmo que um livro de arte para adultos, o que não prejudicou em nada sua popularidade. A única concorrência para tais livros teria vindo de obras cromolitografadas impressas na Alemanha, mas estas ofendiam o sentimento patriótico inglês e tinham qualidade artística duvidosa.

Hoje, podemos considerar óbvias as marcas desse entusiasmo por estilos arcaicos, tais como as capas dos livros de Beatrix Potter desde 1902 (pp. 26-7), que, com seu acabamento em papel rústico, iniciaram um afastamento da tendência anterior. Na época, havia o desejo de proteger a inocência da infância da dura realidade do mundo moderno. Isso pode ser exemplificado com o extraordinário sucesso de *Peter Pan*, de J. M. Barrie, e se reflete na capa de *Anne's Terrible Good Nature*, que mostra crianças bem-comportadas em um cenário idealizado. Depois de 1895, os livros ilustrados foram parcialmente dominados pelo formato livro-presente (p. 13), embora Leslie Broke e os Uptons oferecessem alternativas mais vívidas no casamento entre ilustração e texto.

↑ ***Stories of Mother Goose Village***
[Contos da Mamãe Ganso]
Madge A. Bigham (autora). Chicago: Rand, McNally & Co., 1903. 233 x 179 mm
Repetir um motivo simples era um dos artifícios favoritos do movimento *arts and crafts*, conforme exemplificado no grupo de gansos presente na capa deste livro americano que daria um bom papel de parede infantil. O título, com a vogal "o" sobreposta, é igualmente típico do período.

↑ ***Peacock Pie*** **[Pastel de pavão]**
Walter de La Mare (autor), W. Heath Robinson (ilustrador). Londres: Constable, 1916. 220 x 175 mm
William Heath Robinson (1872-1944) era o irmão mais novo de Charles Robinson (p. 34) e alcançou sucesso como ilustrador de livros para criança com a esdrúxula história conduzida por imagens *Uncle Lubin* (1902). Essa coletânea de rimas para crianças feita por De la Mare (1873-1956) foi lançada originalmente em 1913 sem ilustrações. Das muitas edições ilustradas, a favorita do poeta foi a de Claud Lovat Fraser, publicada em 1924, três anos após a morte do artista.

→ ***The Story of the Treasure Seekers***
[A história dos caçadores de tesouros]
"E. Nesbit com ilustrações de Gordon Browne & Lewis Baumer", Gordon Browne (capa). Londres: T. Fisher Unwin, 1907. 200 x 125 mm
A capa, gravada em dourado sobre tecido vermelho, reproduz um dos desenhos de traço fino de Gordon Browne da primeira das novelas infantis famosas de Enid Nesbit (1858-1924) que retratam a família Bastable.

↓ ***Anne's Terrible Good Nature and Other Stories*** [O terrível bom gênio de Anne e outras histórias]
E. V. Lucas (autor), A. H. Buckland (ilustrador), F. D. Bedford (capa). Londres: Chatto & Windus, 1908. 194 x 132 mm
Belo projeto impresso em cores de um artista cuja formação de arquiteto fica evidente em seu tratamento certeiro da escultura do parque. Lucas (1868-1958) escreveu e editou diversos livros para criança.

↑ ***An Alphabet*** [Um alfabeto]
William Nicholson (autor e ilustrador). Londres: William Heinemann, 1898. 317 x 255 mm
Este magnífico livro de formato grande foi obra de um artista gráfico e pintor em ascensão (1872-1949) mais conhecido por seus cartazes. A ilustração unidimensional do cartaz, inspirado por sua vez pela França e pelo Japão, é a base dos efeitos criados pelo artista em *An Alphabet*, onde ele aparece em um autorretrato na primeira página: "O A era um Artista". A quarta capa traz um moinho de vento, logotipo criado por Nicholson para Heinemann e usado por muitos anos.

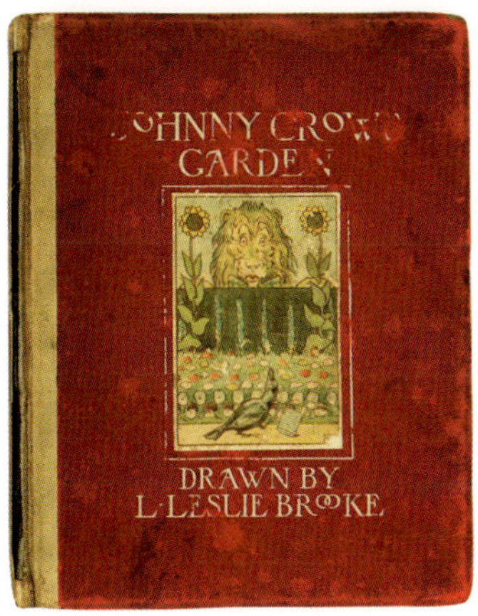

← ***Johnny Crow's Garden***
[O jardim de Johnny Crow]
"Ilustrado por L. Leslie Brooke." Londres: Frederick Warne, 1903. 210 x 165 mm
O estilo de encadernação deste tradicional livro de rimas é semelhante ao de Beatrix Potter editado por Norman Warne, com tipos delineados na capa impressos sobre cartão forrado com papel e uma prancha colorida recortada sobre um painel central em baixo-relevo.

NA MATA VIRGEM KENNETH GRAHAME

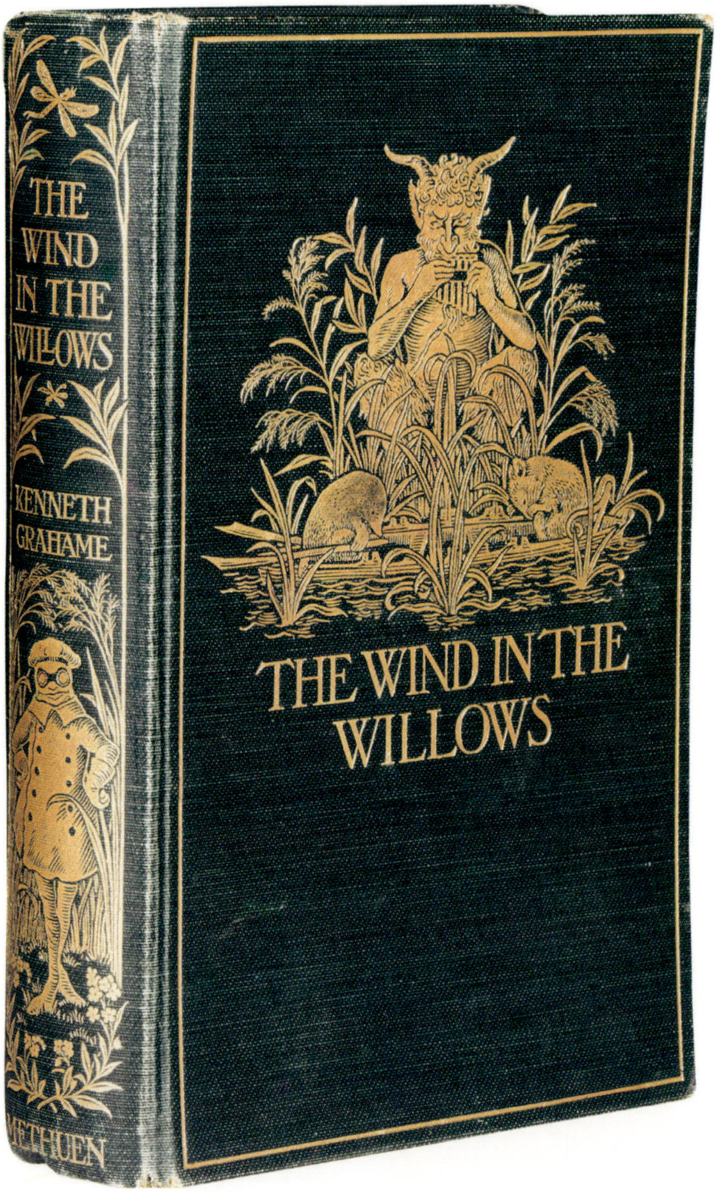

Durante o dia, Kenneth Grahame (1859-1932) trabalhava como secretário no Bank of England [Banco da Inglaterra], mas mesmo assim ainda conseguiu se firmar como autor de livros destinados ao público adulto. Suas primeiras obras, como *Dream Days*, publicada em 1898, eram mais *sobre* crianças do que *para* crianças. Como outros livros famosos para criança, *O vento nos salgueiros* surgiu das histórias de ninar que Grahame contava a seu filho único, Alastair. Elas viraram livro por insistência de uma amiga norte-americana, Constance Smedley, editora de revistas.

Embora de início tivesse sido difícil encontrar quem o editasse, a estranha mistura de humor, ação e personagens caricatos, combinada com a tentativa de observar seriamente as forças da natureza, tornou-o popular. Publicado originalmente em 1908, sua posição de destaque foi reforçada ao longo do século XX pelas muitas interpretações políticas e sociais que recebeu, inclusive aquelas enfatizadas em uma dramatização popular de Alan Bennett no National Theatre de Londres, nos anos 1980. Emissoras de televisão também adaptaram as histórias e criaram outras apócrifas, obtendo bons resultados com marionetes e *stop motion*, animação quadro a quadro.

A mais conhecida edição ilustrada de *O vento nos salgueiros* foi a de Ernest Shepard, que já se estabelecera com *O ursinho Pooh*. Ela deu forma ao Senhor Sapo e a outros protagonistas animais, concebidos de forma genial com os detalhes de fundo e os cenários naturais. O livro foi também o último título ilustrado por Arthur Rackham, em uma edição lançada pelo Limited Editions Club de Nova York, em 1940, ano seguinte ao de sua morte.

↓ ***The Wind in the Willows***
[O vento nos salgueiros]
Kenneth Grahame (autor), E. H. Shepard (ilustrador). Londres: Methuen, 1981. 205 x 139 mm
As ilustrações de Shepard foram impressas pela primeira vez em 1931, mas o longevo artista (1879-1976) foi persuadido a fazer novos desenhos de sobrecapa com aquarela, conforme se vê aqui nesta reimpressão posterior, e a colorir seu trabalho a traço, o que nem sempre beneficiava o original.

↓ ***The Wind in the Willows***
[O vento nos salgueiros]
Kenneth Grahame (autor), Sheila Lane e Marion Kemp (adaptação), Helen Fisher (ilustradora). Harmondsworth: Penguin Education, 1971. 209 x 149 mm
As ondulações levemente psicodélicas na água distrairiam o tédio, na sala de aula, dos usuários desta edição escolar.

↑ ***The Wind in the Willows***
[O vento nos salgueiros]
Kenneth Grahame (autor). Londres: Methuen, 1908. 195 x 129 mm
A primeira edição exibe uma bela gravação dourada (também repetida em preto sobre uma sobrecapa de papel marrom), com ilustração de W. Graham Robertson. A capa mostra "O flautista às portas da madrugada", enquanto o Senhor Sapo aparece na lombada em sua roupa de motorista.

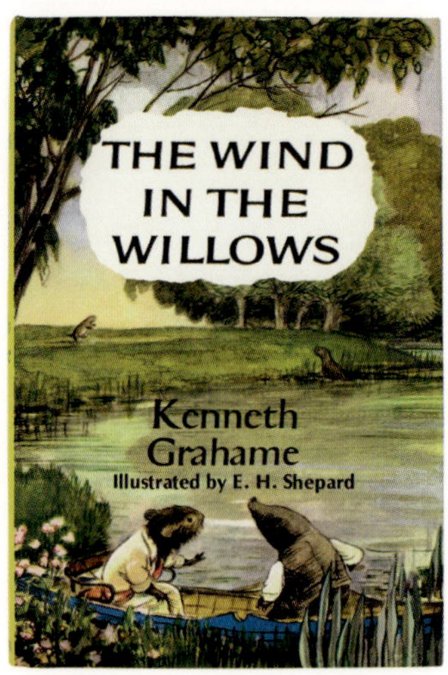

→ ***Kenneth Grahame's The Wind in the Willlows, A Pop-up Book*** [O vento nos salgueiros, edição *pop-up*]
Babette Cole (ilustradora). Londres: Methuen, 1983. 274 x 198 mm
Quando os direitos autorais de Kenneth Grahame expiraram, em 1982, houve muitas adaptações de seu título mais famoso. Com este livro *pop-up*, o editor original entrou na competição.

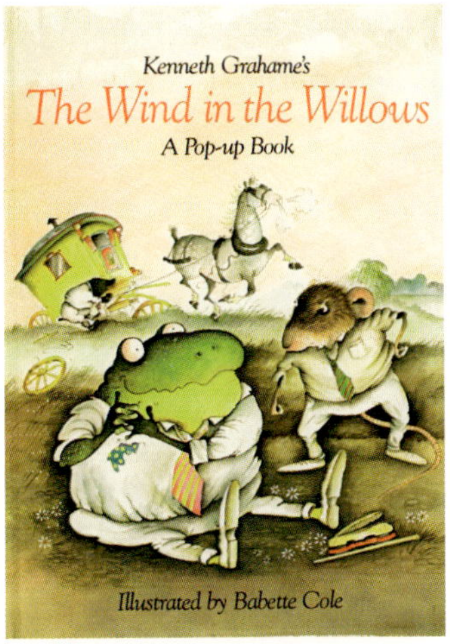

↓ ***Sweet Home*** [Doce lar]
"Ilustrado com fotografias coloridas de Paul Henning." Londres: Methuen, 1946. 213 x 140 mm
Em 1946 a impressão de fotografias em cores ainda era novidade, e esta história, um único capítulo extraído de *O vento nos salgueiros*, teria acrescentado mais um título ao catálogo do editor em uma época de racionamento de papel.

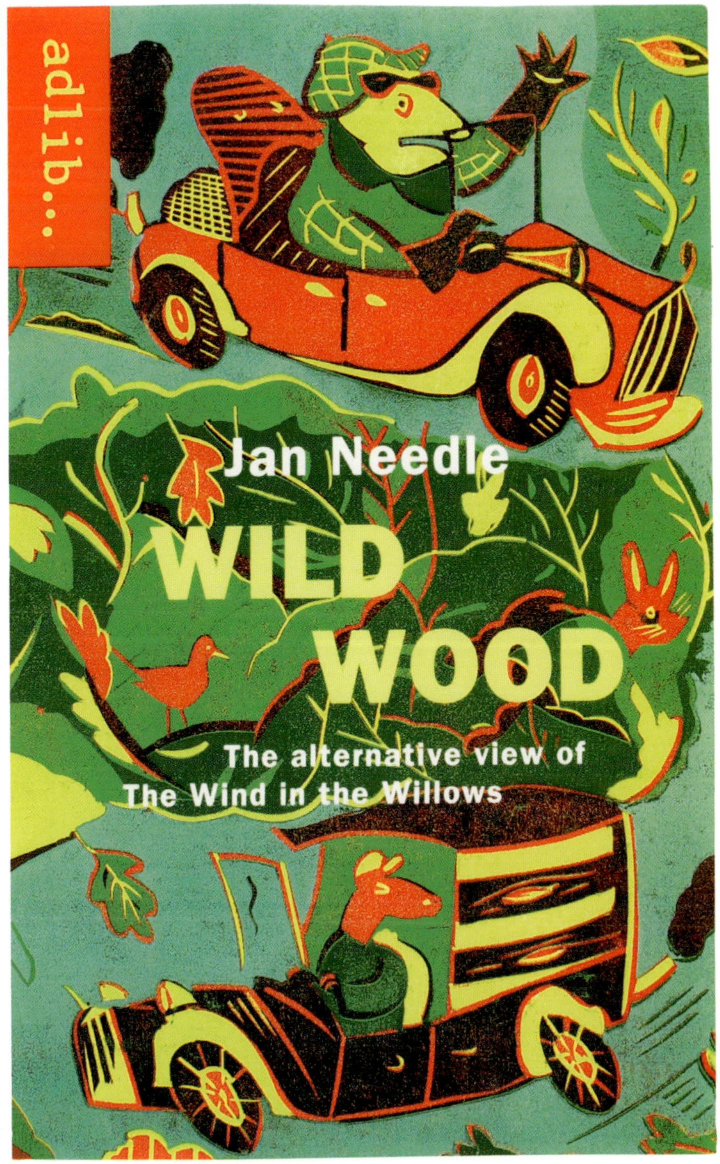

↑ ***Wild Wood, The Alternative View of The Wind in the Willows*** [Mata virgem: Um reconto de *O vento nos salgueiros*]
Jan Needle (autor), Andrew Kulman (ilustração da capa). Londres: Scholastic Publications, 1993. 215 x 134 mm
Este é um relançamento de uma novela de 1981 que transforma as doninhas, retratadas como más no original, em heroínas. A capa mantém o projeto gráfico e a ilustração típicos do início da década de 1990.

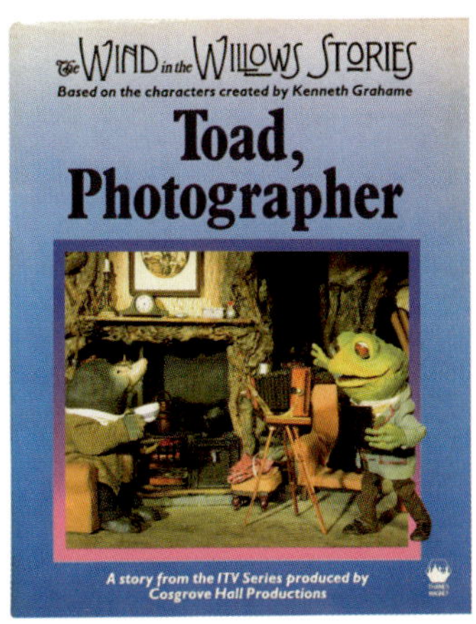

← ***Toad, Photographer*** [Toad, o fotógrafo]
Brian Trueman (autor), Cosgrove Hall Productions (ilustrações). Londres: Methuen, 1986. 190 x 150 mm
Os personagens criados por Kenneth Grahame permitem derivações em outros episódios. Este livro é baseado em uma série de tevê infantil que usou *stop motion*, feita em 1983 por uma subsidiária da empresa independente Central and Thames Television Companies.

PEDRO COELHO E SEUS AMIGOS BEATRIX POTTER

Beatrix Potter (1866-1943) compensou as frustrações de uma infância solitária, embora privilegiada, estudando pequenos mamíferos. História natural e fantasia se mesclaram em narrativas como *Pedro Coelho*, criada para entreter seus primos pequenos e filhos de amigos. Publicado em edição independente em 1901, o editor Frederick Warne percebeu o potencial do livro e o lançou comercialmente em 1902. Após essa data, a produtividade de Potter aumentou no mesmo compasso em que cresceu sua amizade com Norman Warne. A relação acabou virando um noivado, em 1910, mas foi tristemente interrompida pela morte precoce de Warne.

Potter continuou com suas séries ilustradas em formato pequeno até 1913, e as aquarelas e o traço fino à tinta desafiaram a capacidade de impressão da época. A encadernação normalmente consistia na colagem das aquarelas no centro da capa, que era então forrada com papel colorido, porém sem estampa. Isso causava a sensação levemente arcaica dos *chapbook*, que combinava com o conteúdo dos livros. Uma sobrecapa de papel acetato com o título da obra protegia os volumes, e a raridade de sua sobrevivência lhes confere um valor que ultrapassa em muito qualquer interesse próprio que eles possam ter.

A edição comercial de *Pedro Coelho* em 1902 determinou o estilo visual dos livros de Beatrix Potter, embora estes divergissem em vários sentidos até finalmente serem padronizados, nas reimpressões posteriores. W. A. Herring, diretor de produção de Warne, supervisionou cuidadosamente os padrões até o final da década de 1950.

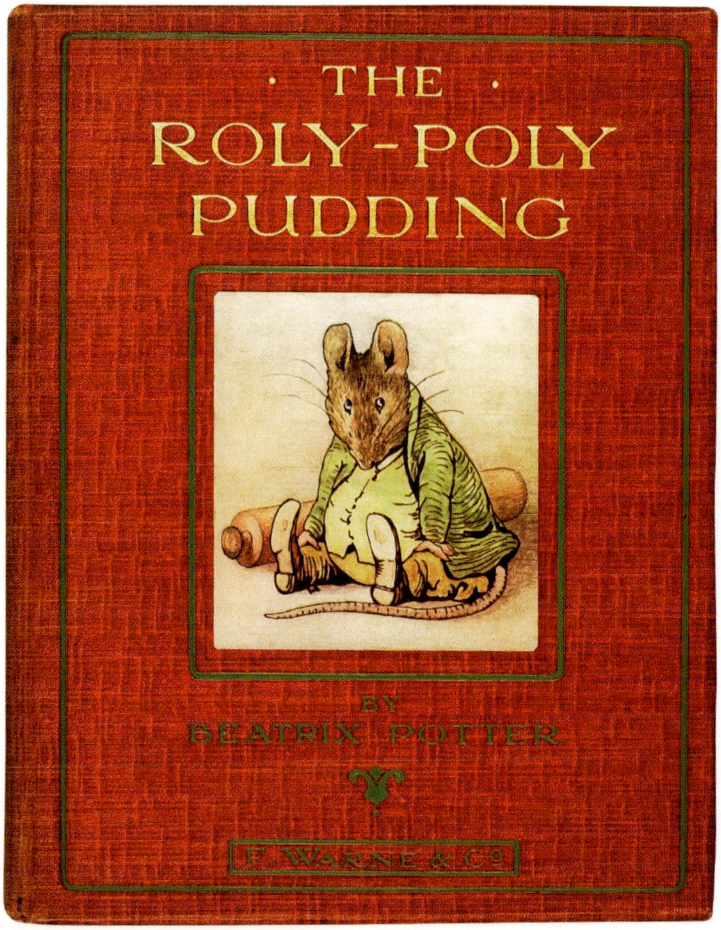

↑ ***The Roly-Poly Pudding***
[O chouriço gorducho]
Beatrix Potter (autora e ilustradora).
Londres: Frederick Warne, 1908.
205 x 160 mm
A cor carmim do tecido da encadernação foi copiada em edições posteriores em que o papel foi substituído e o livro reintitulado *The Tale of Samuel Whiskers* [O conto de Samuel Whiskers]. Porém, o "representante de olhos cor-de-rosa de uma raça perseguida (mas irreprimível)" continuou a encarar o leitor na nova versão.

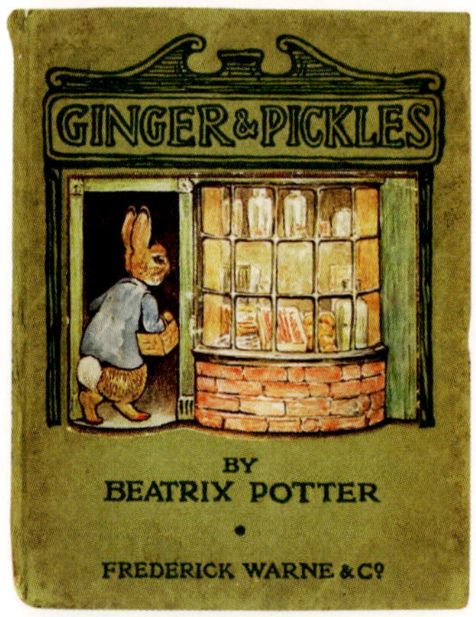

← ***The Tale of Peter Rabbit***
[A história do Pedro Coelho]
Beatrix Potter (autora e ilustradora).
Londres: Frederick Warne, 1902 / Rio de Janeiro: Lótus do Saber, 2009. 143 x 110 mm
Embora a edição particular de *Pedro Coelho* fosse só de 250 exemplares, esta primeira publicação comercial é, no mínimo, mais rara. Seu formato é tão comum que a integração habilidosa entre o conteúdo do livro e o estilo de produção gráfica pode passar despercebida.

← ***[The Tale of] Ginger & Pickles***
[(O conto de) Ginger & Pickles]
Beatrix Potter (autora e ilustradora).
Londres: Frederick Warne, 1909.
183 x 140 mm
A fábula de Potter sobre os perigos do crédito ao consumidor originalmente incorporava o título como um letreiro para o armazém homônimo.

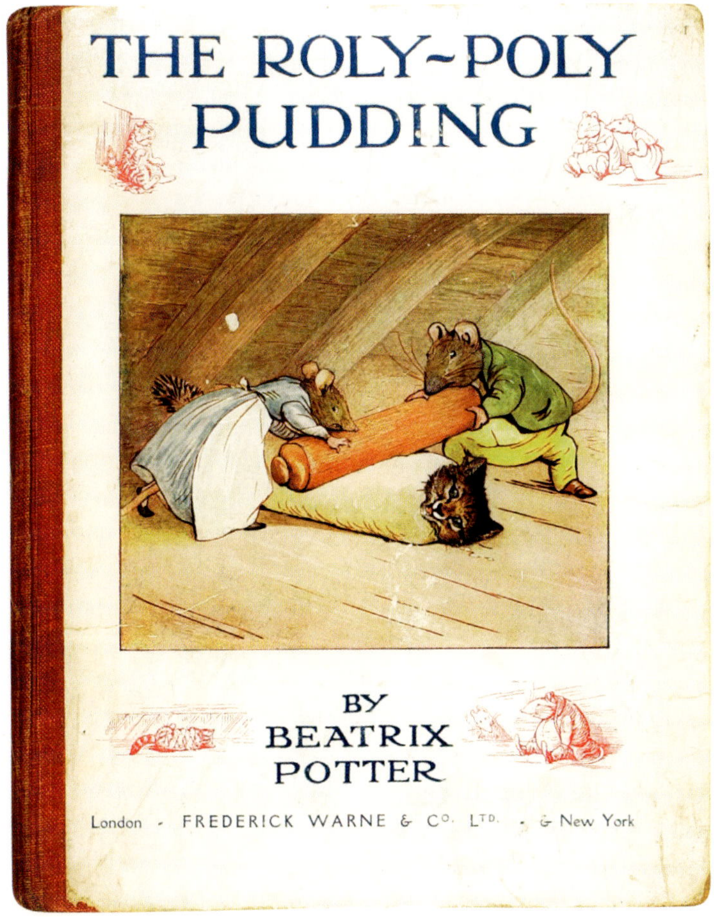

→ ***The Pie and the Patty-Pan***
[A torta e a Panela de Tortinhas]
Beatrix Potter (autora e ilustradora).
Londres: Frederick Warne, 1905.
180 x 140 mm
A cartela neoclássica e o estilo exagerado do texto da capa parecem apropriados à competição de boas maneiras que é parodiada na história.

↓ ***The Story of a Fierce Bad Rabbit***
[A história de um coelho mau e feroz]
Beatrix Potter (autora e ilustradora).
Londres: Frederick Warne, 1906.
95 x 115 mm
Warne publicou dois livros de Potter como panoramas em carteiras, e ela preparou um terceiro, *The Story of the Sly Old Cat* [A história do gato tolo e velho], antes de o formato ser abandonado. As carteiras eram objetos encantadores, mas os panoramas eram frágeis para crianças pequenas e os livreiros os odiavam porque as linguetas da aba superior se rasgavam com facilidade.

↑ ***The Roly-Poly Pudding***
[O chouriço gorducho]
Beatrix Potter (autora e ilustradora).
Londres: Frederick Warne, 1908.
205 x 160 mm
Samuel Whiskers, o anti-herói da história de Potter sobre cochilo, apareceu de duas formas diferentes nas capas durante o primeiro ano de publicação (p. 26). Esta capa forrada em tecido com lombada de couro reproduz uma ilustração do texto e traz desenhos a traço fino como apoio.

← ***The Tale of Little Pig Robinson***
[O conto do porquinho Robinson]
Beatrix Potter (autora e ilustradora).
Filadélfia: David McKay Co., 1930.
215 x 165 mm
Após um longo período absorvida pelo casamento e a vida no campo em Lake District, Potter foi abordada por seu editor americano para realizar uma nova obra. O resultado foi um texto mais longo em oito capítulos pequenos. A obra saiu originalmente num formato maior, mas depois foi reeditada por Warne na série-padrão. A ilustração da sobrecapa mostra o final feliz da história, em que nosso herói escapa de virar toucinho.

FÁBULAS ATEMPORAIS ESOPO E LA FONTAINE

← ***La Fontaine, Fables Choisies Pour les Enfants*** **[La Fontaine, fábulas selecionadas para crianças]**
M. B. de Monvel (ilustrador). Paris: E. Plon, Nourrit &. Cie, 1896. 230 x 270 mm
Maurice Boutet de Monvel (1850-1913) rivalizava com Caldecott e Crane em habilidade gráfica e domínio do processo de impressão. Sobre as ilustrações deste livro, Maurice Sendak escreveu: "Todos os aspectos e gestos dos personagens parecem ter sido explorados, e o resultado é uma síntese de movimento que é um triunfo de animação". Esta capa, de inspiração japonesa, era padrão para todos os livros de Boutet de Monvel nas edições francesas originais, independentemente do tema do livro. Ela teria sido protegida por uma sobrecapa com o mesmo projeto gráfico.

↓ ***La Fontaine's Fables*** **[Fábulas de La Fontaine]**
"Adaptadas da tradução de Elizur Wright para os jovens e ilustradas por M. B. de Monvel." Londres: SPCK (com a inscrição "1893"). 227 x 267 mm
Comparada ao original francês, a apresentação da edição inglesa transmite uma sensação mais próxima do estilo de HQ do miolo do livro, mantendo ao mesmo tempo uma área maior de fundo liso elegante.

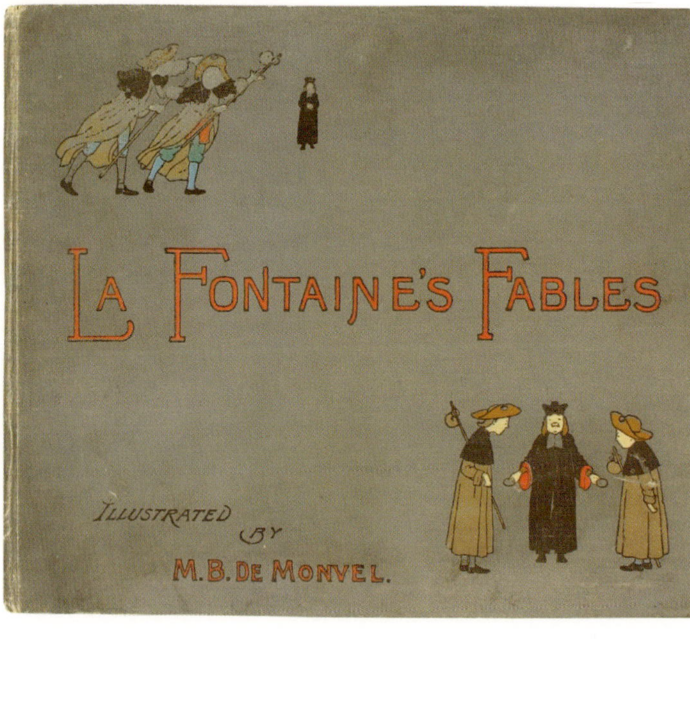

A existência histórica de Esopo pode ser tão duvidosa quanto a de Homero, mas suas fábulas sobre animais (notadamente da raposa, do lobo e do leão), tidos como personificações dos diferentes tipos humanos, foram registradas em diversos manuscritos gregos e representam um dos primeiros livros impressos na Inglaterra. A edição de 1485 de William Caxton era profusamente ilustrada com quase duzentas xilogravuras, apesar disso não determinar que o livro fosse destinado particularmente ao público infantil.

A tradução de 1692, feita por Sir Roger L'Estrange, deu às fábulas um viés político conservador, que foi corrigido por Samual Croxall em 1722 numa edição evidentemente destinada a crianças. Quando John Newbery publicou *Fables in Verse by Abraham Aesop Esq.* em 1757, Esopo definitivamente se juntou ao pequeno repertório de textos considerados apropriados para os pequenos. Depois disso, alguns ótimos ilustradores interpretaram as fábulas, entre eles Thomas Bewick, John Tenniel, Randolph Caldecott e Walter Crane. A oportunidade de retratar animais é um atrativo para os ilustradores. *Johnny Town Mouse*, de Beatrix Potter, por exemplo, é um reconto de uma fábula de Esopo e dedicada "a Esopo no mundo dos mortos".

Tal como seu contemporâneo colecionador de histórias folclóricas Charles Perrault, Jean de la Fontaine (1621-95) era membro da nova classe de funcionários do governo francês que ajudou a implementar a eficiência administrativa de Luís XIV. La Fontaine escrevia fábulas no estilo de Esopo, tomando como base uma ampla variedade de histórias e compondo-as em verso, cada uma com sua moral.

→ ***Aesop's Fables in Words of One Syllable*** **[Fábulas de Esopo em palavras de uma sílaba]**
Mary Godolphin (texto), Harrison Weir (ilustrador), H. L Shindler (capa). Londres: George Routledge & Sons, s.d. 250 x 160 mm
As imagens excessivamente vivas obtidas com a separação de cores, possivelmente da década de 1920, são coladas sobre as capas do que parece ser uma edição muito mais antiga, presumivelmente numa tentativa de reaproveitar estoque.

↓ ***Aesop's Fables*** **[Fábulas de Esopo]**
"Recontadas e apresentadas por Joan Kiddell-Monroe." Oxford: Basil Blackwell, 1972. 247 x 190 mm
Joan Kiddell-Monroe (p. 47) era famosa pela qualidade do design de seus livros ilustrados. Sua série Wonk para a editora Ladybird Books foi popular na década de 1950.

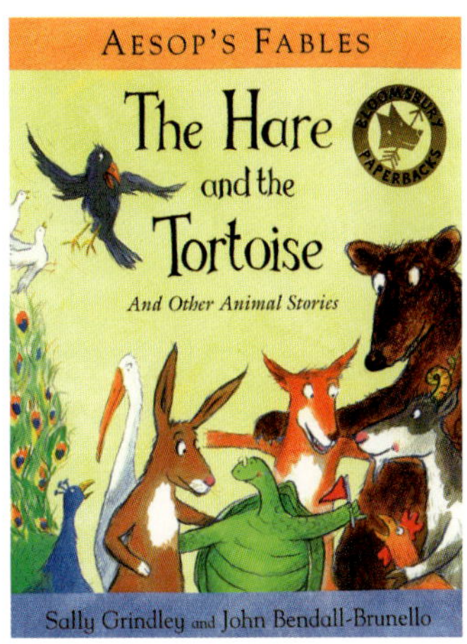

↑ ***Three Aesop Fox Fables*** **[Três fábulas de Esopo sobre raposas]**
Paul Galdone (ilustrador). Kingswood, Surrey: World's Work Ltd, 1972. 290 x 173 mm
O conhecido ilustrador americano Paul Galdone (pp. 86-7) escolheu a fábula *A raposa e as uvas* para ilustrar a capa desta edição de fábulas de Esopo sobre raposas.

← ***The Hare and the Tortoise*** **[A Lebre e a Tartaruga]**
Sally Grindlay (autora), John Bendall-Brunello (ilustrador). Londres: Bloomsbury [1993]. 300 x 240 mm
Um grupo alegre de animais reconta de forma moderna as fábulas eternamente populares de Esopo. A edição aqui exibida é uma reimpressão do ano 2000.

MESTRES DA FÁBULA E DO MEDO IRMÃOS GRIMM E HANS CHRISTIAN ANDERSEN

Jacob e Wilhelm Grimm nasceram na década de 1780 perto de Frankfurt. Começaram a recolher e anotar histórias folclóricas em 1806, num momento de crescente nacionalismo alemão. Seu primeiro volume, *Kinder und Hausmärchen* [*Contos de fada domésticos para crianças*], apareceu em 1812, e logo se transformou em cânone das gerações seguintes. Os irmãos encontraram um veio profundo de cultura oral autêntica. Não é difícil achar correspondentes para suas histórias em outras culturas. Só com a primeira tradução para o inglês, *German Popular Stories* (1823), ilustrada pelo famoso artista George Cruickshank (1792-1878), os Grimm perceberam como as imagens podiam reforçar o texto. A tradutora e adaptadora Wanda Gág compreendeu a qualidade delas: "O mundo de fadas dessas histórias, embora seja adequadamente misterioso e estranho, tem um caráter tridimensional convincente. Nele há magia, assombro, bruxaria, mas nenhuma afetação vaga. As bruxas alemãs não são espectros frágeis voando pelo ar – elas normalmente vivem em belas cabanas e usam gorros engomados e aventais imaculados".

Os contos de Hans Christian Andersen (1805-75) foram primeiramente lançados como um pequeno *chapbook* em 1835, combinando fantasia e folclore. Se os contos dos Irmãos Grimm são muitas vezes sangrentos, os de Andersen costumam envolver formas diferentes de crueldade, mais psicológica, cuja profundidade talvez não seja compreendida por crianças. Ele foi um visitante entusiasta da Inglaterra, e sua obra traduzida para o inglês em 1846. Além dos artistas cujos trabalhos são mostrados aqui, Andersen foi ilustrado por Mabel Lucie Atwell em 1913 e por Arthur Rackham em 1932. As traduções de M. R. James foram ilustradas por Robin Jacques em 1953. Michael Foreman tratou-as com sensibilidade adulta, em 1976, mas não existe nenhuma versão clássica aceita nos dias de hoje.

↑ ***Rumpelstiltskin***
[Rumpelstiltskin – a filha do moleiro]
"Os Irmãos Grimm em uma nova tradução, ilustrada por George R. Halkett." Londres: Thos. de la Rue & Co., 1882. 231 x 201 mm
O design da capa usa uma disposição de texto incomumente diagonal para combinar com a ilustração. A obra foi publicada por uma gráfica conhecida basicamente como impressora de papel-moeda.

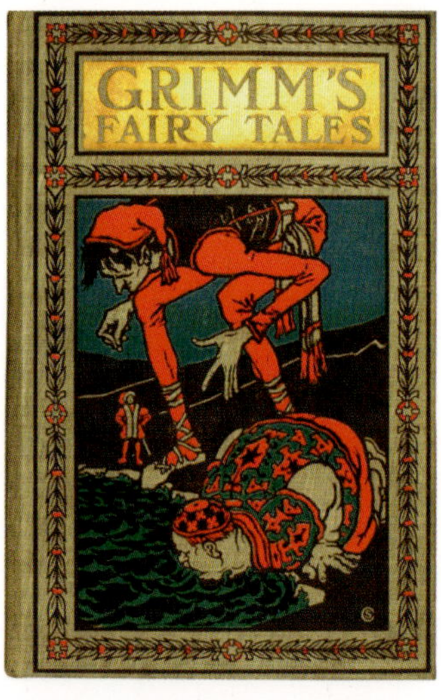

↑ ***Grimm's Fairy Tales***
[Contos de fada dos Irmãos Grimm]
Adaptados por N. J. Davidson, H. M. Brock e Lancelot Speed (ilustradores). Londres: Seeley & Co., c. 1900. 199 x 130 mm
Versão de Grimm da virada do século em estilo livro-presente, que traz na capa uma ilustração com alto contraste e o monograma "sc" ou "cs" (esse artista não foi identificado).

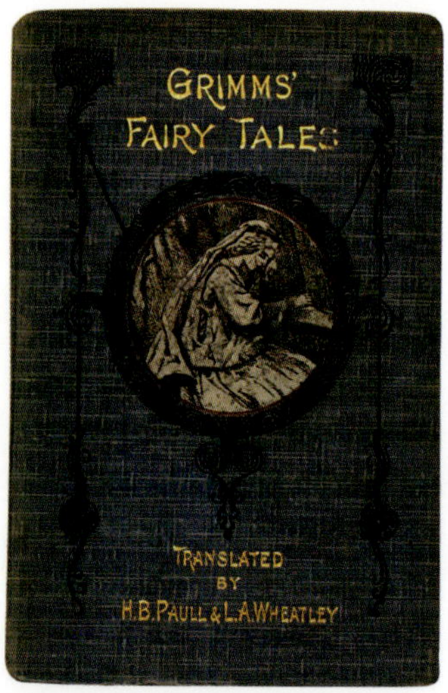

↑ ***Grimms' Fairy Tales and Household Stories*** **[Contos de fada e contos domésticos dos Irmãos Grimm]**
H. B. Paul e L. A. Wheatley (tradutores). Nova York: Frederick Warne, c.1890. 202 x 136 mm
O medalhão central, que tem um desenho circular adequado ao projeto, é sobreposto à encadernação.

↑ ***Tales from Grimm*** **[Contos de Grimm]**
Wanda Gág (tradutora e ilustradora). Londres: Faber & Faber, 1937. 212 x 147 mm
Wanda Gág (1893-1946), americana de origem germânica natural de Minnesota, traduziu as histórias que adorava quando criança e ilustrou-as com desenhos a traço. A historiadora Bettina Hürlimann descreve sua obra como "a apresentação ideal dos contos de Grimm para crianças pequenas".

→ ***The Ugly Duckling*** **[O Patinho Feio]**
"Baseado em Hans Christian Andersen", T. van Hoijtema (ilustrador). Londres: David Nutt, 1894. 290 x 240 mm
Theo van Hoijtema (1863-1917) foi muito influenciado pelas artes japonesa e indonésia. Ele mesmo imprimia suas ilustrações litográficas para várias histórias de Andersen, inclusive esta.

→ ***Andersen's Fairy Tales: The Mother's Love***
[Contos de fada de Andersen: Amor de mãe]
Londres: Frederick Warne, s. d. 205 x 147 mm
Embora o livro não seja datado, a capa, cujo projeto gráfico foi aplicado em uma série de publicações individuais dos contos de Andersen, é típica do gosto um tanto germânico da década de 1870.

↓ ***Andersen's Fairy Tales***
[Contos de fada de Andersen]
Frederick Richardson (ilustrador). Filadélfia: The John C. Winston Company, 1926. 220 x 155 mm
Frederick Richardson (1862-1937) projetou este livro-presente, que traz na capa uma ilustração extravagante do conto *A rainha da neve*.

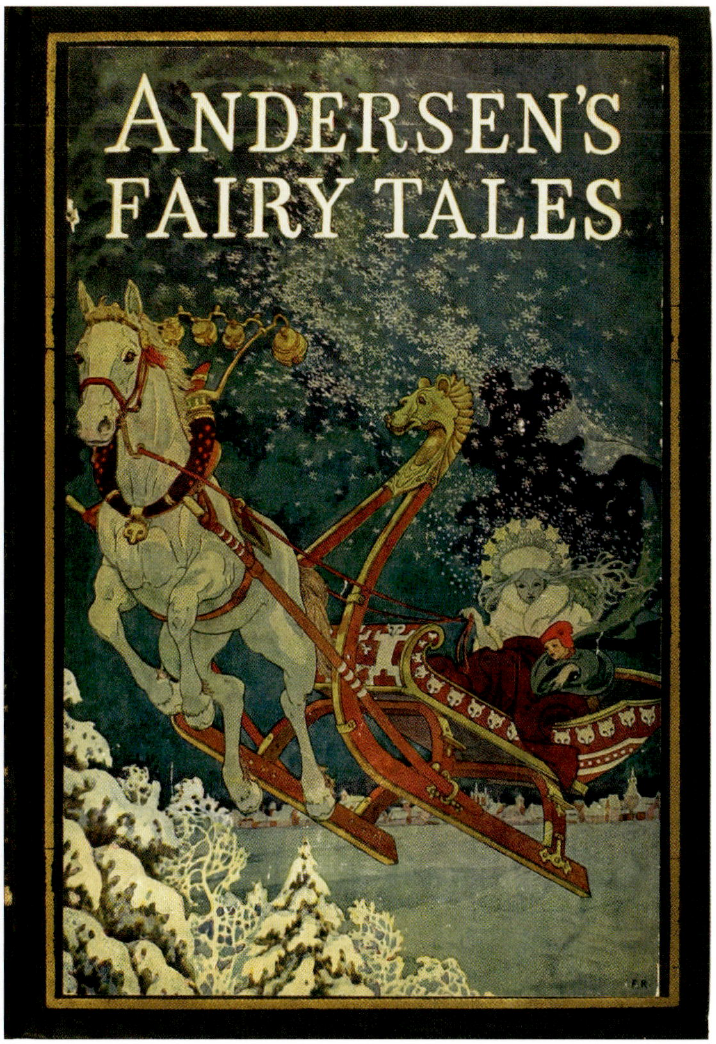

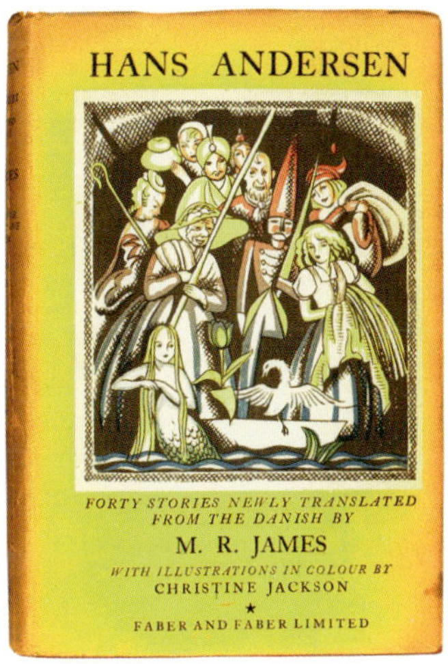

↑ ***Hans Andersen Forty Stories***
[Quarenta contos de Andersen]
M. R. James (tradutor), Christine Jackson (ilustradora). Londres: Faber & Faber, 1930. 215 x 142 mm
A editora Faber & Faber, fundada em 1923, mantinha padrões elevados de design de livro. O tradutor era autor de famosas histórias de fantasma, ao passo que a ilustradora era menos conhecida.

↑ ***Fairy Tales and Legends***
[Lendas e contos de fada]
Hans Andersen (autor), Rex Whistler (ilustrador). Londres: R. Cobden-Sanderson, 1935. 215 x 140 mm
Rex Whistler (1905-44) fazia ilustrações em decalque para Andersen. Essa gravação dourada sobre entretela creme, em estilo rococó típico da obra de Whistler, era a capa de uma edição especial de duzentos exemplares assinados. Ela foi usada também para a sobrecapa da edição-padrão e das reimpressões da obra até a década de 1980.

EXCÊNTRICOS INGLESES EDWARD LEAR E LEWIS CARROLL

Edward Lear (1812-88) ganhava a vida como pintor de paisagens e de aves. Durante sua estada na residência do conde de Derby, onde havia um zoológico particular, Lear distraía as crianças da casa com poemas *nonsense* ilustrados. A partir daí, começou a escrever e ilustrar seus próprios textos. Desse início quase acidental, Lear tornou-se muito mais conhecido posteriormente por seu *nonsense*. Publicado pela primeira vez em uma edição obscura de 1846, popularizou-se na edição de 1861 da Routledge. Suas ilustrações são insuperáveis, embora ele nunca tenha desenhado uma capa-padrão.

Com a publicação de *As aventuras de Alice no País das Maravilhas*, em 1865, o tímido acadêmico de Oxford Charles Lutwidge Dodgson (1832-98) assumiu sua segunda personalidade sob o pseudônimo Lewis Carroll. Ele mudou a literatura infantil com a liberdade de sua invenção, que parece tocar em estruturas mais profundas da linguagem e da lógica, subjacentes à vida cotidiana. John Tenniel (1820-1914) ilustrou a primeira edição, descartada quase por inteiro, pois o artista reclamou da qualidade da impressão. *Do outro lado do espelho* (1871) seguiu o sucesso do primeiro livro, e em 1876 foi publicado *The Hunting of the Snark*, com ilustrações de Henry Holiday. O teor clássico das imagens de Tenniel não impediu que muitos outros artistas revisitassem os textos de Carroll depois que eles caíram em domínio público, em 1907; entre eles, destacam-se Norman Ault (1907) e Mabel Lucie Atwell (1910).

↑ ***A Book of Nonsense***
"Derry Down Derry" Edward Lear (autor). Londres: Thomas McLean, 1846, 2 vols. 149 x 216 mm
Primeira versão impressa do *nonsense* de Lear e incrivelmente rara, esta edição foi publicada dez anos depois da composição dos poemas humorísticos de cinco versos contidos no livro. A capa mostra o autor imaginário apresentando seu livro a crianças, como descrito na rima abaixo dele.

↓ ***Laughable Lyrics: A Fresh Book of Nonsense Poems, Songs, Botany, Music etc.***
[Canções cômicas: um novo livro *nonsense* de poemas, botânica, músicas etc.]
Edward Lear (autor). Londres: Robert John Bush, 1877. 208 x 166 mm
Este foi o último livro *nonsense* de Lear e contém poemas que expressam tristeza usando humor. A capa retrata "dois velhos solteirões" que saem em busca de sálvia e cebola.

↓ ***Nonsense Songs & Stories***
[Canções e histórias *nonsense*]
Edward Lear (autor). Londres: Frederick Warne, 1894 (9ª edição, revista). 220 x 174 mm
Esta coletânea com capa monótona e convencional, redesenhada a partir dos originais de Lear, trazia material novo do autor e foi publicada seis anos após sua morte.

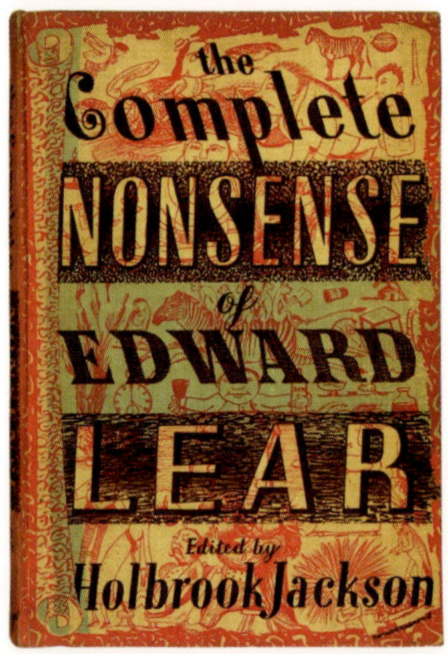

← ***The Complete Nonsense of Edward Lear***
[O *nonsense* de Edward Lear por inteiro]
Holbrook Jackson (editor), Barnett Freedman (ilustração da capa). Londres: Faber & Faber, 1947. 230 x 165 mm
Com belo projeto gráfico e sobrecapa de Barnett Freedman (1901-58), artista que trabalhou muito para a Faber, esta edição permanece como referência desta obra, que ainda é comercializada. A sobrecapa traz uma colagem das ilustrações de Lear, que também era impressa no tecido da encadernação, como se vê aqui.

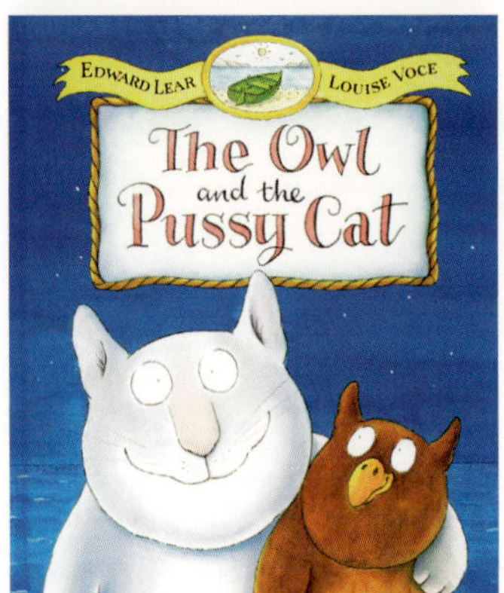

↓ ***The Owl and the Pussycat***
[A coruja e o gatinho]
Edward Lear (autor), Louise Voce (ilustradora). Londres: Walker Books, 1991. 266 x 231 mm
Esta é uma abordagem nova de um tema familiar. Os tipos e a caracterização dos personagens parecem em harmonia com o texto de Lear.

← ***Alice in Wonderland, Stories Old and New*** [Alice no País das Maravilhas, novas e velhas histórias]
Lewis Carroll e Frank Adams (autores). Londres e Glasgow: Blackie & Son Ltd, c. 1910. 183 x 126 mm
Edição barata de livro-presente de *Alice*, decorada no estilo de Talwyn Morris, designer *art nouveau* da Blackie, com uma prancha colorida colada.

↓ ***Alice's Adventures in Wonderland*** [*As aventuras de Alice no País das Maravilhas*]
Lewis Carroll (autor), Tony Ross (editor e ilustrador). Londres: Andersen Press (Random House), 1993 / São Paulo: Martins Fontes, 2001. 250 x 190 mm
As reelaborações modernas de *Alice* são às vezes sentimentais, mas Tony Ross capta a ideia de pesadelo do enredo e ao mesmo tempo usa bastante o estilo de HQ para contrabalançá-la.

↑ ***Alice's Adventures in Wonderland*** [As aventuras de Alice no País das Maravilhas]
Lewis Carroll (autor), Arthur Rackham (ilustrador). Londres: William Heinemann, 1907. 204 x 148 mm
No ano em que *Alice* caiu em domínio público, o artista Arthur Rackham (1867-1939) ilustrou uma edição da obra em estilo livro-presente com suntuosa encadernação gravada. A sobrecapa é bastante rara hoje e não apresenta texto, mas repete a matriz colorida do frontispício.

→ ***The Hunting of the Snark*** [A caça de Snark]
Lewis Carroll (autor), Henry Holiday (ilustrador). Londres: Macmillan, 1876. 186 x 126 mm
Primeira edição da "Agonia em oito acessos" de Carroll. Henry Holiday, um conceituado artista de vitrais, desenhou as ilustrações e a capa, que foi impressa em tecido e mostra o Vigia Noturno que comanda a tripulação da estranha embarcação.

INTERPRETANDO *UM JARDIM DE POEMAS INFANTIS*

← ***A Child's Garden of Verses***
[Um jardim de poemas infantis]
R. L. Stevenson (autor), Charles Robinson (ilustrador). Londres: John Lane, The Bodley Head, 1896. 194 x 125 mm
Charles Robinson estabeleceu sua reputação depois de ilustrar esta obra. Ele dominava a nova técnica de reprodução com separação de cores, a partir de desenhos a traço fino, o bastante para obter ótimos resultados. A encadernação dourada apresenta lombada adornada, capa mais contida e um desenho humorístico adicional na quarta capa.

→ ***A Child's Garden of Verses***
[Um jardim de poemas infantis]
R. L. Stevenson (autor), Millicent Sowerby (ilustradora). Londres: Chatto & Windus, 1907. 234 x 170 mm
Este é um tipo de livro-presente dos poemas de Stevenson, com pranchas coloridas e desenhos ornamentais em preto e branco de Millicent Sowerby (1878-1967), popular artista de cartões-postais. Aqui é mostrada a sobrecapa de papel. A encadernação do livro é uma imitação de pergaminho com gravação dourada.

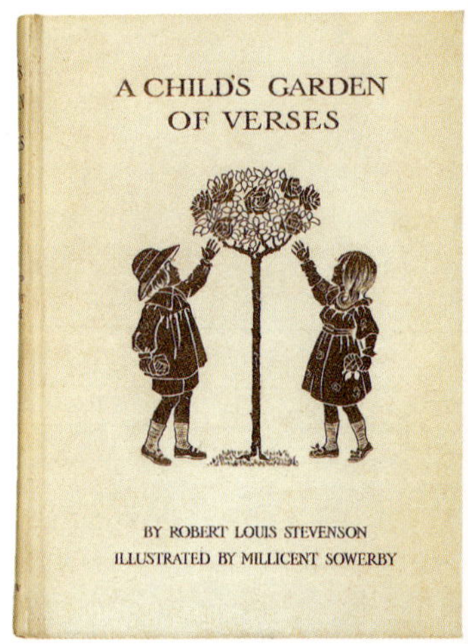

↓ ***A Child's Garden of Verses***
[Um jardim de poemas infantis]
R. L. Stevenson (autor), H. Willebeek Le Mair (ilustradora). Filadélfia: David McKay Co., 1926. 231 x 288 mm
A artista holandesa Henriette Willebeek Le Mair (1889-1966) era popular na Inglaterra e nos Estados Unidos. Sua obra elegante e bem impressa era influenciada pelo ilustrador francês Boutet de Monvel.

Robert Louis Stevenson (1850-94) sentiu profundamente a experiência da infância. Seus ensaios sobre o assunto contribuíram para a revolução do final do século XIX sobre a relação entre infância, criatividade e felicidade na vida adulta. *A ilha do tesouro* (1883) e *Raptado* (1886) firmaram sua reputação como escritor de histórias de aventura.

Um jardim de poemas infantis, publicado em 1885, mostra um Stevenson diferente, projetando-se para a infância por meio do poder da imaginação. O livro foi estimulado pela publicação de *A Birthday Book for Children*, com poemas de Sale Barker ilustrados por Kate Greenaway que Stevenson julgava poder melhorar. Ajudado por seu enteado, ele datilografou e imprimiu muitos dos poemas de Barker em uma edição de dois exemplares com o título *Penny Whistles*. A primeira edição comercial não trazia ilustrações, mas em 1896 a publicada por John Lane, da editora The Bodley Head (que produzia a revista ilustrada quadrimestral *The Yellow Book*), lançou a carreira do ilustrador Charles Robinson (1870-1937) com elegantes desenhos a traço no estilo *art nouveau*. O projeto do livro como um todo, inclusive a capa, seguiu esse mesmo estilo. Quando Stevenson caiu em domínio público, em 1924, seus versos ainda eram merecidamente populares, e seu vívido imaginário visual atraiu muitos ilustradores, entre eles Tasha Tudor, em 1947, e Martin e Alice Provensen, em 1951, alguns no registro de época, outros mais modernizados.

↓ ***From a Railway Carriage***
[De um vagão]
R. L. Stevenson (autor), Llewellyn Thomas (ilustrador). Londres: Orion Children's Books, 1993. 180 x 275 mm
Este poema extraído de *Um jardim de poemas infantis* ganhou um tratamento de livro-imagem feito por um ilustrador que começou sua carreira na década de 1980.

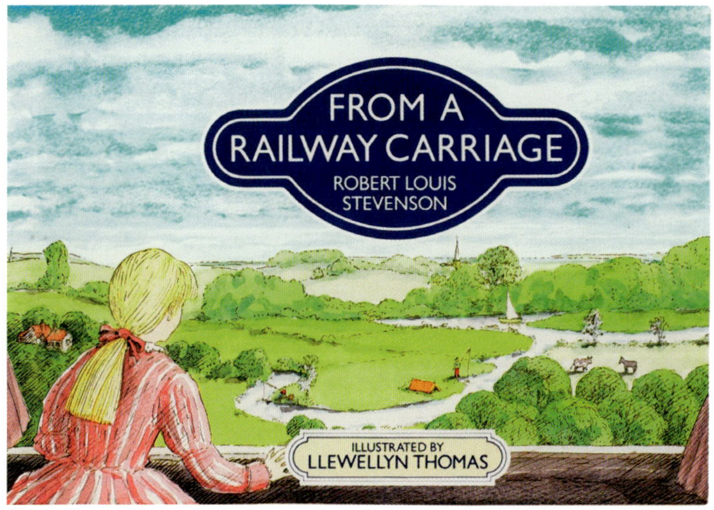

↑ ***A Child's Garden of Verses***
[Um jardim de poemas infantis]
R. L. Stevenson (autor), Eve Garnett (ilustradora). Harmondsworth: Puffin Books (Penguin Books), 1948. 177 x 110 mm
Artista plástica de formação, Eve Garnett tornou-se ainda mais conhecida como a autora de *The Family from One End Street* (1937) [A família da rua sem saída] e suas sequências. Na capa desta edição da Puffin, ela exibe parte do sentimentalismo de Stevenson.

→ ***A Child's Garden of Verses***
[Um jardim de poemas infantis]
R. L. Stevenson (autor), Brian Wildsmith (ilustrador). Oxford: Oxford University Press, 1966. 313 x 223 mm
Brian Wildsmith (n. 1930) seguiu o sucesso de seu ABC com uma interpretação semelhante dos poemas de Stevenson, solta e colorida, que destroçava o sentimentalismo do autor.

JOÃO FELPUDO ATRAVÉS DOS TEMPOS

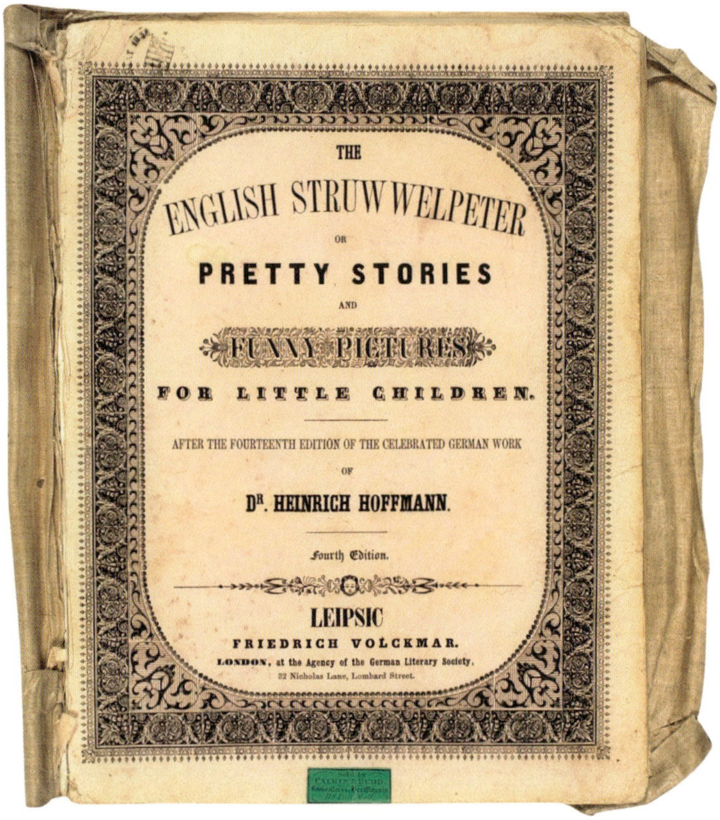

← ***The English Struwwelpeter***
[João Felpudo em inglês]
Dr. Heinrich Hoffmann (autor). Leipzig: Friedrich Volckmar; Londres: impresso pela agência da German Literary Society, 1848, 4ª edição. 245 x 190 mm
Esta primeira tradução saiu do mesmo prelo da original. A etiqueta de papel rosa é colada sobre cartão fino e de linho, o que forma um envoltório costurado à lombada.

→ ***The English Struwwelpeter***
[João Felpudo em inglês]
Dr. Heinrich Hoffmann (autor). Londres: Griffith, Farran, Okeden & Welsh, c.1868, 38ª edição. 266 x 203 mm
Depois de 1868, a ilustração original de "Shock-Headed Peter", com unhas ainda mais compridas e cabelo mais desgrenhado, foi modificada para esta forma conhecida, e a base tornou-se um pedestal onde são inscritas as informações sobre o título.

↓ ***The English Struwwelpeter***
[João Felpudo em inglês]
Dr. Heinrich Hoffmann (autor). Londres: Forum Books Ltd, 1990. 253 x 206 mm
A imagem é a mesma do século XIX e se tornou um dos mais duradouros desenhos clássicos de capa.

Conforme relatam as edições posteriores de sua obra clássica, o doutor Heinrich Hoffmann (1809-94), especialista em distúrbios mentais, saiu de sua casa, em Leipzig, no outono de 1844 para procurar um livro ilustrado que divertisse seu filho de três anos. Só encontrou obras difíceis e de design elegante que não o atraíram. Na volta, ele escreveu e ilustrou versos para oferecer ao filho como presente de Natal. O resultado, publicado em 1845 com o título *Lustige Geshichten und drollige Bilder* [*Histórias alegres e desenhos engraçados*], era prefaciado pela mesma imagem singular de *Shock-Headed Peter*, que mais tarde se transformaria no título do livro – o qual fascinou gerações sucessivas com sua paródia grotesca de versos de advertência para os jovens. A historiadora de literatura infantil Bettina Hürlimann os descreve como "uma espécie de hiper-realidade simbólica".

João Felpudo foi um dos primeiros livros ilustrados a aparecer no relativamente grande formato in-quarto, reproduzindo o manuscrito original. As primeiras edições eram coloridas à mão, e muitas vezes se supôs que tivessem sido impressas por litografia, embora talvez sejam xilogravuras. As edições seguiram-se umas às outras em rápida sucessão, com o acréscimo de novos versos. Quando o texto foi traduzido para o inglês, em 1848, a impressão também foi feita em Leipzig. Em Londres, as edições foram publicadas por George Routledge a partir de 1858.

É impossível parodiar alguns livros clássicos para criança, mas *João Felpudo* foi tão bem assimilado como um gênero de contos de castigo e retribuição que já se prestou a numerosas variações de texto e ilustrações. Em 2002, inspirou uma montagem teatral muito bem-sucedida que viajou por diversas cidades. A encenação enfatizou o lado grotesco da obra, mas nem por isso foi menos aclamada.

↑ ***Inquisitive Peter and Other Funny Tales***
[João Perguntador e outros contos engraçados]
"Daddy John" (autor), ilustrador desconhecido. Londres e Belfast: Marcus Ward & Co., c. 1880. 259 x 225 mm
Este livro-brinquedo revestido de papel com uma bela capa imita o gênero de *João Felpudo*.

← ***Slovenly Peter*** [João desleixado]
Filadélfia: The John C. Winston Co., c. 1870, 23ª edição, com material adicional. 254 x 199 mm
Esta encadernação característica de um editor americano adota o estilo geral dos desenhos de Hoffmann.

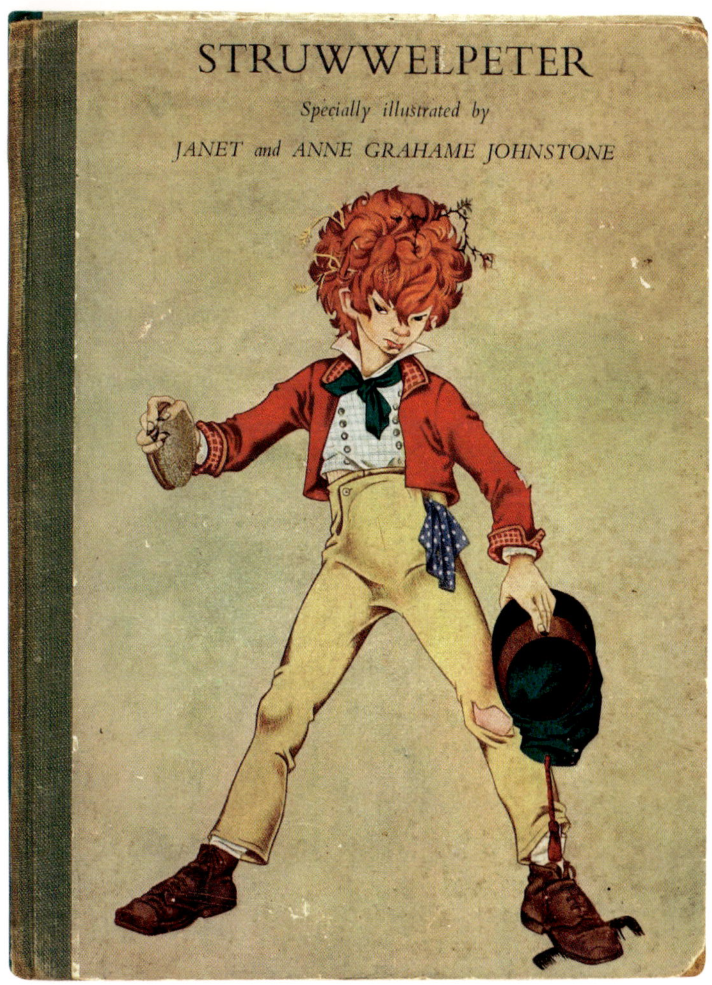

↓ ***Struwwelpeter***
[João Felpudo]
"Especialmente ilustrado por Janet e Anne Grahame Johnstone". Londres: John Gifford Ltd, 1950. 248 x 186 mm
Esta reelaboração pós-guerra das ilustrações para os textos de Hoffmann perdeu a selvageria primitiva do original.

→ ***Max and Moritz, A Story in Seven Tricks***
[Max e Moritz, uma história em sete truques]
Wilhelm Busch (autor e ilustrador), artista da capa desconhecido. Londres: George Routledge & Sons Ltd, 1865.
250 x 190 mm
Apresentado em forma de HQ, este conto de travessuras que levam a um final horrível era especialmente famoso nos Estados Unidos. O exemplar mostrado aqui vem da série *João Felpudo* da George Routledge.

→ ***Schicklgrüber***
Robert Colling-Pyper e Margaret Stavridi (autores), Walter Sauer (introdução e tradução). Andernach (Alemanha): Kari Verlag, 2000. 278 x 220 mm
Esta paródia de *João Felpudo* foi originalmente criada na Segunda Guerra Mundial por um artista e autor inglês que vivia na Índia. Era "dirigida principalmente aos soldados ingleses e americanos baseados na Índia e servia como propaganda contra os inimigos da Alemanha e do Eixo". Os versos incluem chistes como Adolf (Hitler) brincando com Joe (Stálin), o cachorro, a Romênia brincando com fogo nazista e se queimando, a Inquieta Finlândia, e assim por diante.

THE FOOTBALL'S REVOLT
by
Lewitt-Him
A COUNTRY LIFE BOOK

2

CRIANÇAS PRECIOSAS: AS DÉCADAS DE 1920 E 1930

O período entreguerras produziu muitos livros lembrados até hoje. Na década de 1920, a vida moderna se consolidava, os subúrbios se expandiam ao redor das cidades para acomodar novas famílias, cujas casas e jardins tinham estilos e cores que se assemelhavam ao modo como os livros eram apresentados, em sobrecapas coloridas. Da mesma forma como a arquitetura dos subúrbios era conservadora e nostálgica, assim eram os livros para criança dessa época. Similarmente, o gradativo redespertar do texto e da ilustração na década de 1930 mantinha alguns traços em comum com os estilos arquitetônicos modernos. O impulso original vinha principalmente da Europa continental, onde havia uma tentativa de enxergar com maior clareza os problemas sociais do mundo moderno, a fim de oferecer oportunidades a todos. As crianças puderam desfrutar dos riscos que os editores assumiram em benefício delas.

← ***The Football's Revolt***
[Rebelião no futebol]
Lewitt-Him [Jan Lewitt e George Him] (autores e ilustradores). Londres: Country Life Ltd, 1939. 285 x 235 mm
Dois artistas gráficos poloneses (p. 68) que chegaram a Londres pouco antes da Segunda Guerra Mundial produziram esta história sobre duas bolas de futebol que querem ser chutadas e ficar suspensas no ar acima do campo. Na capa, o bombeiro cômico tenta apanhá-las, sem sucesso. Este livro ilustrado de formato grande, com pranchas coloridas, foi um dos muitos que revitalizaram a edição de livros para criança.

A Primeira Guerra Mundial marcou o momento de transição em que a sobrecapa, mais do que a encadernação decorada, tornou-se o principal atrativo na apresentação do livro para venda. A mudança foi gradual mas irreversível, pois as razões eram basicamente econômicas. Estampar tecido para encapar livros em várias cores era caro demais, além de parecer antiquado. As sobrecapas de papel já eram bastante comuns antes de 1914, embora, tal como a de papel marrom em *O vento nos salgueiros*, normalmente fossem uma repetição do desenho da própria capa. As sobrecapas tinham uma dupla função: protegiam o livro, enquanto este estava numa loja ou num armazém, e ao mesmo tempo davam ao potencial leitor uma indicação imediata do que ele estava comprando, não só em termos de apresentação, como de sabor do conteúdo da obra.

← ***Kidnapped*** **[Raptado]**
R. L. Stevenson (autor), N. C. Wyeth (ilustrador). Nova York: Charles Scribner's Sons, 1913. 255 x 190 mm
Newell Convers Wyeth (1882-1945), um conceituado artista norte-americano, foi aluno de Howard Pyle na Escola Brandywine de Ilustração. Esta edição, a segunda das edições ilustradas do conto clássico de Stevenson sobre a Escócia do século XVIII, exibe uma vívida ilustração na sobrecapa, repetida na capa abaixo dela.

← ***Rip Van Winkle***
Washington Irving (autor), N. C. Wyeth (ilustrador). Filadélfia: David McKay Co., 1921. 255 x 190 mm
Primeira edição deste clássico norte-americano, publicada originalmente em uma coletânea em 1819. A sobrecapa é impressa em cores, o que indica a mudança para essa forma de apresentação depois da Primeira Guerra Mundial.

A sobrecapa existira por muito tempo somente como ideia, sem ser explorada comercialmente. A partir de 1920, os editores se tornaram mais conscientes de que as vendas poderiam ser alavancadas com a aparência externa do livro – algo que talvez seja óbvio para nós hoje, mas que foi aceito com relutância pela conservadora indústria editorial. Bertha Mahony Miller, livreira e crítica norte-americana pioneira, relembrou nos anos 1950 o trabalho inédito de um excepcional distribuidor de livros, Frederic G. Melcher, por volta de 1915. Ele começou a reparar na maneira como os livros para criança podiam ser expostos não só em livrarias, mas também em lojas de móveis, onde as sobrecapas faziam parte da decoração e indicavam um modo de vida.

↓ ***Flower Fairies of the Summer***
[Fadas de flores do verão]
Cicely Mary Barker (autora e ilustradora). Londres e Glasgow: Blackie & Son Ltd, 1925. 142 x 110 mm
Embora aparentemente extravagantes, os livros da coleção Flower Fairies de Barker (1895-1973) mostram uma representação realista das crianças e das flores. O formato da capa remete ao estilo de 1912 da Europa Central, com painéis axadrezados nas bordas do desenho.

As sobrecapas tiveram de superar a reputação dúbia de seus primórdios, principalmente a ideia de que eram mal impressas e tinham um projeto ruim. Essa crítica se aplicava em grande parte às impressas em quadricromia. Vários exemplos podem ser vistos na seção "Histórias escolares através dos tempos" (pp. 54-55), a começar pelo mais antigo, de 1909, cuja capa é uma prancha colorida do miolo colada em papel listrado impresso com detalhes do título. A capa de Arthur Rackham para *Alice no País das Maravilhas* (p. 33) usa a mesma técnica com mais elegância, sobre um papel todo branco. Colar uma imagem era uma

→ ***The Squirrel, the Hare and the Little Grey Rabbit*** **[O esquilo, a lebre e o pequeno coelho cinza]**
Alison Uttley (autora), Margaret Tempest (ilustradora). Londres: William Heinemann, 1929. 175 x 140 mm
Primeira obra de uma série de pelo menos 26 títulos ilustrados por Tempest (1892-1982), que também contribuiu para o projeto gráfico do livro. Foi a primeira obra escrita por Alison Uttley (1884-1976), autora prolífica de livros para crianças. O painel central com a ilustração apresenta um leve alto-relevo.

→ ***Number 4 Joy Street, A Medley of Prose and Verse for Boys and Girls*** **[Número 4: Rua da Alegria – Uma mistura de prosa e verso para meninos e meninas]**
Alec Buckels (design da sobrecapa colorida). Oxford: Basil Blackwell, 1927. 249 x 185 mm
Alec Buckels cria um projeto amontoado mas bem ordenado em cores chapadas para a capa do anuário da Basil Blackwell, que estava acima do padrão de livros-recompensa e trazia contribuições literárias de Eleanor Farjeon, Hilaire Belloc e Edith Sitwell.

↓ ***Tippenny-Tuppenny's Happy Book*** **[O livro feliz de Tippenny-Tuppenny]**
Autor e ilustrador desconhecidos. Londres: Humphrey Milford, Oxford University Press, 1938. 85 x 65 mm
Este é um exemplo dos muitos lançamentos da Oxford University Press no período de "Herbert Strang", pseudônimo de seus editores. As capas vibrantes redimem o conteúdo bastante rotineiro.

solução mais barata do que encomendar uma nova e maior ilustração, mas passava uma ideia de improviso. À medida que a impressão em quadricromia se tornou menos custosa, na década de 1920, os livros baratos começaram a ter capas totalmente coloridas – mas a técnica ainda não era confiável e, a menos que se tomasse muito cuidado na impressão, a cor do original ficava borrada. No mundo da edição de livros para adultos, as sobrecapas ilustradas eram menosprezadas como um artifício que atraía leitores incultos a comprar livros por meio de imagens superdramatizadas. Havia outras razões para críticas, visto que esse tipo de impressão só podia ser feito sobre papel de revestimento uniforme, que lascava e se danificava com facilidade. Além disso, podia se descolar e seu manuseio não era tão agradável como o da encadernação tradicional ou da sobrecapa impressa em papel consistente. Não surpreende que algumas das sobrecapas que apreciamos hoje como peças de época, embora não como arte, fossem jogadas fora ou simplesmente se desmanchassem.

Durante o século XIX, as encadernações de livros tinham vida própria e não se relacionavam necessariamente ao tema da obra. Muitas vezes, o ilustrador da capa não era o mesmo do miolo, como na edição da Seeley & Co. de *Contos de Grimm* (p. 30). Os editores mantinham fundos de catálogo maiores do que é costume hoje. Grandes tiragens significavam economia na impressão, embora a encadernação fosse muitas vezes feita em pequenas quantidades, para atender à demanda. Os miolos sem capa eram mantidos em um armazém e podiam receber novas encadernações para transmitir uma aparência mais atualizada, como no caso de *Aesop's Fables in Words of One Syllable*, da Routledge (p. 29). Esse procedimento enganoso aumentava a reputação ambígua da capa ilustrada.

Nas décadas de 1920 e 1930, muitos livros para criança encontrados em grande quantidade nos sebos eram "vestidos" pelos editores com sobrecapas coloridas ou capas decoradas, mas o miolo permanecia com a mesma baixa qualidade. Eram conhecidos como "*reward books*" (livros-recompensa), os colégios doavam as obras ao final do ano letivo, ou serviam de prêmio em escolas dominicais religiosas.

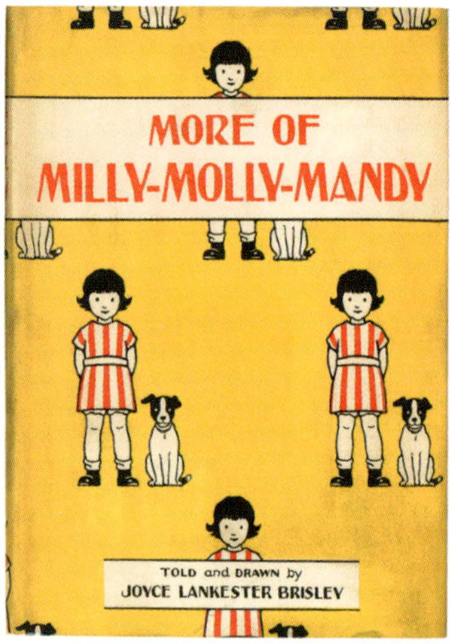

Os livros-recompensa nada mais eram do que imitações baratas dos livros-presente do período eduardiano. No entanto, em vez de uma rica coleção de pranchas coloridas, seus azarados ganhadores tinham de se contentar com um frontispício de uma única cor, recortado como um medalhão colado na capa, decorada por uma terceira pessoa. *Alice no País das Maravilhas* (p. 33) da editora Blackie é um exemplo de livro-presente. O papel para essas "recompensas" era artificialmente "encorpado" com ar, a fim de torná-lo mais espesso sem fornecer a resistência ou a solidez que isso implicaria. Como escreveu o bibliotecário e historiador Marcus Crouch: "Era [...] praticamente impossível que qualquer narrativa de valor literário ou sociológico fosse produzida nessa máquina". Os críticos literários ficaram deliciados ao ver milhares de livros-recompensa consumidos pelas chamas quando o centro da produção editorial inglesa, então situado na região da Paternoster Square, ao norte da catedral de St. Paul, foi atingido durante o ataque alemão a Londres, na Segunda Guerra Mundial. Depois disso, a indústria editorial foi capaz de virar uma nova página.

O repúdio às sobrecapas, contudo, era mais profundo que uma simples objeção a projetos chulos ou impressões pobres. O movimento *arts and crafts* havia gerado, nos dois lados do Atlântico, o sentimento de que o livro era um objeto coeso. Isso implicava que o projeto deveria apresentar unidade em todos os seus elementos, desde o tamanho da página e layout, até a escolha de papel, tipografia, ilustração e encadernação. A coesão exigia que, na medida do possível, cada parte do livro exibisse honestamente os métodos com que fora concebido. Portanto, as técnicas de reprodução fotomecânica só eram aprovadas se tivessem a mais alta qualidade e servissem a um propósito que não pudesse ser atendido de nenhuma outra forma. Um bom designer só escolheria um método de impressão mais direto, como a xilogravura, a menos que fosse absolutamente necessário reproduzir uma fotografia. Mesmo que usadas fotogravuras, preferia-se desenhá-las para impressão em cores chapadas ou em fotogravura a traço, a imprimi-las com retícula. Todas as sobrecapas eram duvidosas, pois não faziam parte fisicamente do livro. E aquelas impressas em quadricromia

← ***More of Milly-Molly-Mandy***
[Mais de Milly-Molly-Mandy]
Joyce Lankester Brisley (autora e ilustradora). Londres: George G. Harrap, 1928. 192 x 130 mm
A sobrecapa deste segundo livro da famosa coleção inglesa Milly-Molly-Mandy usa um padrão repetido, como um papel de parede. O modo como o texto se sobrepõe às imagens e o mapa da aldeia (muito útil) nas guardas são encantadores.

← ***Nursery Rhymes*** **[Cantigas de ninar]**
"Com ilustrações de Claud Lovat Fraser." Londres: T. C. & E. C. Jack Ltd, 1919. 272 x 200 mm
Claud Lovat Fraser (1890-1921) foi um artista extremamente influente que reviveu o estilo de *chapbook* do século XVIII e lhe conferiu popularidade generalizada antes da Primeira Guerra Mundial, publicando páginas duplas de versos e ilustrações por uma empresa pequena, The Flying Fame, da qual era sócio. *Nursery Rhymes* saiu primeiro pela The Poetry Bookshop, em 1916. O crítico Marcus Crouch o chamou de "o mais avançado livro ilustrado inglês desde *Alphabet*, de Nicholson, em 1898", acrescentando que, "como o livro de Nicholson, ele tinha pelo menos meio olho voltado ao leitor adulto".

↓ ***Mr. Tootleoo and Co.***
[Sr. Tootleoo e Cia.]
Bernard Darwin (autor), Elinor Darwin (ilustradora). Londres: Faber & Faber, 1935. 190 x 242 mm
Os dois títulos anteriores dessa série fantástica e muito conhecida de contos rimados sobre um marinheiro náufrago e várias criaturas fabulosas foram publicados pela Nonesuch Press, uma das responsáveis pela revivescência da atividade editorial na década de 1920. Os desenhos atraentes, feitos pela mulher do autor, foram impressos de modo a lembrar o *pochoir*, ou coloração por meio de estêncil, e são uma bela apresentação para este primeiro título "comercial" da série.

→ ***The Twins & Tabiffa***
[Tabiffa e os gêmeos]
Constance Heward (autora), Susan Beatrice Pearce (ilustradora). Londres: George G. Harrap, 1923. 160 x 110 mm
A tipografia do título, presumivelmente criada pela ilustradora, é um aspecto agradável desta capa empastada em cartão. Mostrar as figuras de costas é um artifício comum para sugerir o movimento feito pelo leitor para dentro do livro.

↓ ***Ameliaranne and the Green Umbrella***
[Ameliaranne e o guarda-chuva verde]
Constance Heward (autora), Susan Beatrice Pearce (ilustradora). Londres: George G. Harrap, 1920. 160 x 113 mm
Primeiro livro de uma longa série que de forma bastante atípica apresentava sempre o mesmo ilustrador, embora os autores tenham mudado com o tempo (entre eles chegou a figurar, muito inesperadamente, Eleanor Farjeon, uma das mais eminentes autoras para crianças do período). Aqui, como em *The Twins & Tabiffa*, Pearce usa o recurso da visão de trás das figuras centrais em um desenho simétrico.

comprometiam ainda mais a coesão, visto que o artista tinha menos controle do resultado do que em outros processos.

As técnicas de impressão alternativas exigiam mais habilidade do designer, mas os resultados devolviam à sobrecapa o senso de totalidade, já que tinham valor artístico. Se o ilustrador quisesse usar cores chapadas, obtidas por meio de impressão fotomecânica em relevo, desenhava cada objeto de cor diferente separadamente (separação de cores) e planejava a sequência de impressão a fim de obter o melhor resultado. Claud Lovat Fraser, cujas obras antes da Primeira Guerra Mundial se assemelhavam aos *chapbooks* (assim como as de William Nicholson), foi um dos primeiros ilustradores a estudar essa técnica, que devolve parte da encantadora qualidade do colorimento à mão, usado no período da Regência.

O processo não era muito difícil de aprender, e as capas de *Number 4 Joy Street* e *Tippeny-Tuppeny's Happy Book* (p. 41) são exemplos de sua versatilidade, em diferentes níveis de complexidade. A simplificação cartazista desta última é típica da década de 1920 e está associada ao movimento *art déco*, que apreciava cores vibrantes e contrastadas. Nestas páginas, a capa de *More of Milly-Molly-Mandy* é somente uma aplicação de cor chapada, enquanto *Mr. Tootleoo and Co.* é híbrida: tem áreas de retícula, mas ainda é impressa com uma mistura especial de cores para obter o máximo de intensidade. A sobrecapa de *The Box of Delights*, de John Masefield (p. 45), mostra como um fundo branco ajuda a destacar uma pequena seleção de cores sustentada por ilustrações de contornos pretos.

Essas capas, ainda que raras para a época, representavam a crescente consciência da indústria editorial de que um bom livro devia ser tratado como um todo, com um estilo coerente entre suas partes. O trabalho de Edy-Legrand demonstrava essa preocupação e recebeu grande destaque na Inglaterra e nos Estados Unidos (p. 48). Em 1929, um jovem ilustrador, Douglas Percy Bliss, escreveu na revista *Artwork*: "Antes de conhecer as obras de Edy-Legrand, os livros ilustrados mais alegres e inteligentes que eu vira eram os de Crawhall e seus seguidores, Nicholson e Lovat Fraser. A descoberta do delicioso *Macao et Cosmage* foi uma surpresa chocante e prazerosa".

Uma vez que as sobrecapas se firmaram na área editorial, novos caminhos se abriram para uma ampla variedade de estilos. Um dos objetivos era estabe-

← ***Just William's Luck***
[A sorte de William]
Richmal Crompton (autora), Thomas Henry (ilustrador). Londres: George Newnes, 1948. 190 x 130 mm
Thomas Henry ilustrou e fez as sobrecapas vermelhas características dos primeiros 38 títulos da série William. A partir de 1965, passou a contar com a colaboração de Peter Archer. Esta sobrecapa retrata o herói com seu cachorro Jumble num apuro – como era frequente –, desesperado pelo desejo de algo, mas sem dinheiro.

lecer a identidade de livros publicados em série. Algumas sobrecapas do período entreguerras existem até hoje, como é o caso das séries Just William ou Chalet School. Ambas traziam livros com sobrecapas coloridas, embora os miolos fossem preto e branco. A partir de meados da década de 1930, Harold Jones produziu uma série com tratamento artístico diferenciado para os livros de E. M. Atkinson (p. 58), cuja tipografia é incorporada ao projeto da capa como um todo, sugerindo que ele retrabalhou, de maneira sofisticada, capas de livros das décadas de 1860 ou 1870. A série marcou o começo da longa carreira de Jones como ilustrador de livros para criança, que se estendeu até a década de 1970.

← ***Doctor Dolittle's Circus***
[O circo do Dr. Dolittle]
Hugh Lofting (autor e ilustrador). Londres: Jonathan Cape, 1925. 204 x 145 mm
Hugh Lofting (1886-1947) começou em 1922 sua coleção de livros sobre o Dr. Dolittle, um médico que fala com animais, desenhando suas próprias ilustrações e capas. Estas são particularmente deliciosas por serem ligeiramente ingênuas, com cores agradáveis. Como o crítico Edward Blishen observou em 1968, "é possível imaginar os estilos de ilustração que o influenciaram – uma curiosa gama que vai do grotesco (início do período vitoriano) ao *art nouveau*". Porém, o caráter geral das ilustrações remete os livros à década de 1920. Blishen sentia "uma sobrecarga especial de entusiasmo e invenção" nesta obra e a julgava possivelmente a melhor de Lofting.

O próprio Hugh Lofting ilustrou a série Dr. Dolittle. Os livros têm uma moldura – em cada título com um desenho e uma cor diferentes – dentro da qual é reproduzida a imagem do frontispício. De forma semelhante, Arthur Ransome (pp. 56-57) se encarregou das ilustrações e sobrecapas de seus livros, tomando o lugar dos artistas que haviam ilustrado as primeiras edições. Cada um dos títulos da série apresentava uma sobrecapa com imagens do próprio livro reduzidas e dispostas como uma colagem. As capas vinham com uma segunda cor exclusiva, de modo que, quando a série era enfileirada, compunha um conjunto agradável. Dos autores famosos que preferiram fazer os projetos das sobrecapas de seus livros, adequados para reprodução em fotogravura, podemos citar J. R. Tolkien para *O Hobbit*, publicado pela editora George Allen & Unwin em 1937, e T. S. Eliot para *Os gatos*, publicado pela Faber & Faber em 1939.

↓ ***The Head-Girl of the Chalet School***
[A moça eleita da escola Chalet]
Elinor M. Brent Dyer (autora), Nina K. Brisley (ilustrações e capa). Londres e Edimburgo: W. & R. Chambers, 1928. 190 x 125 mm
Até 1941, os livros da coleção Chalet School eram todos ilustrados por Nina Brisley, irmã da criadora de *Milly-Molly-Mandy*. Esta sobrecapa impressa em quadricromia capta a qualidade de um desenho de aquarela em seu papel acetinado, branco como giz.

As sobrecapas de livros para adultos de editoras como Faber & Faber, Jonathan Cape, The Bodley Head e Chatto & Windus contaram com o talento de alguns dos melhores artistas gráficos do período. Rex Whistler ilustrou as histórias de *The Lord Fish*, de Walter de la Mare, para a Faber & Faber em 1933, e os editores ficaram tão orgulhosos da encomenda que estamparam, na capa e na quarta capa do livro,

→ ***The Camels are Coming***
[A cavalaria está chegando]
W. E. Johns [William Earle] (autor). Londres: John Hamilton, 1935. 190 x 125 mm
Relançamento do primeiro livro da série Biggle. O título vem de *Sopwith Camel*, um antigo avião de combate. A capa exibe uma alegre tipografia *art déco* e um uso eficaz dos três aviões vindos do céu. A série foi assumida pela Oxford University Press em 1935, que desenvolveu uma capa-padrão para todos os livros, com ilustrações de Howard Leigh e Alfred Sindall.

↓ ***The Box of Delights*** **[Caixa de delícias] John Masefield (autor), Judith Masefield (ilustradora). Londres: William Heinemann, 1935. 195 x 130 mm**
Masefield escreveu dois livros sobre a menina Kay Harker, *The Midnight Folk* (1927) [O povo da meia-noite] e *The Box of Delights*. Este é apresentado aqui em sua primeira edição, com capa desenhada pela filha do autor. As imagens sugerem o teor cômico ocasional desta história, que é provavelmente mais conhecida pelo inusitado, pelo mistério e por certo terror levemente kafkiano. O projeto da capa foi sutilmente modificado nas edições posteriores de capa dura, impressas em cores alternativas.

a frente e a lombada da sobrecapa. Em contraste com o baixo padrão dos livros-recompensa, que reciclavam material antigo, esses editores não só encomendavam boas sobrecapas como também ajudaram a elevar os padrões de produção editorial durante os anos 1920. Basil Blackwell, proprietário da principal livraria de Oxford da época, publicava uma pequena mas diferenciada lista de livros para criança, encabeçada por antologias da revista anual *Joy Street*, publicada de 1923 a 1926. Nessas páginas apareceram pela primeira vez textos de vários autores importantes, inclusive Eleanor Farjeon. As sobrecapas de Alec Buckels (p. 41) para os livros da série Joy Street possuíam projetos muito mais sofisticados que os outros anuários para crianças que inundavam o mercado, embora os projetos de Alfred Bestall para Rupert, produzidos de 1936 em diante, tenham devotos fiéis (p. 53). Na Faber & Faber, empresa fundada em 1923, o diretor responsável pela produção editorial era Richard de la Mare, filho do autor de *Peacock Pie*. A Faber publicou os soberbos livros ilustrados *Clever Bill* (1926) e *The Pirate Twins* (p. 49), e na década de 1930 lançou edições inglesas de muitos dos melhores livros ilustrados feitos nos Estados Unidos.

Do outro lado do Atlântico, desde o início do século havia uma renovação do entusiasmo e do profissionalismo, em contraste com a produção editorial inglesa que, apesar do volume crescente de títulos editados, parecia confusa e amadorística. Beatrix Potter tinha chegado à conclusão de que os autores ingleses de literatura infantil "costumavam escrever em tom condescendente para crianças, mas agora eles escrevem tagarelices sem graça ou de forma odiosa, cheia de gírias". Autores, ilustradores, editores, livreiros e bibliotecários formavam uma rede interligada nos Estados Unidos, servida por novas organizações e publicações como a *Horn Book*, revista bimestral da livraria infantil de Bertha Mahony Miller, em Boston, que começou a ser publicada em 1924. As seções de literatura infantil das bibliotecas públicas eram muitas vezes a parte mais importante dessa cadeia, assim como os bibliotecários, como Anne Carroll Moore, da Biblioteca Pública de Nova York. Moore, que escrevia resenhas no *New York Herald Tribune*, era amiga de Beatrix Potter e valorizava a seriedade com que a escritora encarava a literatura infantil. As opiniões de Miller, Moore e outras, em sua maioria profissionais mulheres, num universo predominantemente masculino, eram valorizadas pelos editores, que se sentiam estimulados a experimentar novos autores, novas capas, novos pro-

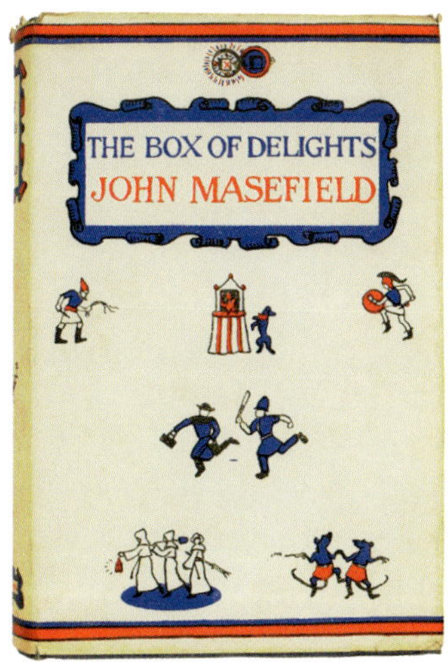

jetos gráficos e novas histórias (pp. 60-61 e pp. 82-83). O começo dos prêmios anuais nos Estados Unidos, a Medalha Newbery (concedida desde 1923 para os melhores livros para criança norte-americanos) e a Medalha Caldecott (conferida desde 1938 ao mais notável livro ilustrado), contribuiu muito para estimular o interesse público pela área de literatura infantil.

A confiança norte-americana na produção de livros ilustrados devia-se muito à combinação de editores de mente aberta e autores e ilustradores emigrados, recém-chegados da Europa Central. Se eles tivessem passado por Paris durante a viagem, teriam conhecido a série Albums du Père Castor, produzida por litografia em um novo estilo (p. 49), para a qual o artista russo Fiódor Rojankovsky (1891-1970), que chegou aos Estados Unidos em 1941, fez muitos títulos sob o nome galicizado "Rojan". Albums du Père Castor era, por sua vez, influenciada pelos livros ilustrados produzidos na Rússia depois da Revolução de 1917. Desenhados com um estilo enérgico e vívido, eram impressos a partir dos desenhos do artista em chapas de impressão litográficas. Embora esse meio de impressão estivesse disponível havia muitos anos, seu potencial de transmitir um desenho solto e ligeiro, combinado com cores fortes, permanecera estranhamente inexplorado. Os editores norte-americanos buscavam gráficas que conseguissem obter bons resultados do processo e artistas que soubessem trabalhar com esse recurso e fazer suas próprias separações de cores. Quando dava certo, a litografia podia poupar ao editor muito dinheiro e ao mesmo tempo oferecer aos clientes livros baratos que eram, na verdade, impressões do original do artista. Um exemplo é a obra *Daniel Boone*, de Rojankovsky, produzido em Paris para o mercado norte-americano em 1931. Depois de livros como esse terem apontado o caminho, o impulso para um projeto gráfico mais ousado foi levado a outros meios de impressão. Na nova geração de livros ilustrados, a sobrecapa em geral se tornava parte integrante de toda a produção, embora, como no caso de *Millions of Cats*,

← ***Emil und die Detektive***
[Emil e os detetives]
Erich Kästner (autor), Walter Trier (ilustrador). Berlim: Williams & Co. Verlag, 1933 / Rio de Janeiro: Pavio, 2009. 200 x 160 mm
Edição alemã do ano em que este clássico de 1929 escrito por um autor de esquerda foi banido pelos nazistas. A capa semelhante a HQ é ousada na utilização tanto de espaço vazio como de um ponto de vista de sobrevoo. Walter Trier (1890-1951) migrou depois para Londres e ilustrou *Blitz Kids* (1941), de Elinor Mordaunt, entre outras obras.

↓ ***Mary Poppins***
P. L. Travers (autora), Mary Shepard (ilustradora). Londres: Gerald Howe, 1934. 190 x 130 mm
Este livro já era famoso nos Estados Unidos (embora não na mesma escala que na Inglaterra) quando Walt Disney o transformou em filme, em 1966. A sobrecapa simples original, impressa em uma única demão de tinta roxo-clara sobre papel amarelo, é de autoria da filha do ilustrador E. H. Shepard, mais conhecido que ela.

↓ ***Pinocchio, the Story of a Puppet***
[As aventuras de Pinóquio]
Carlo Collodi (autor), M. A. Murray (tradutor), Kurt Wiese (ilustrador). Londres e Edimburgo: Thomas Nelson, 1938. 208 x 140 mm
O conto moral clássico de Collodi foi publicado pela primeira vez em inglês em 1892. Esta edição, ilustrada por um conhecido artista germano-americano, foi lançada dois anos antes do filme de Walt Disney.

→ ***Adventures of the Little Wooden Horse***
[As aventuras de um cavalinho de madeira]
Ursula Moray Williams (autora), Joyce Lankester Brisley (ilustradora). Londres: George G. Harrap, 1938. 225 x 165 mm
Ursula Moray Williams (1911-2006) era ilustradora, como se vê em seus livros de Jean-Pierre, mas quem ilustrou a sobrecapa desta obra, que se tornou um clássico, foi a autora-ilustradora da série Milly-Molly-Mandy (p. 42).

→ ***Sharp Ears, The Baby Whale***
[Orelhas afiadas, o bebê baleia]
John Y. Beaty (autor), Helene Carter (ilustradora). Oxford: Basil Blackwell, 1939. 213 x 213 mm
A primeira edição desta obra americana foi impressa por litografia. Como vários dos melhores livros ilustrados nos Estados Unidos da década de 1930, foi reeditado na Inglaterra. A capa mostra como um artista habilidoso, neste caso o mesmo que ilustrou a edição americana de *Swallows and Amazons* (p. 56), era capaz de combinar uma seleção limitada de cores para criar um projeto bem elaborado.

↓ ***In His Little Black Waistcoat***
[Em seu coletinho preto]
"História e ilustrações de Joan Kiddell-Monroe". Londres: Longman, 1939. 380 x 275 mm
Joan Kiddell-Monroe (1908-72) inspirou-se na chegada de um filhote de panda-gigante ao zoológico de Londres para escrever e ilustrar seu primeiro livro, publicado com o mesmo tamanho dos livros do elefante Babar. Como escreveu o crítico Frank Eyre, ele era "notável pelo uso destemido do espaço, em uma época em que o design da maioria dos livros ilustrados convencionais parecia se basear na oferta do máximo de cores possível ao público".

de Wanda Gág, ou de *Choo Choo: The Story of a Little Engine Who Ran Away*, de Virginia Lee Burton (pp. 49 e 61), ela fosse a única parte do livro a usar outras cores, além do preto e do branco.

Os prelos litográficos, normalmente destinados a imprimir cartazes, não mostravam dificuldade em lidar com páginas de tamanho grande, e uma moda de livros ilustrados enormes começou com a série Babar (p. 50), de Jean de Brunhoff. *Little Tim and the Brave Sea Captain*, de Edward Ardizzone, publicado em 1936 (p. 76), cujo tamanho se baseou no livro de esboços do artista, foi encomendado pela filial de Nova York da Oxford University Press, e não pelo escritório de Londres. Mesmo com os impressores mais avançados tecnicamente nos Estados Unidos, sua produção significava uma aventura perigosa, embora valesse a pena.

Na Inglaterra, o primeiro livro da série Orlando (p. 51), de Kathleen Hale, foi lançado em 1938 a partir de pranchas desenhadas por artistas da gráfica W. S. Cowell. Depois disso, Kathleen Hale teve de aprender a desenhar suas pranchas a fim de poupar custos e trabalhou regularmente por quatro meses em cada título. Todos esses livros são no tamanho in-quarto, com gravuras coladas na primeira e na quarta capa, apesar de também terem sobrecapas de tamanho muito grande, com os mesmos desenhos. A própria Hale trabalhou nas pranchas de Orlando sem nenhuma remuneração extra, porque desejava incluir muitos detalhes nos desenhos.

A também enorme capa de *In His Little Black Waistcoat* (à direita), de Joan Kiddell-Monroe, baseava-se na simplificação e, conforme observou o crítico Marcus Crouch, em "um equilíbrio sutil de massas de preto e de branco". Com estes livros, e com aqueles da Puffin Picture Books litografados em 1940 (baseados na experiência de Noel Carrington em produzir Orlando para a editora Country Life Books, além de sua admiração por livros russos e pela série Albums du Père Castor), a edição de livros para criança inglesa deu um passo à frente e começou a acompanhar o ritmo dos Estados Unidos.

O RENASCIMENTO DO LIVRO ILUSTRADO

O conceito de *livre d'artiste* foi desenvolvido na França no final do século XIX. Ele se distinguia do livro ilustrado luxuoso pela primazia dada à ilustração em relação ao texto, e pelo consequente caráter vanguardista da obra. Devido ao interesse do modernismo pela arte popular, pela criatividade das crianças e por outras manifestações primitivistas, os livros para criança, ou a reelaboração sofisticada deles, tornou-se uma marca registrada do gênero. Uma vez estabelecido o precedente, desenvolveu-se na década de 1920 um gênero intermediário de livros dirigidos intencionalmente para crianças, mas destinados basicamente ao entretenimento adulto. Um deles era o magnífico já citado *Macao et Cosmage*, que carrega uma mensagem política e moral em meio a suntuosas pranchas coloridas em *pochoir* (estêncil).

Numa escala mais modesta, David Jones foi um dos vários artistas a trabalhar na década de 1920 para a Poetry Bookshop, de Harold Munro, em Londres. Também em Londres, William Nicholson, que flertara com livros para criança na virada do século, se inspirou com o nascimento de sua filha Elizabeth produzindo dois clássicos atemporais – *Clever Bill* (1926) e *The Pirate Twins* (1929) –, descritos pelo crítico Brian Anderson como "simplesmente os melhores e mais fluentes livros ilustrados do século".

Na Rússia pós-revolucionária, muitos artistas passaram a desenhar livros para criança litografados, admirados no Ocidente e acabaram influenciando a série Albums du Père Castor, publicada em Paris pela Flammarion. A maior parte desses livros abordava a vida cotidiana, a natureza e a ciência. Para simplificar o processo de impressão litográfica, o artista deveria criar seus próprios tipos – os da capa e muitas vezes também os do miolo. Isso ajudava a dar à obra uma qualidade íntima e informal, e assim o texto se tornava mais integrado ao projeto da capa.

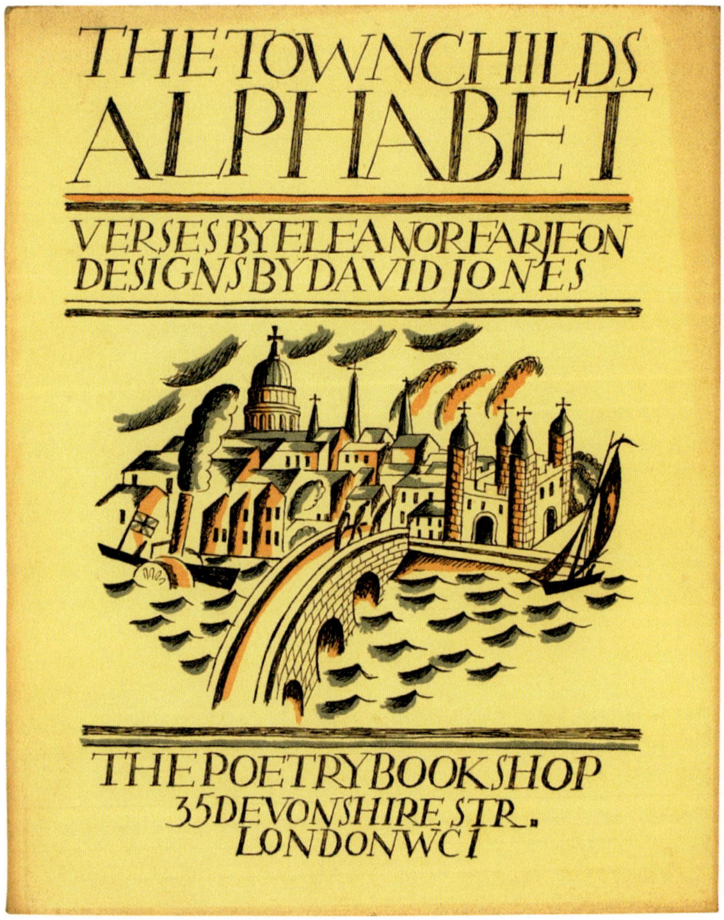

↑ ***The Town Child's Alphabet***
[A cidade infantil do alfabeto]
"Versos de Eleanor Farjeon, desenhos de David Jones." Londres: The Poetry Bookshop, 1924. 210 x 170 mm
David Jones (1895-1974) foi um pintor e poeta destacado bastante preocupado com a relação entre texto e imagem. Este trabalho inicial mostra a singularidade de seu desenho a traço fino. Outro título acompanhava este, *The Country Child's Alphabet*, ilustrado por Michael Rothenstein.

← ***Macao et Cosmage, ou l'Expérience du bonheur* [Macao e Cosmage, ou a experiência da felicidade]**
Edy-Legrand (autor e ilustrador). Paris: Editions la Nouvelle Revue Française, 1919. 330 x 330 mm
A capa talvez seja a parte menos importante deste livro, embora mostre em cores atenuadas o efeito da aquarela aplicada à mão com estêncil. Graças a este e outros títulos na década de 1920, Edy-Legrand (1892-1970) relançou sua carreira com sucesso espetacular.

↓ ***The Pirate Twins*** [Os piratas gêmeos]
William Nicholson (autor e ilustrador). Londres: Faber & Faber, 1929. 187 x 250 mm
Quando imaginou esta deliciosa história de fantasia, ilustrada com poucas cores, Nicholson usou um estilo diferente das figuras severas de seu *Alphabet*. Note como a fumaça que sai da chaminé do navio se enrosca para formar uma moldura decorativa.

→ ***Ils font comme ci, elle fait comme ça*** [Eles fizeram assim, ela faz assado]
"Père Castor" [Paul Faucher] (autor), Chacane (ilustrador). Paris: Flammarion, 1934. 170 x 190 mm
A série Albums du Père Castor, iniciada em 1932, foi influente na Inglaterra e nos Estados Unidos. Este é um livro para recortar, com páginas de cartão perfuradas que formam um jogo sobre profissões, em que as palavras no verso de cada figura servem de pistas.

← ***Das Zauberboot*** [O barco mágico]
Tom Seidmann-Freud (autora e ilustradora). Berlim: Herbert Stuffer Verlag, 1929. 241 x 208 mm
A alemã Tom Seidmann-Freud (1892-1930) partiu da premissa da psicologia infantil de que é benéfico para as crianças desempenharem papel participativo na observação das imagens. Assim, na tradição dos livros *pop-up*, em quase todas as páginas deste título há abas para puxar, levantar ou girar.

↑ ***Millions of Cats*** [Milhões de gatos]
Wanda Gág (autora e ilustradora). Londres: Faber & Faber, 1928. 185 x 250 mm
Clássico do jeito simples de contar histórias em estilo popular, com páginas em preto e branco e capa de cores vibrantes. Wanda Gág (1893-1946) levou fantasia de primeira ao mundo extravagante da década de 1920.

LIVROS GRANDES *BABAR* E *ORLANDO*

Jean de Brunhoff (1899-1937) foi, a seu modo, tão importante quanto Beatrix Potter na mudança de formato dos livros para criança. Os minilivros de Potter combinavam com os animais sobre os quais ela escrevia, e os livros grandes de Brunhoff eram adequados aos elefantes que ele começou a imortalizar em 1931. As cores fortes, impressas a partir de chapas litográficas, com charmosos textos manuscritos, foram reproduzidas na primeira edição inglesa lançada pela Methuen. Brunhoff escreveu as histórias quando estava com tuberculose, uma maneira de manter contato com os filhos, e o último de seus quatro livros foi publicado após sua morte.

O ilustrador Maurice Sendak, grande admirador de *Babar*, escreveu: "Estes livros são tipicamente franceses, cheios de noções de comportamento, masculinidade e feminilidade que podem ser consideradas antiquadas. Porém, há sempre uma ênfase subjacente no desenvolvimento da liberdade pessoal e da individualidade de uma criança (um elefante criança), por meio do autocontrole".

O encanto e o sucesso de *Babar* e outros títulos franceses influenciaram o editor Noel Carrington, na Inglaterra. Kathleen Hale apresentou-lhe a ideia de *Orlando, o gato laranja*, baseada em histórias que contava para seus filhos. Esses livros, produzidos antes e depois da guerra em formato deliberadamente semelhante aos livros de Babar, eram impressos a partir da separação de cores feita pela própria autora, que trabalhou quatro meses em cada um. *Henrietta, a galinha fiel* foi uma invenção posterior, menos conhecida que *Orlando* mas igualmente criativa.

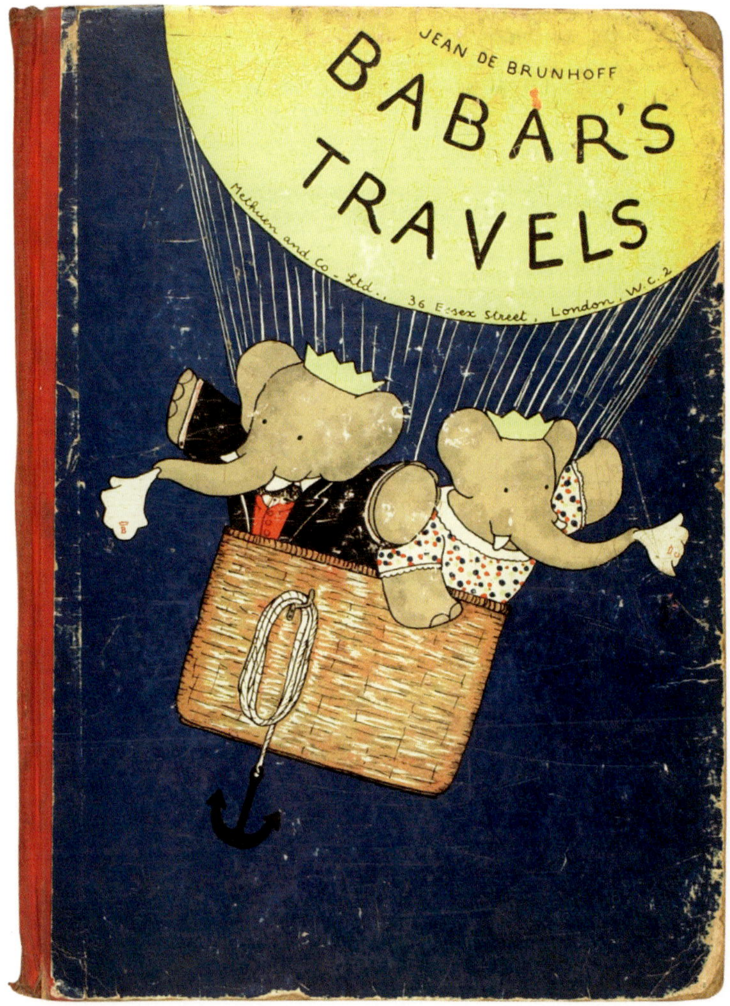

↑ ***Babar's Travels** [A viagem de Babar]*
Jean de Brunhoff (autor e ilustrador). Londres: Methuen, 1936 / São Paulo: Companhia das Letrinhas, 1997. 362 x 267 mm
"Cheio de reviravoltas do destino alarmantes e muito divertidas", afirma Maurice Sendak sobre o segundo livro da série Babar, em que Babar e Celeste vivem muitas aventuras em sua lua de mel.

← ***The Story of Babar, the Little Elephant** [A história de Babar, o pequeno elefante]*
Jean de Brunhoff (autor e ilustrador), A. A. Milne (prefácio). Londres: Methuen, 1934 / São Paulo: Companhia das Letrinhas, 1997. 362 x 267 mm
Babar tornou-se favorito na Inglaterra e nos Estados Unidos. Esta é a primeira edição inglesa. O texto manuscrito foi impresso pelos especialistas em litografia da W. S. Cowell. Depois da Segunda Guerra Mundial, o formato das edições se tornou mais convencional e menor, mas a versão original em formato grande foi relançada na década de 1980.

→ ***Henrietta the Faithful Hen***
[Henrietta, a galinha fiel]
Kathleen Hale (autora e ilustradora).
Londres: George Allen & Unwin, 1967.
213 x 285 mm
Publicado pela primeira vez em 1943, pelo editor original de Hale, Noel Carrington, em sua editora Transatlantic Arts. Henrietta apareceu em um livro posterior da Allen & Unwin em 1973. Esta é a segunda edição.

→ ***Orlando's Home Life***
[Orlando em sua casa]
Kathleen Hale (autora e ilustradora).
Londres: Puffin Picture Books (Penguin Books), 1942. 180 x 220 mm
Quando Noel Carrington começou a Puffin Picture Books, a experiência de Kathleen Hale com desenho para litografia foi uma boa razão para ampliar a série Orlando, acrescentando-lhe três outros títulos.

↑ ***Orlando (the Marmalade Cat) Keeps a Dog*** [Orlando (o gato caramelo) tem um cachorro]
Kathleen Hale (autora e ilustradora).
Londres: Country Life Books, 1949.
370 x 270 mm
A noção de projeto de página de Hale se evidencia no formato do espaço em branco localizado no centro da capa.

← ***Orlando the Marmalade Cat: A Trip Abroad*** [Orlando, o gato caramelo: Viagem pelos mares]
Kathleen Hale (autora e ilustradora).
Londres: Country Life Books, 1939.
370 x 270 mm
Este foi o segundo dos livros da coleção Orlando, de Kathleen Hale, em tamanho grande e o primeiro para o qual ela desenhou suas próprias chapas litográficas. A obra foi lançada com sobrecapa solta, que trazia o mesmo projeto da capa do livro.

← ***Orlando the Marmalade Cat: A Seaside Holiday*** [Orlando, o gato caramelo: Férias na praia]
Kathleen Hale (autora e ilustradora).
Londres: Country Life Books, 1952.
370 x 270 mm
Este foi o último livro da coleção Orlando no formato grande.
A capa mostra um velho barco convertido em casa de férias, que foi durante muitos anos uma característica do rio em Aldeburgh, em Suffolk, Inglaterra.

URSOS INGLESES O URSINHO POOH E RUPERT

O significado cultural de *O Ursinho Pooh* não pode ser resumido em algumas frases. Seu criador, A. A. Milne (1882-1956), teria sido esquecido não fossem os versos e as histórias inspirados por seu filho, Christopher Robin Milne, nascido em 1920. Ilustradas por Ernest Shepard, as quatro obras tornaram-se *best-sellers* e, embora em alguns aspectos cheirassem à extravagância da década de 1920, revelaram estar entre os mais fortes sobreviventes no gênero de livros para criança. Publicados em edições padronizadas pela Methuen, as capas, encadernadas em *buckram* [tecido de algodão refinado endurecido com cola] com a aplicação de ilustrações em dourado, tiveram mais destaque do que as sobrecapas. O Urso Rupert, desenhado por Mary Tourtel (1874-1948), apareceu pela primeira vez em tirinhas do jornal britânico *Daily Express* em 1920. Logo foram reunidas em livros, impressos em papel-bíblia. As histórias são interessantes pela evolução do herói, cuja cabeça paulatinamente se aproxima da forma humana. Quando a visão de Tourtel começou a falhar, Alfred Bestall (1892-1986) assumiu Rupert. Além de mais habilidoso como criador de histórias, Bestall imprimia as capas e as guardas em cores para as edições anuais de Rupert, iniciadas em 1936 e populares desde então.

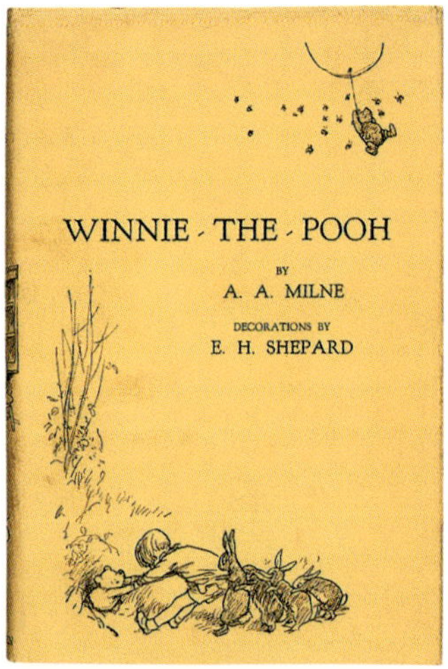

← ***Winnie the Pooh*** **[As aventuras do Ursinho Pooh e seus amigos]**
A. A. Milne (autor), E. H. Shepard (ilustrador). Londres: Methuen, 1926. 190 x 128 mm
O urso mais famoso da literatura apareceu originalmente em uma capa muito simples, com duas ilustrações tiradas do miolo e posicionadas cuidadosamente na página de maneira apropriada à ação retratada. A preocupação com o layout geral ajudou a leitura e sem dúvida contribuiu para o sucesso deste livro e dos que se seguiram.

↑ ***Winnie ille Pu***
A. A. Milne (autor), Alexander Lenard (tradutor), E. H. Shepard (ilustrador). Londres: Methuen, 1960. 190 x 127 mm
Esta tradução para o latim foi publicada pela primeira vez em 1958 e adotada avidamente por professores de línguas clássicas na Inglaterra. A imagem de Pooh como centurião é perfeita para a capa. Pooh também aparece com uma coroa de louros na página de rosto.

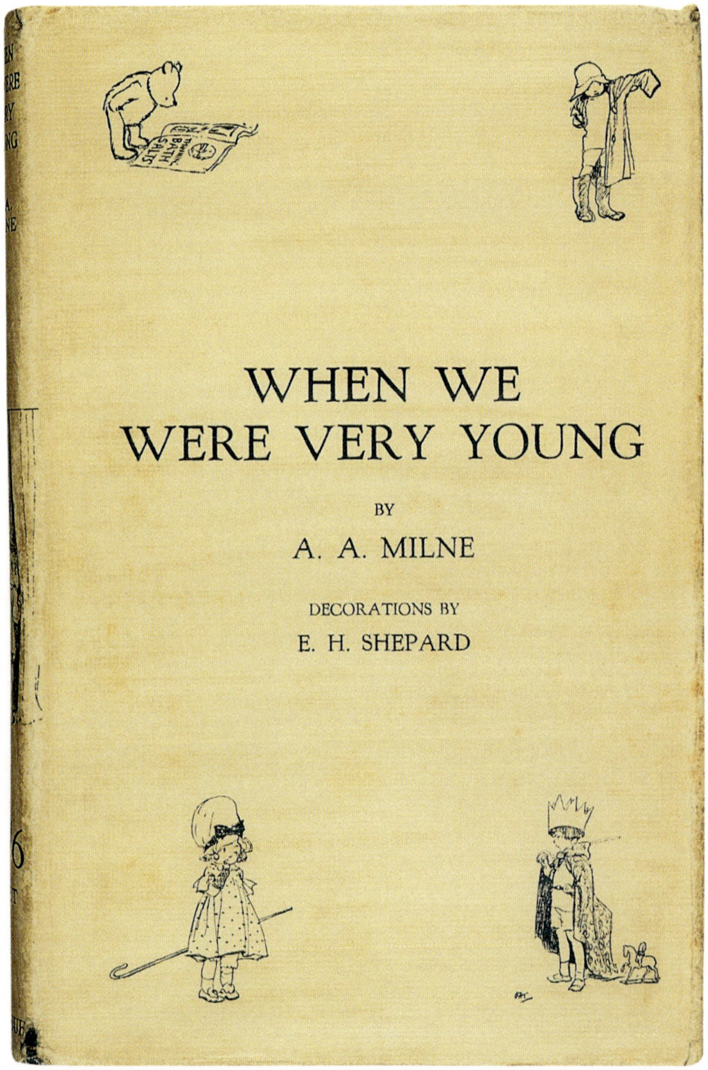

← ***When We Were Very Young*** **[Quando éramos muito jovens]**
A. A. Milne (autor), E. H. Shepard (ilustrador). Londres: Methuen, 1924. 190 x 128 mm
Este livro vendeu meio milhão de exemplares logo em seus primeiros dez anos. Shepard (1879-1976) era um ilustrador frequente da revista *Punch*, onde Milne trabalhou quando jovem e onde alguns de seus poemas, depois reunidos em livro, foram publicados pela primeira vez com ilustrações de Shepard.

↓ **Livros de A. A. Milne**
Estas lombadas dos livros de A. A. Milne (dois de poemas e dois de prosa) mostram como eles teriam sido expostos nas livrarias na década de 1920. Cada uma é decorada com um pequeno desenho de Shepard, mas não foi feito muito esforço para deixá-los atraentes. O preço acessível constitui um dos aspectos mais proeminentes da coleção.

← ***Little Bear and the Fairy Child***
[Ursinho e fadinha]
Mary Tourtel (autora e ilustradora).
Londres e Edimburgo: Thomas Nelson, 1921. 152 x 155 mm
Este é o formato do primeiro conjunto de tirinhas da revista *Rupert* publicado em forma de livro. A ilustração principal é tirada diretamente do miolo, que também é impresso em duas cores. O papel da encadernação é uma imitação de pergaminho acetinado.

← ***Rupert and the Magic Toy Man***
[Rupert e o homem de brinquedo]
Mary Tourtel (autora e ilustradora).
Londres: Sampson Low, Martson & Co., c. 1933. 185 x 122 mm
Os livros da série Rupert adotaram este formato de capa amarela característico em 1923. Sempre traziam um texto em verso, como é mostrado nesta capa.

↑ ***The New Adventures of Rupert***
[Novas aventuras de Rupert]
Alfred Bestall (autor e ilustrador).
Londres: *Daily Express*, 1936.
253 x 192 mm
As sobrecapas e capas de Alfred Bestall para os anuários *Rupert* fascinaram gerações de crianças com suas aquarelas ricamente ilustradas e cuidadosamente reproduzidas. Este é o primeiro livro com projeto de Bestall. O estilo dos desenhos da paisagem e das nuvens é uma releitura da obra de W. Health Robinson do começo do século. Os anuários posteriores traziam capas laminadas com imagens semelhantes e guardas ilustradas e coloridas, estas mais atmosféricas e evocativas.

HISTÓRIAS ESCOLARES ATRAVÉS DOS TEMPOS

As histórias ambientadas em internatos ingleses, ou suas imitações, foram um gênero profícuo que acabou em grande parte abaixo do limite da respeitabilidade literária. Isso tem pouca importância no que diz respeito ao design das capas, já que a sinceridade dos títulos e das imagens muitas vezes traz um humor inconsciente e até mesmo tocante em sua ingenuidade. Enquanto *Tom Brown's Schooldays*, de Thomas Hughes, estabeleceu o gênero em 1857, *The Fifth Form at St. Dominic's*, de Talbot Baines Reed (1852-93), popularizou esse tipo de história. As narrativas escolares anteriores à Segunda Guerra Mundial eram normalmente segregadas pelo gênero. Angela Brazil (1869-1947) tornou-se a autora mais popular de histórias escolares para meninas depois da publicação de *The Fortunes of Philippa*, em 1906.

Desmond Coke (1879-1931), ele próprio um professor de internato, parodiou o gênero em *The Bending of a Twig* (1906), embora muitos de seus textos de histórias escolares fossem além desse recurso.

O intenso mundo fechado do internato sobreviveu à Segunda Guerra Mundial, mas deixou de ser um tema literário respeitável. Não contou com um equivalente norte-americano e permaneceu essencialmente inglês. Mais tarde, autores dos dois lados do Atlântico tornaram o externato misto um foco verossímil para discutir as constantes atribulações do crescimento.

↑ ***That Fellow Hagan!***
[Aquele Hagan boa-praça!]
Sydney Horler (autor), Frank Gillett (ilustrador). Londres: Cassell, 1927.
197 x 127 mm
Embora este tipo de arte de capa fosse muitas vezes condenado por ser óbvio demais, não deixa de ter qualidade.

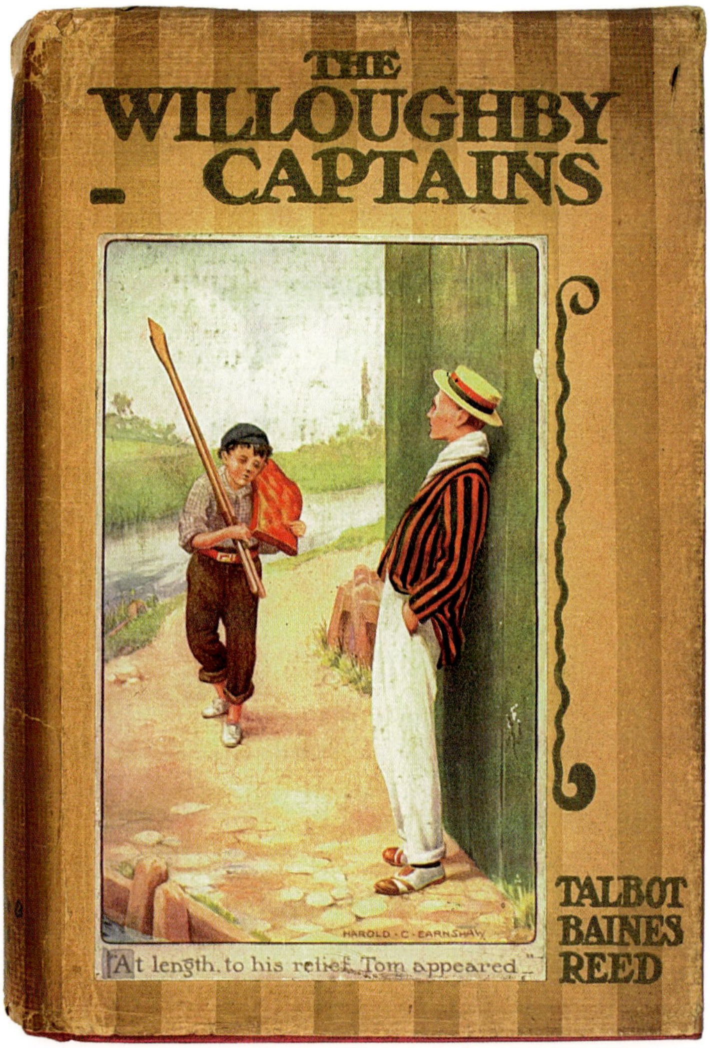

← ***The Willoughby Captains***
[Os capitães Willoughby]
Talbot Baines Reed (autor), Harold Earnshaw (ilustrador). Londres: Hodder & Stoughton, 1909. 190 x 127 mm
Eis aqui um exemplo antigo de sobrecapa ilustrada, impressa com tipografia manuscrita em papel listrado e uma prancha feita em quadricromia retirada do miolo colada por cima.

→ ***The Chaps of Harton*** [O meião de Harton]
"Belinda Blinders" [Desmond Coke] (autor). Londres: Chapman and Hall, 1913.
192 x 125 mm
O pseudônimo e o estilo de ilustração caracterizam a obra como uma paródia.

→ ***School! School!*** [Escola! Escola!]
Sydney Horler e Archibald Webb (autores). Londres: S. W. Partridge & Co., 1925. 125 x 190 mm
A capa segue uma fórmula, como fazia a maioria dos textos de histórias escolares durante a década de 1920.

↓ ***The Best Bat in the School***
[A melhor rebatida da escola]
Dorita Fairlie Bruce (autora). Londres: Oxford University Press, Humphrey Milford, 1933. 190 x 125 mm
A capa é impressa em cores e colada sobre a encadernação. Escrito por uma autora prolífica de livros-recompensa, foi publicado pela Oxford University Press na época anterior à adoção de uma política mais discriminadora em relação à ficção infantil.

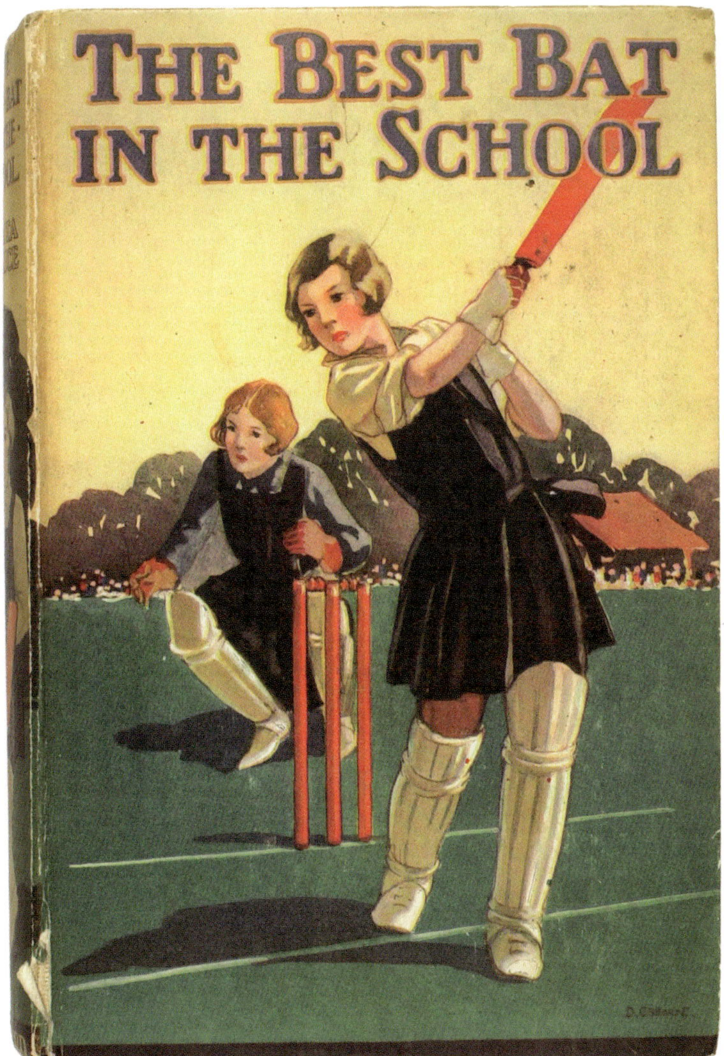

↑ ***Sink or Swim*** [Afundar ou nadar]
L. A. G. Strong (autor). Londres e Redhill: Lutterworth Press, 1946. 190 x 130 mm
Strong era editor de livros para criança da Basil Blackwell, livraria e editora em Oxford. Esta sobrecapa, desenhada para impressão em duas cores, reflete o padrão de economia da produção editorial dos tempos da guerra e interpreta literalmente o título do livro, que aborda o tema do desajuste escolar.

← ***Autumn Term*** [Terceiro trimestre]
Antonia Forest (autora), Margery Gill (designer de sobrecapa). Londres: Faber & Faber, 1962. 205 x 135 mm
Reedição de um título lançado em 1948. A capa foi refeita por um ilustrador reconhecido, que trabalhou com três cores na técnica de fotogravura colorida. *The Listener* comentou: "Um conto escolar factível e agradável; os diálogos são bons e os personagens, verossímeis".

ANDORINHAS E PAPAGAIOS PARA SEMPRE! ARTHUR RANSOME

No verão de 1928, a família Altounyan voltou à Inglaterra, vinda da Síria com os filhos, para passar longas férias em Coniston Water, no Lake District. O escritor Arthur Ransome (1884-1967), amigo da família e marinheiro entusiasmado, se juntou às brincadeiras das crianças no lago em dois pequenos botes, um dos quais era chamado "Swallow" (Andorinha). A versão ficcionalizada de Ransome dessas vivências foi escrita durante o ano de 1929 e publicada pela Jonathan Cape em 1930 como *Swallows and Amazons*. As aventuras apresentam as crianças Walker (as Andorinhas), as irmãs Blackett (os Papagaios) e outras personagens infantis que amadurecem em situações cotidianas, como em feriados, livres de preocupações escolares e, na maior parte das vezes, da interferência dos pais. A revista semanal *New Statesman* escreveu: "O pequeno leitor ficará deliciado em não encontrar nada tão desinteressante como psicologia infantil. As coisas que de fato lhe interessam são tratadas em um plano real e sério". Os livros tiveram sucesso imediato, e Ransome escreveu doze títulos ao todo para a série, concluída com *Great Northern?*, em 1947.

Ransome era muito detalhista com as ilustrações de seus livros e capas, e ficou insatisfeito com o romantismo de Steven Spurrier, que colocou um mapa na capa e nas guardas da primeira edição de *Swallows and Amazons*. O autor preferiu o trabalho de Helene Carter para a primeira edição norte-americana. Depois que Clifford Webb ilustrou dois livros da série, Ransome fez ele mesmo os desenhos, começando por *Peter Duck* em 1932, com a ajuda de Taqi [Titty] Altounyan.

Apesar de amadores em muitos aspectos, os desenhos a bico de pena de Ransome eram precisos nos elementos técnicos de barcos e sua aparelhagem, tal como ele exigia, e combinavam bem com suas histórias. A sobrecapa de Clifford Webb para *Swallowdale* introduziu a ideia de compor desenhos tirados do texto em forma de colagem, com uma segunda cor preenchendo os vazios entre as imagens. Ransome adotou esse conceito em suas próprias ilustrações, e todo o conjunto de livros ganhou uma aparência uniforme que permaneceu inalterada nas edições com capa dura.

→ ***Swallowdale***
Arthur Ransome (autor), Clifford Webb (ilustrador e sobrecapa). Londres: Jonathan Cape, 1931. 206 x 140 mm
Clifford Webb ilustrou a segunda edição de *Swallows and Amazons* e a sua sequência, *Swallowdale*. Ransome gostava de suas ilustrações, em que os rostos não apareciam muito, "jogando toda a energia do artista na ambientação da aventura em uma paisagem romântica que nenhuma criança consegue inventar, mas de que toda criança precisa para alimentar sua própria fantasia". Esta sobrecapa também introduz o tema da "colagem", depois adotado para a série inteira.

↑ ***Swallows and Amazons***
[Andorinhas e Papagaios]
Arthur Ransome (autor), Steven Spurrier (sobrecapa e mapas). Londres: Jonathan Cape, 1930. 206 x 140 mm
Primeira edição desta obra. A sobrecapa acrescenta a tipografia do título aos mapas, geralmente usados nas guardas de livros de piratas e suas aventuras, com desenhos coloridos de lagos imaginários, ilhas e praias.

← ***Swallows and Amazons***
[Andorinhas e Papagaios]
Arthur Ransome (autor), Helene Carter (sobrecapa, mapas e ilustrações). Filadélfia: J. B. Lippincott, 1931. 210 x 145 mm
Ransome julgava as ilustrações da primeira edição americana muito melhores que as de Steven Spurrier "tanto em qualidade pictórica como em interesse geral". As três cores e a visão aérea lhe conferem um design impactante.

→ ***Swallows and Amazons***
[Andorinhas e Papagaios]
Arthur Ransome (autor), "ilustrado pelo autor com a ajuda de Miss Nancy Blackett". Londres: Jonathan Cape, 1953. 190 x 127 mm
As ilustrações do próprio Ransome, feitas inicialmente para as edições de 1938, foram usadas aqui, mas as capas originais de Steven Spurrier, que mais parecem as guardas, foram mantidas.

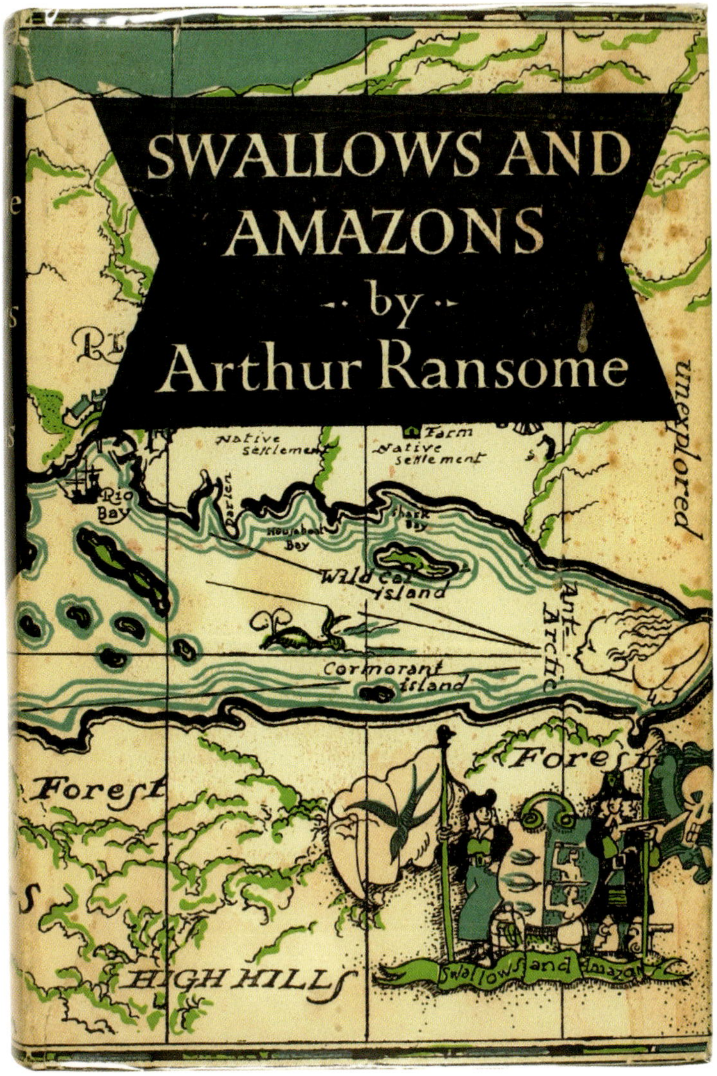

↓ ***Peter Duck*** **[Peter, o Pato]**
Arthur Ransome (autor e ilustrador). Londres: Jonathan Cape, 1932. 206 x 140 mm
Ransome seguiu a sugestão de história oferecida pelas crianças Altounyan e escreveu parte dela quando estava em sua companhia em Aleppo, no inverno de 1932. *Peter Duck* se inicia na região de rios e lagos de Norfolk no inverno e segue para a história de piratas em alto-mar. Este foi o primeiro livro para o qual Ransome fez seus próprios desenhos e criou uma colagem para a capa.

← ***The Far-Distant Oxus***
[A longínqua Oxus]
Katherine Hull e Pamela Whitlock (autoras), Pamela Whitlock (ilustradora), Arthur Ransome (introdução). Londres: Jonathan Cape, 1937. 207 x 140 mm
Hull (1921-77) e Whitlock (1920-82), estudantes ainda adolescentes, se inspiraram no trabalho de Ransome para escrever a própria história de aventura com crianças, que envolvia pôneis em Exmoor (parque nacional, situado ao sudeste da Inglaterra). Eles submeteram o manuscrito a Jonathan Cape, e o estilo novo de contar histórias e de ilustrá-las ganhou o apoio de Ransome. Três títulos foram publicados na série.

"SEU AMOR PELO QUE VÊ TÃO BEM" HAROLD JONES

Com a publicação, em 1954, da coletânea de cantigas de ninar *Lavender's Blue*, Harold Jones encontrou o afeto de gerações de crianças, que puderam apreciar a combinação de inocência e sofisticação de seus delicados desenhos esboçados em aquarelas, cujos detalhes, apesar de fiéis ao texto, podem causar estranheza.

Nascido em Londres, em 1904, Jones se firmou como ilustrador de livros para criança em 1936 com a série de histórias de aventura escrita por M. E. Atkinson, similares às de Arthur Ransome. Em 1937, a Faber & Faber publicou *This Year: Next Year*, concebido por Jones como um livro de versos ilustrados de sua própria autoria. Antes de terminar de escrevê-los, Walter de la Mare viu as ilustrações e se ofereceu para escrever poemas que se ajustassem a elas, o que Jones considerou um alto elogio, devolvido por De la Mare na frase que intitula esta página.

Jones continuou a ilustrar até a década de 1980, e parte de seu trabalho posterior é surpreendente na evocação de imagens oníricas. Sua atitude em relação ao cristianismo era simples, o que lhe possibilitava abordar poemas como os de *Songs of Innocence*, de William Blake, e *The Water Babies*, de Charles Kingsley, com um novo olhar. Ele tinha uma noção clara da "arquitetura" de um livro e da relação entre tipografia e ilustração na página, assim como habilidade para desenhar seus próprios tipos.

↑ ***This Year: Next Year***
[Este ano: próximo ano]
Walter de la Mare (autor), Harold Jones (ilustrador). Londres: Faber & Faber, 1937. 294 x 255 mm
Esta sobrecapa, repetida de forma idêntica nos cartões da capa, reúne fragmentos de imagens do miolo, totalmente impresso em cinco cores a partir da separação de cores desenhadas à mão pelo artista em pedra litográfica na Baynard Press.

← ***Mystery Manor*** **[O palácio misterioso]**
M. E. Atkinson (autora), Harold Jones (ilustrador). Londres: John Lane, The Bodley Head, 1937. 205 x 135 mm
A parceria entre Atkinson e Jones deu origem a uma série de seis títulos (1936-39). Cada um exibia uma bela sobrecapa e guardas coloridas.

→ ***Songs of Innocence*** **[Canções da inocência]**
William Blake (autor), Harold Jones (ilustrador). Londres: Faber & Faber, 1958. 210 x 158 mm
Como Blake ilustrou sua própria obra em 1789, é preciso coragem para ilustrá-la de novo. A capa de Jones evidencia sua formação em desenho realista.

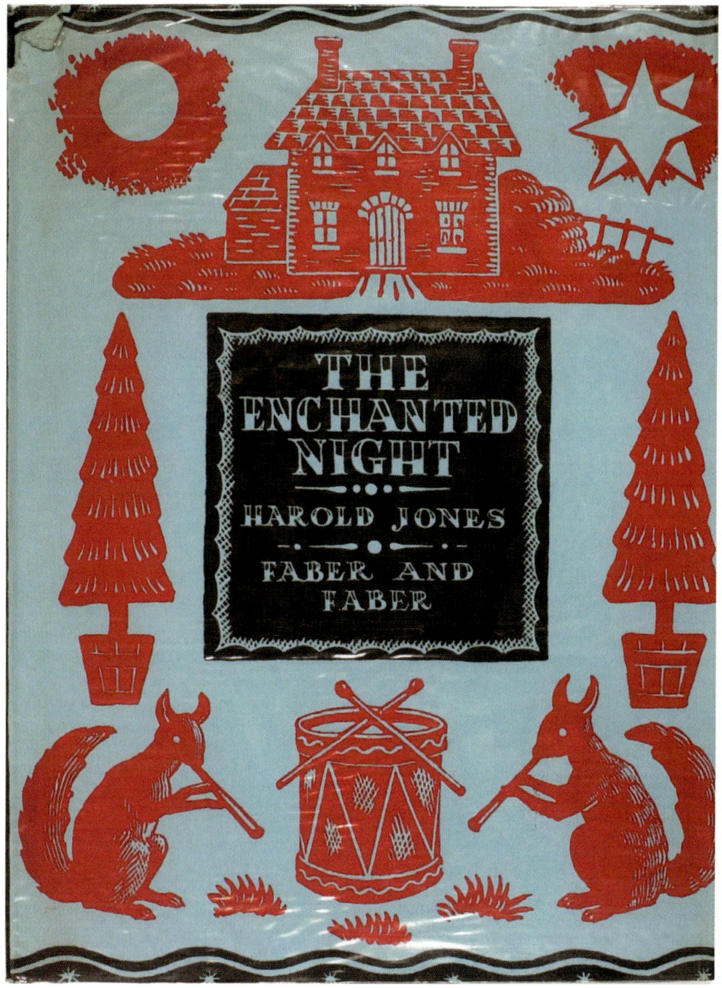

→ ***Lavender's Blue, A Book of Nursery Rhymes*** **[Alfazema azul, cantigas de ninar]**
Kathleen Lines (compiladora), Harold Jones (ilustrador). Londres: Oxford University Press, 1954. 257 x 195 mm
A obra mais conhecida de Jones foi reimpressa várias vezes, mas as primeiras edições são as que com melhor qualidade mostram a sua paleta suave. A gráfica, Jesse Broad de Old Trafford, trabalhou a partir da separação de cores desenhadas por Jones sobre *layers* transparentes, produzindo uma gama ordenada de cores aplicadas como se tivessem sido coloridas à mão com um fino contorno preto. A vinheta na quarta capa ilustra o verso do título do livro.

↑ ***The Enchanted Night*** **[Noite encantada]**
Harold Jones (autor e ilustrador). Londres: Faber & Faber, 1947. 254 x 190 mm
Para este livro, produzido apenas dois exemplares para seus filhos, Jones usou uma técnica de xilogravura e não o traço delicado pelo qual é mais conhecido. Em um procedimento típico, a coleção de emblemas na capa dá pistas do mistério que há dentro.

← ***The Water Babies*** **[Os bebês aquáticos]**
Charles Kingsley (autor), Harold Jones (ilustrador). Londres: Victor Gollancz, 1961. 220 x 157 mm
A alegoria de Charles Kingsley para a descoberta espiritual em um cenário vitoriano, publicada pela primeira vez em 1863, servia perfeitamente para a combinação que Jones faz do místico com o realista. A capa e a tipografia do título, feita de juncos vergados, mostram a atenção do artista aos detalhes, enquanto a ilustração capta a condição onírica do mundo subaquático.

ILUSTRAÇÃO NOS ESTADOS UNIDOS NA DÉCADA DE 1930

As razões para o forte crescimento da edição de livros para crianças nos Estados Unidos foram exploradas no início deste capítulo. As mudanças importantes começaram a ocorrer por volta da Primeira Guerra Mundial, embora os estilos eduardianos de ilustração ainda estivessem em voga. A obra *Millions of Cats*, de Wanda Gág (p. 49), rejeitada por muitos editores norte-americanos antes de ser publicada – e altamente elogiada – em 1928, foi um dos primeiros livros ilustrados a demonstrar o potencial de uma nova abordagem.

Gág se inspirou em sua vivência como imigrante alemã (p. 30). Muitos ilustradores que criaram clássicos da década de 1930 também eram imigrantes, como Ludwig Bemelmans, do Tirol austríaco; Ingri e Edgar Parin d'Aulaire, que nasceram na Noruega e na Alemanha, respectivamente, e foram juntos para os Estados Unidos em 1929; e Maud e Miska Petersham, que estavam entre os primeiros húngaros a imigrar para o país. Kurt Wiese nasceu na Alemanha em 1887 e trabalhou em vários países, entre eles o Brasil, antes de ir para os Estados Unidos. Dominava bem o processo litográfico, executando a separação de cores para Bemelmans, que considerava o trabalho maçante. Os livros ilustrados desses e de outros artistas muitas vezes lembravam as vestimentas folclóricas coloridas de seu país natal, embora o casal d'Aulaire tenha recorrido a um tema patriótico americano em *Abraham Lincoln* (1939), o terceiro título a ser contemplado com a Medalha Caldecott.

Esses artistas conseguiram adaptar a nova moda de impressão litográfica que chegava da Rússia e de Paris, inspirando ilustradores norte-americanos como William Pène du Bois e Virginia Lee Burton a trabalhar do mesmo modo. A técnica parecia funcionar bem com a nova ousadia gráfica das capas, geralmente com tipos criados pelo próprio artista em estilo adequado ao tema. Os primeiros títulos de Dr. Seuss (p. 84) também apareceram logo antes da Segunda Guerra Mundial e foram recebidos com grande entusiasmo.

↑ ***Hansi***
Ludwig Bemelmans (autor e ilustrador). Nova York: Viking Press, 1934.
310 x 232 mm
As bochechas do garoto são uma boa amostra da textura granulada que se pode obter com *crayons* litográficos. A capa tem um design ousado do criador de *Madeline* (p. 86).

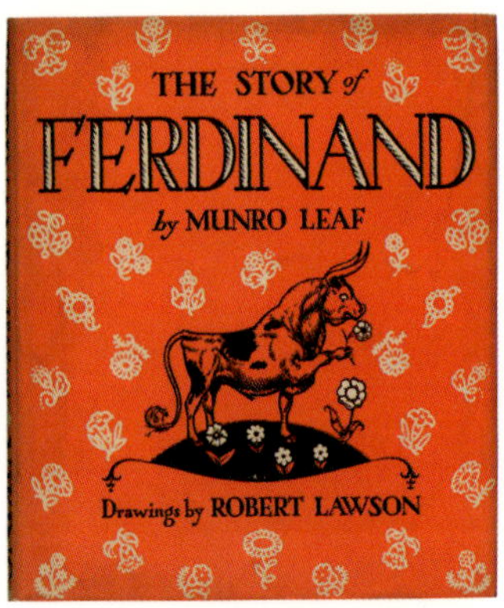

→ ***The Story of Ferdinand***
[A história de Ferdinando]
Munro Leaf (autor), Robert Lawson (ilustrador). Nova York: Viking Press, 1936.
211 x 185 mm
A história de um touro que se recusa a lutar foi a obra mais bem-sucedida desse autor prolífico. Segundo James Roginski, "a mensagem universal do touro que cheira flores não escapa a ninguém".

→ ***Giant Otto*** [O gigante Otto]
William Pène du Bois (autor e ilustrador). Nova York: Viking Press, 1936. 158 x 156 mm
O cachorro *otterhound* Otto usa sua força gigante para praticar boas ações. Este é um dos três livros escritos e ilustrados por William Pène du Bois aos vinte anos de idade.

← ***Mike Mulligan and His Steam Shovel***
[Mike Mulligan e sua escavadeira a vapor]
Virginia Lee Burton (autora e ilustradora). Boston: Houghton Mifflin, 1939. 220 x 245 mm
Como *Choo Choo*, esta história se baseou em uma observação. Neste caso, escreveu Burton: "Encontrei 'Mary Ann', a escavadeira a vapor de Mike Mulligan, fuçando no porão do novo colégio de Gloucester".

← ***Abraham Lincoln***
Ingri e Edgar Parin d'Aulaire (autores e ilustradores). Nova York: Doubleday & Co., 1939. 319 x 225 mm
À medida que a guerra se aproximava, os temas norte-americanos patrióticos se tornavam cada vez mais populares entre os editores de livros para criança dos Estados Unidos. "Quanto mais estudávamos Lincoln, mais próximo de nós ele ficava, maior ele se tornava, mais necessário para nossa vida presente e mais estreitamente relacionado a nós e à nossa época", disse Ingri Parin d'Aulaire em seu discurso de entrega da Medalha Caldecott, em 1940.

↑ ***Choo Choo: The Story of a Little Engine Who Ran Away***
[Piuí: A história de uma locomotiva que fugiu]
Virginia Lee Burton (autora e ilustradora). Londres: Faber &. Faber, 1937. 289 x 230 mm
Burton explicou: "Uma locomotiva no trilho de Gloucester é a heroína de *Choo Choo*", história escrita para seus dois filhos pequenos. Com sua tipografia "Broadway" e linhas onduladas sugerindo velocidade, a capa tem estilo *art déco*.

→ ***Freddy and Mr. Camphor***
[Freddy e Sr. Camphor]
Walter R. Brooks (autor), Kurt Wiese (ilustrador). Nova York, Knopf, 1944 (reimpresso por The Overlook Press, Woodstock, NY, 2000). 203 x 135 mm
Walter Brooks (1886-1958) começou sua série de livros sobre "o porco renascentista" Freddy em 1928. Ele foi descrito na *New York Times' Book Review* como "a versão americana dos grandes clássicos ingleses, como os livros do Ursinho Pooh ou *O vento nos salgueiros*". Kurt Wiese criou capas incomuns e muito interessantes, que foram revividas em várias reimpressões recentes.

DIANA AND HER RHINOCEROS
by EDWARD ARDIZZONE

3

GUERRA E RECONSTRUÇÃO: AS DÉCADAS DE 1940 E 1950

Há um fascínio especial pelos livros para criança produzidos durante a Segunda Guerra Mundial e depois dela. Formatos pequenos e papel barato não impediram alguns esforços corajosos de edição. Mesmo na neutra Suécia, a primeira edição de *Píppi Meialonga* (p. 70) tinha formato pequeno e papel de má qualidade. Depois da guerra, houve um contraste entre a crescente confiança do mercado editorial nos Estados Unidos e a abordagem mais hesitante na Inglaterra, embora seja um período grandioso para o texto e a ilustração de obras para crianças. As brochuras começaram a substituir as capas duras, e os livros ilustrados floresceram dos dois lados do Atlântico. Na Inglaterra, Edward Ardizzone se tornou, talvez, o mais conhecido ilustrador de livros para criança, enquanto nos Estados Unidos Maurice Sendak introduzia alguma complexidade cultural no que antes parecia uma atividade simples.

← ***Diana and her Rhinoceros***
[Diana e seu rinoceronte]
Edward Ardizzone (autor e ilustrador).
Londres: The Bodley Head, 1964.
203 x 260 mm
O formato horizontal combina com os desenhos de rinoceronte, quer ele seja exibido em um jardim, como na capa, quer deitado em frente a uma lareira de carvão recebendo a cura de Diana para um resfriado, como no miolo. Este é um dos livros mais atraentes de Ardizzone.

←***Mr. Tompkins in Wonderland***
[O Sr. Tompkins no País das Maravilhas]
G. Gamow (autor), John Hookham (ilustrador). Cambridge: Cambridge University Press, 1939. 215 x 170 mm
Gamow emigrou para os Estados Unidos em 1934 e se naturalizou americano em 1940. Além de oferecer uma contribuição importante ao entendimento da fissão nuclear, foi também um divulgador científico bem-sucedido.

Quem viveu durante a Segunda Guerra Mundial confirma o grande crescimento da leitura nesse período. Quer as pessoas estivessem em quartéis, abrigos ou simplesmente confinadas em casa devido ao perigo, aos blecautes e às limitações do transporte, havia pouco a fazer além de ler. Apesar da escassez de papel, novos livros eram produzidos e vendidos rapidamente. Para as crianças, a produção foi reduzida, e os editores se apoiaram fortemente nas reimpressões de textos antigos. Embora a série de HQ Rupert no *Daily Express* evitasse inteiramente o tema da guerra, autores renomados, como Richmal Crompton e Angela Brazil, descobriram que era um tópico bem-vindo, apresentando contos relativamente inofensivos de espiões ou exilados.

No entanto, nem toda atividade editorial era de alto padrão. Em um texto de 1952, o crítico Frank Eyre lembrou: "Durante os anos da guerra, era impossível ter acesso a várias obras que figurariam em qualquer lista da literatura infantil moderna, e uma quantidade muito maior de livros de qualidade inferior era produzida". Essa situação ficou ainda mais evidente porque a década de 1930 fora um período prolífico. Por outro lado, como observou o autor Geoffrey Trease, as restrições de papel significaram o fim do processo de "avolumar" artificialmente as edições, comum nos anos anteriores ao conflito, e "os livros para criança sofreram um saudável processo de emagrecimento". Nos Estados Unidos a guerra não envolveu a população até 1941 e o país vivenciou um efeito menos devastador que na Inglaterra, portanto esse contratempo foi menos evidente.

O capitão W. E. Johns havia lançado em 1932 o personagem Biggles, piloto do Royal Flying Corps da Primeira Guerra Mundial, e defendera o aumento da força da RAF, anos antes. Acreditava-se que sua sequência de histórias influenciara o recrutamento durante a guerra, e, em 1941, *Biggles defies the Swastika* foi ambientado na Noruega ocupada pelos nazistas. A pedido do ministro da Aeronáutica, Johns concordou em escrever textos que apoiariam de forma similar o recrutamento de mulheres para a Women's Royal Air Force. Em livros como *Worrals of the WAAF* (1941), ele criou Joan Worralson e Betty Lovel, baseando-se em mulheres-pilotos que atuavam em missões sem combate.

André Maurois (1885-1967), conhecido autor francês de livros para adultos (cuja biografia do poeta Shelley foi seu primeiro título publicado pela Penguin Books em 1935), escreveu na época um livro para criança, *Fatapoufs et Filifers*, publicado na França em 1930. Nele, dois garotos, um gordo e outro magro, entram em um reino subterrâneo e se veem como hóspedes das duas populações rivais, em uma história fantasiosa à moda de Gulliver, que trata de fraquezas humanas. Os "Fattypuffs" (como foram traduzidos na versão inglesa) exemplificam a noção que os foras-

↓***Mr. Tompkins Explores the Atom***
[Sr. Tompkins explora o átomo]
G. Gamow (autor e ilustrador). Cambridge: Cambridge University Press, 1945. 215 x 170 mm
A sobrecapa informa: "As imagens que resultaram deste esforço ousado podem parecer um tanto loucas, mas as próprias histórias também são um tanto loucas, afinal" – o que não surpreende, já que o livro contém um resumo do processo de fabricação da bomba atômica.

→ ***Biggles Defies the Swastika***
[Biggles desafia a suástica]
"Capitão W. E. Johns" [William Earle] (autor), Howard Leigh e Alfred Sindall (ilustradores e ilustração da capa).
Londres: Oxford University Press, 1941.
190 x 130 mm
Biggles atua como um contra-agente para os ingleses na Noruega, onde é capturado pelos alemães depois de suas invasões.

→ ***Fatapoufs & Thinifers***
[Gorduchos & Magrelos]
André Maurois (autor), Rosemary Benét (tradutora), Jean Bruller (ilustrador).
Nova York: Henry Holt, 1940.
285 x 210 mm
A sobrecapa em estilo HQ introduz o tema de dois mundos nos quais os personagens se combinam à geografia e ao ambiente criado pelo homem.

↓ ***Fattypuffs and Thinifers***
[Gorduchos & Magrelos]
André Maurois (autor), Norman Denny (tradutor), Fritz Wegner (ilustrador).
Londres: The Bodley Head, 1968.
255 x 190 mm
A primeira edição inglesa do clássico de Maurois saiu em 1941, mas foi revivida com desenhos esplêndidos de Fritz Wegner em formato grande.

teiros têm de uma paixão tipicamente francesa pela comida e de uma percepção mediterrânea do tempo. Já os "Thinifers", que comem muito pouco enquanto ficam de pé para poupar tempo, não conseguem tolerar esse desafio à sua ideologia e criam um pretexto para a guerra. Inevitavelmente, os "Thinifers" vencem, usando equipamento e treinamento superiores, mas na condição de coexistência do pós-guerra são gradativamente subvertidos por valores dos "Fattypuffs". O livro foi interpretado como uma alegoria sobre a Inglaterra e a França, mas pode igualmente refletir a Alemanha e a França. Seja como for, sua primeira tradução para o inglês, em 1941, um ano depois da ocupação nazista na França, parece constituir um comentário sobre o assunto e oferecer esperança para o futuro. Grande parte do humor, capturado nas ilustrações de Fritz Wegner para a edição de 1968, deriva das diferenças de arquitetura, mobília e transporte entre os grupos rivais, refletindo suas crenças opostas.

Se muitos livros para criança se preocupavam com valores tradicionais de heroísmo, e até com estoicismo, as duas histórias de ficção científica escritas pelo cientista russo-americano G. Gamow (1904-68), publicadas respectivamente nos anos em que a guerra começou e terminou, eram diferentes. *Mr. Tompkins in Wonderland* é dedicado a Lewis Carroll e ao físico dinamarquês Niels Bohr. A capa traz o texto: "A física moderna veio para ficar, e este é seu cartão de visita". A pesquisa de Bohr contribuiu para a criação da bomba atômica, cuja participação no término da guerra, em 1945, teve mais aceitação naquela época do que depois dela. A sobrecapa de *Mr. Tompkins Explores the Atom* diz: "Embora este livro tenha sido escrito alguns meses antes da rendição do Japão, ele contém a explicação mais clara e mais completa dos princípios físicos e das forças envolvidas na ação da bomba atômica, descrevendo os estágios de teoria e experimentação cujos resultados (como sabemos agora) podem ter mudado os semáforos da história humana para sempre".

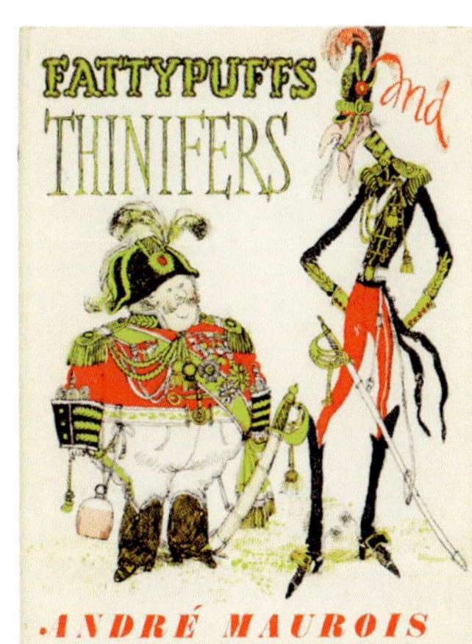

Nos Estados Unidos, as crianças, principalmente os meninos, desenvolveram um gosto por ficção científica, em vez de por ciência factual. O interesse vinha não de livros, mas de HQ e revistas, que se baseavam,

por sua vez, em séries de rádio que os guardiões da cultura consideravam uma ameaça, embora houvesse pouco o que pudessem fazer para impedi-la.

As limitações sentidas pelo mercado editorial na época da guerra, especialmente na Inglaterra, trouxeram como vantagens não apenas a redução do formato e do volume dos livros, mas também o fato de os designers se virem obrigados a desafiar as adversidades a fim de recuperar a alegria e a fantasia. Em contraste com a escala elefantina da série Babar na década de 1930, os livros ilustrados agora dependiam de pequenas sobras de papel de outros trabalhos, valiosas demais para serem jogadas fora e adequadas a formatos que ressuscitavam a produção e a escala simples do *chapbook* (p. 10), acrescentando ao mesmo tempo as vantagens da impressão litográfica em cores.

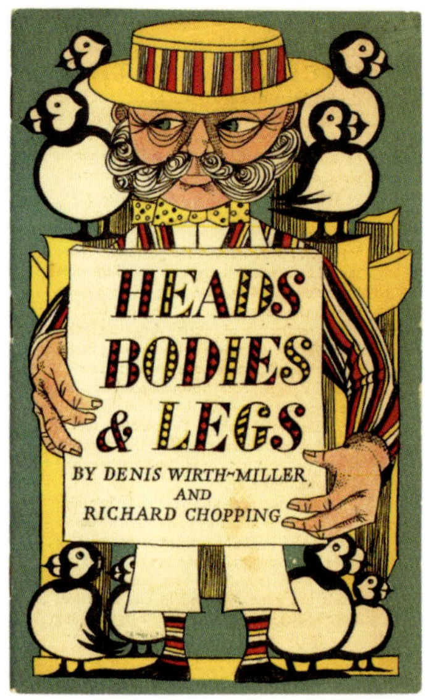

Infelizmente, só um pequeno número de gráficas estava disposto a negociar com seus funcionários para que os artistas não sindicalizados participassem das atividades de impressão. A presença deles era necessária para tirar proveito da redução de custos que os ilustradores podiam trazer no processo de impressão em cores. Como a designer Enid Marx recordou anos depois: "O escalão superior da indústria editorial tornou-se consciente [...] de que podia obter ilustrações mais vívidas empregando artistas que trabalhassem com autolitografia e ao mesmo tempo tivessem a habilidade dos gráficos profissionais. Pois a litografia necessita não só da habilidade do artesão, como também da do impressor".

Talvez os tempos ou a moda tenham impedido os artistas de simplesmente revisitar a qualidade ligeiramente *faux-naïve* do revivescimento do *chapbook*, iniciado por Joseph Crawhall na década de 1880 e continuado na obra de Claud Lovat Fraser antes e depois da Primeira Guerra Mundial. Os artistas formados nas décadas de 1920 e 1930 conheciam o cubismo e outros movimentos modernos que se aprofundaram em modos de representação. Mesmo escolhendo não absorver todos os aspectos dessas novas formas de reconstruir o real, eles adquiriram uma ideia nova de ilustração e organização de uma cena. Assim, conseguiam tratar os temas tradicionais de novas maneiras, sem abrir mão da integridade artística e da recepção por parte do público.

← ***He Who Would Valiant Be***
[Ele que queria ser valente]
(The Challenge Miniature Books, 41)
"Por John Bunyan & outros",
Denis Wirth-Miller (ilustrador). Londres: The Challenge/SPCK, s.d. 75 x 60 mm
Raramente os textos religiosos para crianças ganham uma apresentação tão atraente como a destes títulos em estilo de *chapbook* dos anos de escassez da guerra.

← ***Heads Bodies & Legs***
[Cabeças, troncos & pernas]
Denis Wirth-Miller e Richard Chopping (autores e ilustradores). Harmondsworth: Puffin (Penguin), 1946. 177 x 109 mm
O belo desenho do contorno e as cores claras contribuem para tornar este um dos melhores livros pequenos de uma época de alta qualidade editorial. A capa é notável por sua reunião de *puffins* (papagaios-do-mar), o emblema do selo de livros para criança da Penguin.

↓ ***My Kingdom for a Cow***
[Meu reino por uma vaca]
A. de Quincey (autor), Brian Robb (ilustrador). Londres: Hamish Hamilton, 1948. 180 x 120 mm
Este é um livro de capa dura com sobrecapa colada sobre cartões, um método de produção econômico mas eficiente.

→ ***Mary Belinda and the Ten Aunts***
[Maria Belinda e as dez tias]
Norah Pulling (autora), Suzanne Einzig (ilustradora). Londres e Nova York: Transatlantic Arts, 1946. 160 x 125 mm
Eis aqui um livrinho de capa dura ilustrado com elegância, de acordo com o estilo neovitoriano. Foi impresso pela W. S. Cowell, de Ipswich, uma das principais gráficas dispostas a trabalhar com artistas em litografia. Na época, a ilustradora alemã, que emigrou para a Inglaterra em 1939, usava a versão germânica de seu primeiro nome, mas depois ela o mudou para Susan, ao ilustrar o clássico infantil *Tom's Midnight Garden*, de Philippa Pearce (p. 71).

↓ ***My Toy Cupboard*** [Meu armário de brinquedo]
Claudia Freedman (autora e ilustradora). Londres e Nova York: Transatlantic Arts, c. 1945, Bantam Picture Book nº 33. 135 x 95 mm
Tipografia e ilustração se combinam com harmonia na capa de um dos *chapbooks* revividos de Noel Carrington.

As crianças em cujas mãos caiu essa nova linhagem de livros ilustrados tiveram acesso a algumas das melhores imagens da época. Richard Chopping, que ilustrou diversas obras para a Transatlantic Arts, empresa de Noel Carrington, bem como para a Penguin, foi mais tarde escolhido por Ian Fleming para fazer o projeto das sobrecapas da série James Bond. *Heads Bodies & Legs*, de Chopping, é a versão impressa de um jogo popular no qual tiras de papel são passadas de mão em mão e cada pessoa acrescenta uma parte de uma figura sem ver as contribuições anteriores. A versão em livro tem três conjuntos separados de páginas que podem ser viradas para fazer combinações inusitadas.

Houve outros ilustradores proeminentes na época. Um deles foi Denis Wirth-Miller, parceiro de Chopping, que fez pequenos livros com capa de papel para a editora religiosa SPCK. Enid Marx (1902-98), que criou obras similares de tamanho reduzido durante e depois da guerra, ficou famosa por ter desenhado os tecidos usados no estofamento dos assentos do metrô de Londres e (ainda que anonimamente) daqueles utilizados pelo Utility Furniture, programa governamental da época da guerra. Outra artista, Trekkie Ritchie (1902-96), criou os "Midget Books" ("Minilivros"), cada um medindo 85 x 65 mm, com doze páginas incluindo a capa – todas impressas, como os *chapbooks*, na mesma folha. Ritchie era casada com Ian Parsons, um dos diretores da editora londrina Chatto & Windus, que publicou muitos dos livrinhos de Enid Marx.

Claudia Freedman acabou eclipsada pelo marido, Barnett Freedman, contemporâneo de Enid Marx, Edward Bawden e Eric Ravilious no Royal College of Art. Bawden e Ravilious, que, mesmo aos vinte e poucos anos, estavam entre os ilustradores mais famosos da Inglaterra, não fizeram mais que um punhado de livros para criança. Já Barnett Freedman não ilustrou nenhum, embora tenha criado uma capa clássica para Edward Lear em 1947 (p. 32). *My Toy Cupboard*, de Claudia Freedman, tem algo da qualidade minuciosamente planejada que se encontra na obra de seu marido, mas neste caso o meio é a matriz de impressão com separação de cores.

Outra eminente editora de títulos no estilo *chapbook* era a Saltire Society, de Edimburgo. Dedicada à preservação da cultura escocesa, ela lançou histórias tradicionais em escocês, como *Rashie Coat* (1951), ilustradas com xilogravuras de Joan Hassall, que na época lecionava no Edinburgh College of Art. Ruari MacLean escreveu sobre essas obras em 1960: "Ela chegou a fazer trabalhos mais ambiciosos do que estes, mas é improvável que um dia chegue a fazer algo mais atraente do que eles".

My Kingdom for a Cow (1948) é um livro um pouco mais denso, porém sua capa vibrante, de ilustração longilínea e forte de Brian Robb (1913-79), compartilha a imediatez e o encanto da arte popular do *chapbook*. Robb, um professor muito respeitado do Royal College of Art, ilustrou a coleção Odd and Elsewhere, de James Roose-Evans.

A popularidade de livros sobre trens e outros meios de transporte na década de 1940 deve ter alguma explicação sociológica profunda ligada à importância do transporte em tempos de guerra, ou talvez reflita a obsolescência iminente da locomotiva a vapor no período da guerra e depois dela. Novamente, o fascínio especial e perene que os veículos grandes (fossem eles movidos a propulsão, a vapor ou a diesel) exerciam sobre os meninos supunha uma inclinação física ao poder e à dominação. Não pode ser mero acaso que a maioria das locomotivas das histórias seja do sexo masculino, com exceção de *Choo Choo* (p. 61), de Virginia Lee Burton, e da escavadora a vapor Mary Ann. Basta ter em mente a sinestesia da locomotiva a vapor em ação – visão, som, cheiro, ar e terra tremendo – para perceber que esta era uma sensação que não podia ser facilmente reproduzida pelos métodos de tração posteriores.

Como *Choo Choo*, *Lokomotywa*, de Jan Lewitt e George Him, foi publicado pouco antes da guerra. Este era o título da edição polonesa de 1938. O mesmo livro foi lançado sob a tradução *Locomitive*, pela Minerva Publications, de Londres (para onde os dois artistas, que trabalhavam juntos, emigraram no ano da publicação original). Logo após essa história de homens e máquinas, ilustraram um livro correspondente de origem inglesa, *The Little Red Engine Gets a Name* (1942), de Diana Ross. Aqui, a locomotiva assume os atributos de uma criança na sociedade adulta – uma criatura de personalidade, feliz em receber reconhecimento por seu serviço fiel. As ilustrações têm qualidade especial, reproduzidas com sucesso por Leslie Wood, quando assumiu o posto de ilustrador da série, em 1945. Tal qualidade também se encontra em livros produzidos por Jack Townend para a mesma editora, a Faber & Faber. Embora ele tenha feito apenas alguns trabalhos, estes guardam uma qualidade

← ***Lokomotywa***
Juljan Tuwim (autor), Jan Lewitt e George Him (ilustradores). Varsóvia: J. Przeworskiego, 1938. 185 x 260 mm
Lewitt e Him fazem aqui sua primeira aparição em estilo HQ. O mesmo livro foi publicado em inglês pela Faber & Faber em 1939.

← ***The Little Red Engine Gets a Name***
[A pequena locomotiva vermelha ganha um nome]
Diana Ross (autora), Jan Lewitt e George Him (ilustradores). Londres: Faber & Faber, 1942. 179 x 245 mm
As páginas duplas com imagens coloridas sangradas deste livro marcam uma nova noção da autonomia do livro ilustrado. O texto bem dividido de Diana Ross dá ritmo à história.

↓ ***Jenny the Jeep***
[Jenny, o jipe]
Jack Townend (autor e ilustrador). Londres: Faber & Faber, 1944. 130 x 220 mm
Townend trabalhou em litografia com grande habilidade, adotando algumas das convenções não realistas da arte contemporânea. Este livro de poucas páginas tem sobrecapa de papel com o mesmo desenho da capa.

→ ***Wheels*** [Rodas]
Oliver Hill (autor), Hans Tisdall (ilustrador). Londres: Pleiades Books, 1946. 259 x 205 mm
Oliver Hill (1887-1968) era um conceituado arquiteto cujos talentos ficaram ociosos durante a guerra. Tisdall (1910-97) já havia colaborado com Hill como muralista e depois dessa obra seguiu carreira como designer, desenvolvendo uma série notável de sobrecapas para a editora londrina Jonathan Cape.

→ ***The Book of Railways***
[O livro das ferrovias]
Arthur Groom (autor), Rod M. Clark (ilustrador). Londres: Benn Brothers, s.d. 275 x 210 mm
Vários belos livros deste tipo apresentavam às crianças o *glamour* das ferrovias, com sentimentos patrióticos.

↓ ***The Three Railway Engines***
[As três locomotivas da ferrovia]
Rev. W. Awdry (autor), C. Reginald Dalby (ilustrador). Leicester: Edmund Ward, 1951, 11ª edição. 109 x 145 mm
Não era comum imprimir um livro para criança totalmente em cores nessa época. A capa repete a ilustração da página 59 de *The Sad History of Henry*. Este título, publicado em 1945, foi o primeiro da série.

especial. Pouco se sabe da carreira de Townend: seu primeiro livro foi *A Railway ABC* (1941), seguido por *Jenny the Jeep* (1944), cuja temática é a guerra, *Ben* (1944), sobre o amor entre dois rolos compressores, e *A Story about Ducks* (1945), que narra um passeio de montanha-russa e uma viagem de trem. Townend também contribuiu para a série da Puffin Picture Books (pp. 72-73).

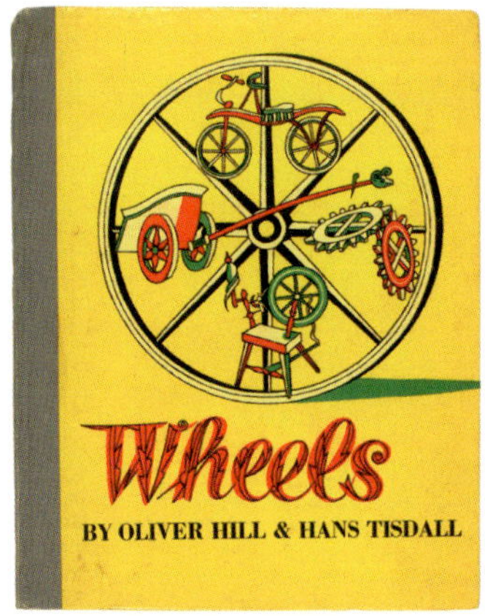

Hans Tisdall (1910-97), que ilustrou dois livros escritos pelo arquiteto Oliver Hill para a Pleiades Books Ltd, emigrou no início da década de 1930 da Alemanha para a Inglaterra por opção, e não por pressão política. Ele se firmou como designer têxtil e muralista usando seu nome original, Hans Aufseeser, e continuou a desempenhar papel destacado durante e depois da guerra como ilustrador, pintor e professor. *Balbus* (1994), um livro sobre construção, foi a primeira de suas parcerias com Hill. Depois veio *Wheels* (1946), que, como sua capa indica, não é apenas sobre transportes, mas também sobre o uso de rodas na engenharia e até, nas duas últimas páginas, sobre a lenda da Santa Catarina de Alexandria e sua roda. Esses livros são equivalentes aos Picture Puffins, e é estranho que os talentos gráficos consideráveis de Tisdall nunca tenham sido empregados nessa famosa série.

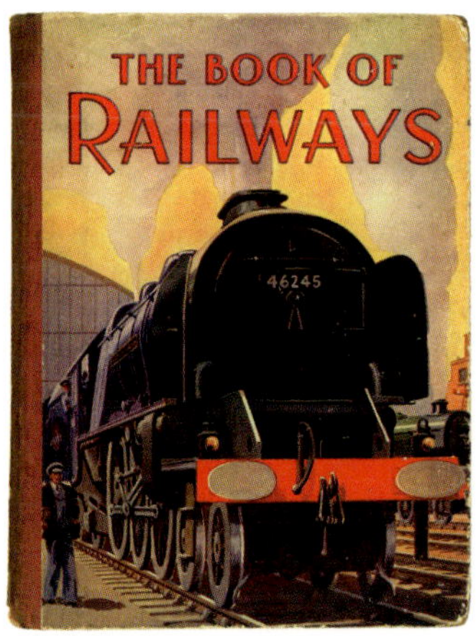

O mais famoso de todos os livros de ferrovias foi resultado das histórias sobre trens que um pastor inglês anglicano, o reverendo Wilbert Vere Awdry (1912-97), contava a seus filhos. Essa associação entre o clero e as ferrovias estava longe de ser novidade. No filme *The Titfield Thunderbolt* (1953), da Ealing Studios, o entusiasmo do vigário em administrar uma ferrovia aumenta quando o bispo compartilha com ele a cabine do piloto na dramática viagem final, desafiando as forças da modernidade, representadas por uma empresa de ônibus rival e um inspetor do governo. Hoje conhecidos pelo nome *Thomas and the Tank Engine*, título do segundo volume da série em 1946, esses livrinhos coloridos ganharam força com o tempo e viraram uma marca mundial nos países de língua inglesa. *The Three Railway Engines*, o primeiro livro da série, apresenta Thomas em um conto moralista que não deixa dúvida de que as locomotivas retratadas são, na verdade, meninos.

Os livros de não ficção sobre trens também proliferaram nessa época. Ilustrados em estilo realista reforçado por perspectiva e escala, impressionavam os leitores-mirins com a magnificência da rede de ferrovias – nacionalizada em 1948, aposentando os tradicionais

← ***Pippi Längstrump***
[Píppi Meialonga]
Astrid Lindgren (autora), Ingrid Vang Nyman (ilustradora). Estocolmo: Rabén & Sjörgren, 1945. 160 x 107 mm
A heroína independente e superforte de tranças vermelhas foi baseada em histórias contadas por Lindgren à sua filha e reflete a rejeição social que ela sofrera como mãe solteira. O escritor acadêmico sobre literatura infantil Nicholas Tucker escreve: "Finalmente ali estava uma personagem menina que seguia verdadeiramente os passos das outras crianças rebeldes famosas e atraentes desde Huckleberry Finn".

uniformes dos maquinistas e as locomotivas. Naqueles dias, poucos meninos na Inglaterra não achavam que ser um maquinista era o auge, em termos de carreira profissional. O período entre 1945 e 1960 é considerado por muitos especial no tocante à edição de livros para criança, e não é difícil entender por quê. A explosão demográfica no fim da Segunda Guerra, combinada com uma nova sensibilidade da criação e da educação infantil, deixou para trás as conturbações da guerra, tanto quanto foi possível. Nesse período de aspiração cultural elevada, as pressões do comércio foram moderadas pela elite, que exercia um controle poderoso sobre a edição e a distribuição de livros para criança. Nesse clima, ilustradores inspirados pelas realizações pioneiras da década de 1930 haviam amadurecido e estavam prontos para seguir em frente.

Muitos desses fatores contribuíram para a produção de obras cuja chatice fez com que fossem merecidamente esquecidas. Ao mesmo tempo, outros são clássicos até hoje e permaneceram no catálogo das editoras. Apresentamos uma pequena seleção dispersa. Um deles é *Píppi Meialonga*, de Astrid Lindgren, publicado pela primeira vez em 1945, que se destaca como o primeiro livro de um país nórdico a conquistar uma posição internacional firme desde Hans Christian Andersen. Píppi é uma menina que vive de forma independente. Apesar de anárquica, ela leva os outros em consideração e desafia o comportamento convencional, representado pelas crianças da elegante casa vizinha. Esta lição foi absorvida com alegria por um mundo que, nas décadas de 1950 e 1960, aprendia a ser livre.

← ***A Bear Called Paddington***
[*Um urso chamado Paddington*]
Michael Bond (autor), Peggy Fortnum (ilustradora). Londres: Collins, 1958 / São Paulo: Companhia das Letrinhas, 1996. 206 x 140 mm
A ilustradora da série, Peggy Fortnum, afirmou: "Depois de ler a história, fiz desenhos diretamente com nanquim, produzindo muitas versões e às vezes escolhendo a primeira. Trabalho mais a partir da imaginação, da memória e da referência que de estudos diretos". O autor e a ilustradora, juntos, tornam inteiramente verossímil a ideia de um urso que fala à solta em Portobello Road, Londres.

A série Ant and Bee, de Angela Banner, iniciada em 1950, faz parte de uma longa tradição de histórias didáticas baseadas em contar os números, dizer as horas e conhecer os elementos de leitura. As ilustrações claras em cor chapada com contorno preto, combinadas a uma estranha qualidade imaginativa, parecem destacá-las de outras do gênero, e o efeito é ajudado pelo confortável formato pequeno e horizontal.

↓ ***Ant and Bee: An Alphabetical Story for Tiny Tots*** **[Formiga e Abelha: Uma história alfabética para criancinhas]**
Angela Banner (autora), Bryan Ward (ilustrador). Londres: Kaye & Ward Ltd, 1972. 102 x 124 mm
Publicado pela primeira vez em 1950 e depois como coleção durante alguns anos, os livros Ant and Bee traziam a fantasia para o aprendizado do cotidiano. Esta é uma reimpressão do primeiro título.

Em 1958, Michael Bond publicou o primeiro do que se tornaria uma série de nove livros originais sobre Paddington, um urso vindo do Peru à estação Paddington, em Londres, e é adotado pela família Brown, que mora perto de

→ ***The Cow who Fell in the Canal***
[A vaca que caiu no canal]
Phyllis Krasilovsky (autora), Peter Spier (ilustrador). Kingswood, Surrey: The World's Work, 1958. 210 x 255 mm
História deliciosa sobre as diferenças entre campo e cidade, casa e longe dela, lançada primeiro nos Estados Unidos. A qualidade da impressão em cores, reproduzindo os desenhos a traço e aquarela, é bastante alta.

→ ***Tom's Midnight Garden***
[O jardim da meia-noite]
Philippa Pearce (autora), Susan Einzig (ilustradora). Londres: Oxford University Press, 1958. 233 x 140 mm
A capa mostra Tom durante uma de suas aventuras noturnas misteriosas, quando ele volta no tempo. Na companhia de Hatty, o único ser neste outro mundo que consegue vê-lo, ele visita o jardim perdido de uma velha casa onde mora com seu tio e sua tia.

↓ ***The Adventures of Tintin: The Secret of the Unicorn***
[*Tintim – O segredo do Licorne*]
"Hergé" [Georges Remi] (autor e ilustrador). Londres: Methuen, 1959 / São Paulo: Cia. das Letras, 2006.
301 x 230 mm
Hergé (1907-83) criou Tintim como uma tira de HQ em 1929, seguindo-se várias versões em livro em preto e branco. As obras posteriores em cores foram publicadas primeiro na Inglaterra, em 1952, e só alcançaram sucesso em 1959, quando a Methuen assumiu a série e a ajudou a expandir internacionalmente.

Portobello Road. As edições com capa dura eram belamente ilustradas com os desenhos de traço solto de Peggy Fortnum, e as capas dos livros, mesmo em 1970, mostram uma agradável despreocupação com o marketing – ao contrário da imagem de Paddington, cada vez mais comercializada depois que foi parar na televisão.

Embora *The Cow Who Fell in the Canal* (1957) não seja um clássico como Paddington ou Píppi, tem sido reimpresso regularmente devido à história espirituosa e à evocação de uma Holanda de céu claro nos desenhos de Peter Spier, holandês que emigrou para os Estados Unidos em 1951.

Tom's Midnight Garden e *Tintim* representam polos opostos da edição de livros para criança no mundo pós-guerra. A história de Philippa Pearce tem a densidade de um romance adulto e foi tema de análises críticas extensas, mas é próxima o bastante da visão de uma criança para abordar, com eficácia, questões emocionais em vários níveis, como a separação. A capa de Susan Einzig capta a qualidade imaginativa vívida. Já o personagem Tintim, de Hergé, quase não tem vida emocional; ele parece sentir por meio daqueles que o cercam, como seu cachorro Milu e seu companheiro, Capitão Haddock. As crianças amam as HQs pelo modo como retratam a ação, mesmo motivo pelo qual costumavam ser desdenhadas pelos adultos.

Numa época em que vendas a bibliotecas públicas eram particularmente importantes para os editores, estes estavam ávidos por encontrar um modo eficiente de proteger os livros do desgaste. *Schoolmaster Whackwell's Wonderful Sons* (p. 90) traz uma nota informando que sua encadernação "Gibraltar Library" de tecido lustroso impresso é "garantida por toda a vida das páginas" e "lavável, à prova de umidade e resistente à sujeira". Quando sobreviveram em boas condições, as impressões das décadas de 1940 e 1950 são atraentes porque pertencem a uma época anterior às capas e às sobrecapas laminadas. Embora a laminação ajude a proteger um livro enquanto exposto para venda, ela torna as cores muito mais "abafadas", conferindo uma sensação asséptica.

AS VIRTUDES DA ESCASSEZ PUFFIN PICTURE BOOKS

Em 1939, o editor Noel Carrington (1894-1989) almoçou com Allen Lane, que quatro anos antes fundara a Penguin Books. A aposta ousada de Lane com a Penguin revolucionou a edição inglesa. Carrington, defensor do projeto gráfico bonito e na época insatisfeito com os livros disponíveis para crianças, explicou como Lane podia produzir obras em cores com boa qualidade de impressão e a preço menor do que o de seus concorrentes. O segredo estava na técnica da autolitografia, com separações de cores desenhadas pelo artista. Carrington se inspirou nos livros para criança da União Soviética e também na série Albums du Père Castor, da França. Além de outras, ele usou a W. S. Cowell, uma gráfica de Ipswich que havia se especializado em autolitografia trabalhando com os primeiros livros da série Orlando, de Kathleen Hale.

Carrington foi contratado por Lane para dar início aos Puffin Picture Books, vendidos a seis *pence* cada, o mesmo preço dos livros adultos da Penguin. Os primeiros quatro títulos foram lançados no final de 1940. A série continuou a se expandir até a década de 1960, e Carrington permaneceu como editor meio período depois de fundar seu próprio selo, a Transatlantic Books. A série publicava basicamente não ficção, e era comum que cada título fosse escrito e ilustrado pela mesma pessoa. As obras variavam de sóbrias, quase técnicas, com informações sobre indústria e arquitetura, a cantigas de ninar ilustradas. Duas histórias da série Orlando também foram publicadas. Em 1946 Cowells adotou o uso de uma chapa de impressão plástica transparente em que os artistas podiam desenhar, simplificando o trabalho naquela técnica.

← ***A Book of Rigmaroles or Jingle Rhymes*** [Livro de palavrórios e canções rimadas]
Enid Marx (autora e ilustradora). Harmondsworth: Puffin Picture Book nº 12 (Penguin Book), 1945.
180 x 225 mm
Designer têxtil com forte interesse em arte popular, Enid Marx ilustrou alguns livros para criança com litografias e xilogravuras.

← ***Village and Town*** [Vila e cidade]
S. R. Badmin (autor e ilustrador). Harmondsworth: Puffin Picture Book nº 16 (Penguin Books), 1942.
180 x 225 mm
As detalhadas ilustrações de prédios e cenários feitas por Badmin são meticulosamente impressas por separação de cores, estimulando um planejamento eficiente das cidades do pós-guerra.

→ ***The Magic of Coal*** [A magia do carvão]
Peggy M. Hart (autora e ilustradora). Harmondsworth: Puffin Picture Book nº 49 (Penguin Books), 1945.
180 x 225 mm
O carvão era vital para a economia dos tempos de guerra na Inglaterra, e as dificuldades sofridas pelos mineiros na década de 1930 atraíram a simpatia pública, levando à nacionalização da indústria.

← ***The Tale of Noah and the Flood***
[O conto de Noé e a inundação]
W. E. Williams (autor), Clarke Hutton (ilustrador). Harmondsworth: Puffin Picture Book nº 54 (Penguin Books), 1946.
180 x 225 mm
A capa dramática mostra a habilidade de Hutton em desenhar as cores separadas para impressão litográfica, matéria que ele lecionou na Central School de Londres de 1930 a 1968.

← ***The Clothes We Wear***
[As roupas que vestimos]
Jack Townend (autor e ilustrador). Harmondsworth: Puffin Picture Book nº 64 (Penguin Books), 1947.
180 x 225 mm
A excelência da tipografia e do projeto gráfico, comuns nas obras de Townend, fica evidente na capa deste livro. Parte da política da Puffin era despertar o interesse das crianças no processo de produção industrial e em suas origens históricas.

↑ ***The Story of Coal***
[A história do carvão]
Clifford Rowe (autor e ilustrador). Londres: Transatlantic Arts/Londres e Nova York: Bantam Picture Book nº 34, c. 1946. 135 x 95 mm
Este livro alternativo sobre carvão, também encomendado por Noel Carrington, foi obra de um conhecido artista de esquerda.

→ ***Printing*** [Impressão]
Harold Curwen (autor), Jack Brough (ilustrador). Harmondsworth: Puffin Picture Book nº 70 (Penguin Books), 1948.
180 x 225 mm
Harold Curwen tinha se aposentado havia pouco da Curwen Press, uma empresa importante na volta da impressão da década de 1920 (e que imprimiu a edição inglesa deste livro). A capa mostra aspectos de algumas das técnicas de impressão disponíveis na época.

MERVYN PEAKE/ OS PRIMEIROS PUFFINS

Mervyn Peake (1911-68) alcançou o auge de sua fama postumamente, quando sua série de romances sobre a cidade-castelo imaginária de Gormenghast se tornou *cult* e, em 2000, chegou à televisão. Ele estudara pintura, mas se juntou à linhagem distinta de autores-ilustradores com seu primeiro livro, *Captain Slaughterboard Drops Anchor* (1945). Graças a seu sensível desenho de traço fino, Peake também se tornou bastante requisitado para ilustrar alguns clássicos vitorianos relançados na década de 1940.

Pouco depois do início dos Puffin Picture Books, Allen Lane, fundador da Penguim, convidou Eleanor Graham, uma renomada especialista em literatura infantil, para iniciar uma nova série de livros em brochura. Puffin Story Books, que depois ficou conhecida simplesmente como Puffin Story, foi lançada em 1941. Graham desejava evitar um número exagerado de reimpressões de clássicos, embora escolhesse alguns com cuidado. A estes, ela misturou títulos recentes, criando um novo padrão para a edição de livros para criança em brochura, do mesmo modo como a Penguin Books havia feito anteriormente com a literatura adulta. As capas eram impressas em cartão e na maioria coloridas, com ilustrações encomendadas, reproduzidas em retícula com pouco contraste. Na época da aposentadoria de Graham, em 1961, haviam sido publicados 150 Puffin Story Books, o que perfaz uma média acima de um título por semana.

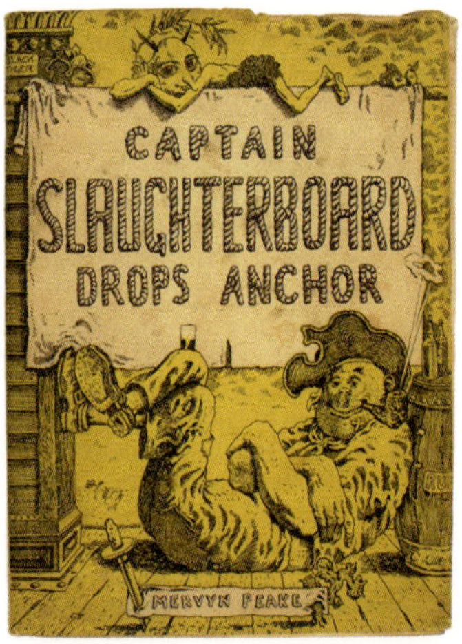

↑ ***Captain Slaughterboard Drops Anchor***
[Capitão Prancha da Morte joga a âncora]
Mervyn Peake (autor e ilustrador).
Londres: Eyre & Spottiswoode, 1945.
250 x 189 mm
A primeira edição deste belo conto *nonsense* foi publicada em preto e branco em 1939, mas só um punhado de exemplares escapou de um bombardeio. A capa da segunda edição, com duas cores e belos tipos imitando corda no título, mostra a habilidade de designer de Peake.

↑ ***Ride a Cock-Horse and Other Nursery Rhymes***
[Cavalgue um cavalo de pau e outras cantigas de ninar]
Mervyn Peake (ilustrador). Londres: Chatto & Windus, 1940. 250 x 186 mm
As intricadas texturas da crina, do rabo, do tecido e das penas evidenciam a extraordinária transformação da vida cotidiana realizada por Peake, algo que também fica evidente em seu texto. Este livro é um raro exemplo do período em que se empregava coloração com estêncil aplicado à mão.

↑ ***The Hunting of the Snark: An Agony in Eight Fits*** [A caça ao Snark]
Lewis Carroll (autor), Mervyn Peake (ilustrador). Londres: Chatto & Windus, 1941. 187 x 116 mm
Esta soberba reinterpretação da balada de Carroll foi impressa com pranchas ilustradas. Peake também ilustrou os dois livros *Alice* (também de Carroll), em 1954.

← ***Titus Groan*** [o gemido de Titus]
Mervyn Peake (autor e ilustrador da capa). Londres: Eyre & Spottiswoode/ Nova York: Reynal & Hitchcock, 1946.
220 x 145 mm
Este é o primeiro de uma trilogia de romances que fez a fama de Peake continuar a crescer. *Titus Groan* talvez não seja propriamente um livro para criança, mas usa muitos dos artifícios dos contos de fada e de fantasia.

→ ***Worzel Gummidge: The Scarecrow of Scatterbrook*** [Worzel Gummidge: o espantalho de Scatterbrook]
Barbara Euphan Todd (autora), Elizabeth Alldridge (ilustradora). Harmondsworth: Puffin Story Books nº 1 (Penguin Books), 1981. 180 x 110 mm
Esta capa é uma reprodução da edição da Puffin de 1941. Publicado pela primeira vez em 1936, *Worzel Gummidge* ficou famoso no programa de rádio *Children's Hour*, da BBC, e foi um título digno para o lançamento da série Puffin, que na época parecia muito semelhante à sua contraparte adulta Penguin.

↑ ***Treasure Island*** [A ilha do tesouro]
R. L. Stevenson (autor), "capa de 'Lake'". Harmondsworth: Puffin Story Books nº 36 (Penguin Books), 1946.
180 x 110 mm
O "marinheiro com uma perna só" aparece dramaticamente na capa desta que foi uma das primeiras brochuras da Puffin, enquanto a quarta capa (à esquerda) reimprime o mapa da ilha de Stevenson.

← ***My Friend Mr. Leakey***
[Meu amigo o Sr. Leakey]
J. B. S. Haldane (autor), L[eonard] H. Rosoman (ilustrador), John Harwood (capa). Harmondsworth: Puffin Story Books nº16 (Penguin Books), 1944.
180 x 110 mm
Única obra ficcional deste cientista renomado, foi publicada em 1937 com ilustrações do jovem Leonard Rosoman, que mais tarde se tornaria um pintor conhecido. A edição da Puffin enfatiza as aspirações educacionais da série, pois Sr. Leaky expõe conhecimentos científicos por meio de suas atividades fantásticas.

UM ILUSTRADOR NATO EDWARD ARDIZZONE

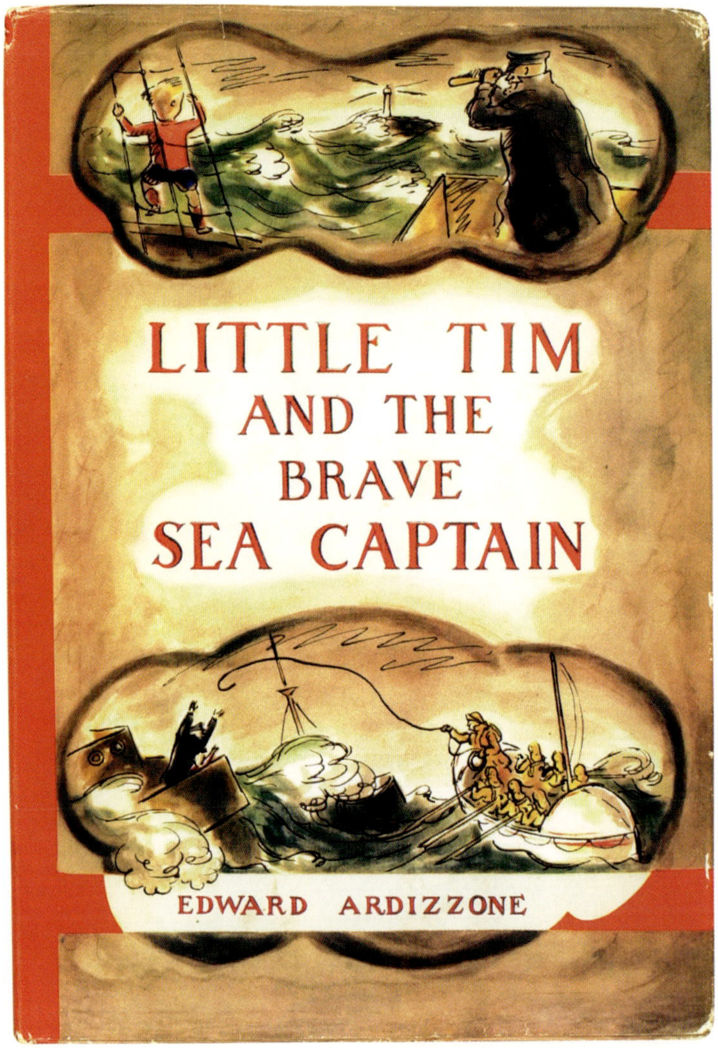

Edward Ardizzone (1900-79) marcou a ilustração de livros para criança com a primeira versão de *Little Tim and the Brave Sea Captain*, encomendada por Grace Hogarth, editora da Oxford University Press em Nova York. O livro foi impresso por meio de separação de cores em um formato grande já popularizado pela série Babar, a partir do enorme livro de esboços no qual Ardizzone desenhou o original da história para seu filho, Philip. Foi um passo importante, pois ele havia abandonado uma carreira de negócios para se tornar artista em tempo integral, mas até esse momento sentira dificuldades em sustentar sua família. Várias das histórias de Ardizzone tratam desse espírito de esforço idealista que acaba recompensado.

Ao publicar uma palestra que proferiu em 1958 na qual discutiu a ilustração como objeto de estudo, Ardizzone usou o título "O ilustrador nato". O trabalho de ilustrar, dizia ele, envolvia um relacionamento estreito entre desenhos e texto, além de uma forte memória visual sustentada pela constante observação da realidade. Embora Ardizzone tenha escrito algumas histórias, trabalhava igualmente bem com textos de outros autores, entre eles figuras de renome como Eleanor Farjeon e Walter de la Mare. Prolífico, seu trabalho, que usa balões de fala com frequência, é instantaneamente reconhecível. Suas capas se envolvem de imediato com a história, e são muitas vezes resultado de projetos gráficos inteligentes com sabor vitoriano, utilizando episódios separados em uma única composição e incorporando tipos bem desenhados às ilustrações de traço solto. Ardizzone usava a cor de um modo sensível, que ao mesmo tempo dava suporte à força de seus traços nas ilustrações. Em muitos casos, a capa era a única lâmina impressa em cores, com o miolo ilustrado em preto e branco.

Ardizzone escreveu: "O autor-artista não cria seus livros propriamente para crianças, mas para divertir a criança que existe nele mesmo. [...] As crianças pequenas adoram todos os livros. Elas não têm gosto, o que é bom, e é claro que lerão e olharão qualquer coisa com prazer. Isso torna ainda mais importante, portanto, oferecer a elas o que há de melhor".

↑ ***Little Tim and the Brave Sea Captain***
[Pequeno Tim e o bravo capitão do mar]
Edward Ardizzone (autor e ilustrador). Nova York: Oxford University Press, 1936. 330 x 233 mm
A capa retrata episódios da história de um garoto navegando pelo mar, contada por Ardizzone inicialmente para seus filhos. Em obras posteriores, suas habilidades de desenho e tipografia se tornaram mais seguras, e sua gama de cores, mais ampla, sem nenhuma perda de vitalidade.

→ ***Desbarollda The Waltzing Mouse***
[Desbarollda, a rata que dançava valsa]
Noel Langley (autor), Edward Ardizzone (ilustrador). Londres: Lindsay Drummond, 1947. 194 x 138 mm
Ardizzone gostava de exagerar os rostos com um toque grotesco, muitas vezes contrastando as lutas de seus protagonistas para sobreviver em um mundo hostil.

← ***The Otterbury Incident***
[Incidente em Otterbury]
Cecil Day Lewis (autor), Edward Ardizzone (ilustrador). Londres: Putnam & Co., 1948. 210 x 140 mm
Escrita por um poeta inglês que mais tarde foi laureado e hoje provavelmente é mais lembrado como o pai do ator Daniel Day Lewis, esta é uma história da vida moderna em que se contam as aventuras de um grupo de garotos fora da escola, baseada no enredo do filme francês *Nous les Gosses*. A capa de Ardizzone antecipa seu desfecho dramático.

← ***Tim and Ginger*** [Tim e Ginger]
Edward Ardizzone (autor e ilustrador). Oxford: Oxford University Press, 1965. 260 x 195 mm
Em sua coleção posterior de nove livros Tim, Ardizzone trabalhou com *layers* transparentes a fim de imprimir suas aquarelas, adicionando o desenho em preto por último. A costura colorida e o fundo aquarelado da capa simplificam a versão de 1936.

← ***J. M. Barrie's Peter Pan***
[Peter Pan de J. M. Barrie]
Eleanor Graham (autora), Edward Ardizzone (ilustrador). Leicester: Brockhampton Press, 1962. 165 x 235 mm
Eleanor Graham, da Puffin Books, escreveu uma das versões mais elogiadas desta história famosa, e Ardizzone a ilustrou. O livro foi editado com diversos projetos de capa nos dois lados do Atlântico.

↓ ***The Little Steamroller***
[O pequeno rolo a vapor]
Graham Greene (autor), Edward Ardizzone (ilustrador). Londres: The Bodley Head, 1974. 185 x 245 mm
Esta foi uma das quatro histórias infantis que Graham Greene escreveu entre 1950 e 1953, ilustradas por Dorothy Craigie. A editora dos livros adultos de Greene, The Bodley Head, encomendou a Ardizzone as ilustrações para relançar a obra na década de 1970.

↑ ***Stig of the Dump***
[Stig da espelunca]
Clive King (autor), Edward Ardizzone (ilustrador). Harmondsworth: Puffin Books, 1963. 182 x 110 mm
Esta não foi uma reimpressão, mas a primeira edição de um livro – algo incomum para a Puffin. A história, que se tornou um clássico, conta a descoberta, por um garoto, de um homem da caverna que vive no depósito de lixo da cidade.

← ***Nurse Matilda Goes to Town***
[*Matilda na cidade*]
Christianna Brand (autora), Edward Ardizzone (ilustrador). Leicester: Brockhampton Press, 1967 / São Paulo: Companhia das Letrinhas, 2006. 160 x 108 mm
Os dois livros desta coleção, escritos pela prima de Ardizzone, foram belamente produzidos em formato reduzido por uma pequena editora inglesa. Esta é uma história de crianças desregradas e sua misteriosa babá.

"LEITURA SAUDÁVEL PARA SEUS FILHOS" ENID BLYTON

Nascida em 1897 no sul de Londres, até o início da Segunda Guerra Mundial Enid Blyton já havia publicado cerca de trinta títulos, mas isso não foi nada em comparação à média de aproximadamente trinta por ano que ela manteve até mais ou menos 1960. Só reduziu o ritmo pouco antes de sua morte, em novembro de 1968, e mesmo assim ainda escrevia entre 6 mil e 10 mil palavras por dia. Tal quantidade não era apenas uma medida de sua produtividade, mas também da receptividade de seus leitores, para quem suas obras continuavam a oferecer um caminho para a leitura, diferente de qualquer outro. Seus livros ainda hoje vendem milhões de exemplares anualmente.

O modo de Blyton contar histórias vem da improvisação que ela usava quando trabalhou como governanta na juventude. Ela entendia as dificuldades da infância, pois fora profundamente marcada pelo colapso do casamento de seus pais aos treze anos de idade. Chegou a se casar com Hugh Pollock, seu editor na George Newnes, em 1924, mas se separou dele e casou-se novamente.

Blyton ocupa uma posição dúbia na história da literatura infantil em língua inglesa. As características de suas obras que mais apelo exercem sobre as crianças de seis ou sete anos – o uso de ação rápida, caracterização superficial e vocabulário repetitivo – foram condenadas por críticos e defensores de padrões culturais. Em retrospectiva, grande parte da crítica parece exagerada e não leva em consideração os aspectos positivos da obra de Blyton. Estes são listados pelos críticos Peter Hollindale e Zena Sutherland: "Sua prosa é clara e precisa, seu senso de sequência narrativa é imensamente habilidoso e irresistível, seu humor e sagacidade psicológica, muito maiores do que se reconhecem [...] e sua observação gráfica do mundo natural é gravemente subestimada".

A carreira galopante de Blyton carregou consigo muitos ilustradores. Entre os mais eminentes estavam Stuart Tresilian, que trabalhou na série Adventure, e Eileen Soper, que deu forma à Famous Five, série à qual Enid Blyton é mais associada. As reimpressões em brochura atualizaram as capas e as ilustrações, mas o papel de péssima qualidade permaneceu uma constante.

↑ ***Five on a Treasure Island***
[Cinco na ilha do tesouro]
Enid Blyton (autora), Eileen Soper (ilustradora). Londres: Hodder & Stoughton, 1942. 190 x 130 mm
A capa do primeiro livro da coleção, que chegou a conter 21 obras, ilustra o barco naufragado que chega à ilha Kirrin. "'Lá está ele', diz Julian, animado. 'Pobre náufrago! Imagino que agora ele está um pouco mais danificado.'"

↑ ***Five on a Secret Trail***
[Cinco numa ilha secreta]
Enid Blyton (autora), Eileen Soper (ilustradora). Londres: Hodder & Stoughton, 1956. 190 x 130 mm
Enid Blyton usou pela primeira vez sua assinatura típica neste livro, o 15º dos que foram publicados com regularidade anual.

↑ ***Five are Together Again***
[Cinco juntos novamente]
Enid Blyton (autora), Eileen Soper (ilustradora). Londres: Hodder & Stoughton, 1963. 190 x 130 mm
As capas de Eileen Soper dão unidade à série original e usam as cores de forma despretensiosa. Este é o último título.

↑ ***Five Go Off in a Caravan***
[Cinco saem numa caravana]
Enid Blyton (autora). Londres: Hodder & Stoughton, 1978. 179 x 113 mm
Mesmo no final da década de 1970, as histórias infantis mais famosas de Blyton não eram muito anacrônicas para serem transformadas de modo atualizado em série de TV, que acompanhava uma canção-tema alegre. Este título foi publicado originalmente em 1946.

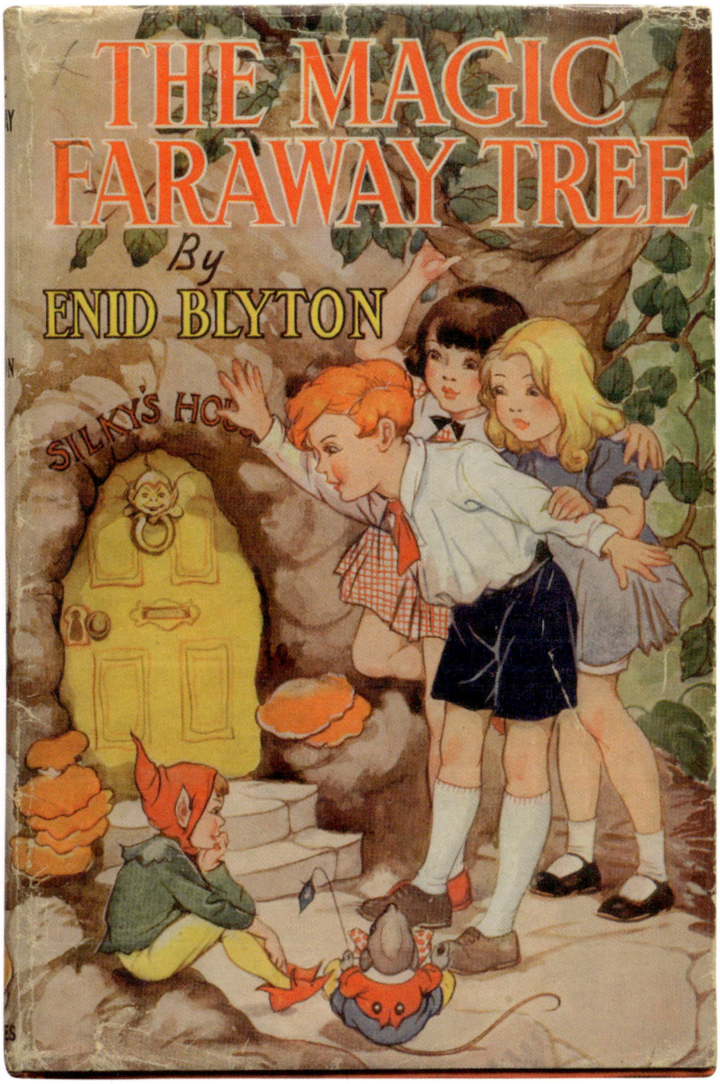

← ***The Secret Seven*** [Os sete secretos]
Enid Blyton (autora), George Brook (ilustrador). Leicester: Brockhampton Press, 1949. 196 x 137 mm
Em contraste com os temas de férias rurais dos garotos Famous Five, no qual todos estão em internato (inclusive Timmy, o cachorro), a série de quinze livros Secret Seven, sendo este o primeiro, retrata aventuras semelhantes na vida de crianças de externato durante o período das aulas.

↓ ***Hurrah for Little Noddy***
[Um viva para o pequeno Noddy]
Enid Blyton (autora), Harmsen van Beek (ilustrador). Londres: Sampson Low, 1950. 190 x 140 mm
Os livros da série Noddy, ilustrados por Beek, foram os primeiros a ter laminação plástica, que na época julgavam adequada para livros como este, destinados a crianças pequenas.

↑ ***The Magic Faraway Tree***
[A distante e mágica árvore]
Enid Blyton (autora), Dorothy A. Wheeler (ilustradora). Londres: George Newnes, 1943. 209 x 142 mm
Newnes, que era basicamente um editor de revistas, havia lançado o primeiro livro de Enid Blyton, *The Enid Blyton Book of Fairies*, em 1924. Nesta história, com um quê de mitologia escandinava, e nas que se seguiram, um grupo de crianças descobre uma árvore mágica que chega ao céu e tem a população variada de um moderno quarteirão de prédios altos de apartamentos.

→ ***The Castle of Adventure***
[O castelo de aventuras]
Enid Blyton (autora), Stuart Tresilian (ilustrador). Londres: Macmillan, 1946. 203 x 140 mm
As roupas mostram o estilo de história de aventura passada nas férias de verão, com garotos e garotas juntos, do qual Arthur Ransome foi o pioneiro. Kiki, o papagaio, oferece um alívio cômico para essas histórias.

OUTROS MUNDOS EMBAIXO E ALÉM *THE BORROWERS* E C. S. LEWIS

Além de atriz e dramaturga, Mary Norton (1903-92) foi autora de duas séries bastante conhecidas de livros para criança, Bedknob and Broomstick (1947), adaptada pela Disney para o cinema (*Se minha cama voasse*, de 1971), e The Borrowers (1952), também filmado em 1997 (Os pequeninos). Em ambas, magia e imaginação são levadas a sério. Em The Borrowers, cujas obras foram todas ilustradas originalmente por Mary Stanley (n. 1909), os leitores são apresentados a um universo paralelo em pequena escala completamente plausível. Os Borrowers são minisseres humanos e se comportam como tal. A historiadora de literatura infantil Bettina Hürlimann escreveu: "Um mundo onde alfinetes de fralda se tornam ferramentas gigantes, onde rolos de algodão se tornam bancos, e peças de xadrez, estátuas clássicas, tem um *glamour* próprio, independentemente de qualquer leitura mais profunda que possa ser feita dessa mini-miniterra". A família Borrower Clock – Pod, a esposa Homily, e a filha deles, Arietty – começa a perder o controle desse mundo devido à vontade da garota em ampliar os horizontes. Quem procura significados mais densos já observou a precisão com que Mary Norton refletia sobre a mobilidade social alcançada com a educação e a melhora de oportunidades nos anos do pós-guerra.

Nos livros da série Crônicas de Nárnia, de C. S. Lewis (1898-1963), o escape do cotidiano é em direção a um mundo que enfatiza a aproximação entre o moralismo e o mito, com o propósito subjacente de ensinamento religioso. Afora alguns lapsos, Lewis sabia contar histórias e caracterizar personagens com desenvoltura o bastante para escapar do peso que essa opção literária implica (embora críticos recentes, notadamente o escritor Philip Pullman, tenham atacado suas intenções ocultas). *O leão, a feiticeira e o guarda-roupa* foi iniciado em 1939 e terminado somente dez anos depois, em parte por Lewis ter sido derrotado em um debate com uma filósofa ateia, Elizabeth Anscombe. Os outros livros se seguiram rapidamente, todos ilustrados por Pauline Baynes (n. 1922). Ela atendeu ao pedido de Lewis de "embelezar" as crianças e abordou com sensibilidade tanto os aspectos imaginativos dos livros como os realistas.

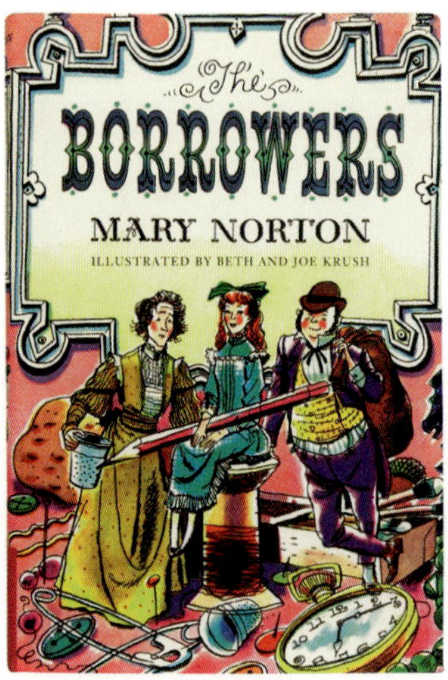

→ ***The Borrowers*** **[Os pequeninos]**
Mary Norton (autora), Beth e Joe Krush (ilustradores). Nova York: Harcourt Inc., 1998. 200 x 135 mm
A capa da edição norte-americana, lançada em 1953, atribui ao livro mais charme e humor do período vitoriano do que seria necessário, embora alguns dos desenhos de traço fino do miolo sejam criativos.

↑ ***The Borrowers*** **[Os pequeninos]**
Mary Norton (autora), Mary Stanley (ilustradora). Londres: J. M. Dent, 1952. 205 x 145 mm
A capa reproduz o frontispício. As ilustrações em cores, envoltas pela fotografia em preto e branco de uma moldura, mostram as adaptações que os Borrowers fazem de objetos do mundo em tamanho natural. Arietty está aprendendo a ler e escrever – é a primeira em sua família a fazê-lo. As guardas do livro de capa dura são particularmente bem ilustradas.

← ***The Borrowers Afield*** **[Os pequeninos saem de casa]**
Mary Norton (autora), Diana Stanley (ilustradora). Harmondsworth: Puffin Books, 1960. 181 x 111 mm
No segundo livro da coleção, originalmente publicado com capa dura em 1955, os Borrowers aprendem a viver ao ar livre e se acostumam com a natureza após passar muito tempo de vida anterior inteiramente dentro de casa.

→ ***The Lion, the Witch and the Wardrobe***
[O leão, a feiticeira e o guarda-roupa]
C. S. Lewis (autor), Pauline Baynes (ilustradora). Harmondsworth: Puffin Books, 1959 / São Paulo: Martins Fontes, 2003. 181 x 111 mm
A capa colorida da edição da Puffin deu a Pauline Baynes a oportunidade de fazer uma pintura detalhada e delicada, que continua até a quarta capa e lá retrata uma paisagem distante.

↓ ***The Lion, the Witch and the Wardrobe***
[O leão, a feiticeira e o guarda-roupa]
C. S. Lewis (autor), Pauline Baynes (ilustradora). Londres: Geoffrey Bles, 1950 / São Paulo: Martins Fontes, 2003. 203 x 140 mm
A sobrecapa da primeira edição apresenta uma cartela com faunos e árvores, que circundam o leão, Aslan, voando com Susan e Lucy nas costas. As cores atenuadas são típicas da austeridade do gosto inglês durante o pós-guerra.

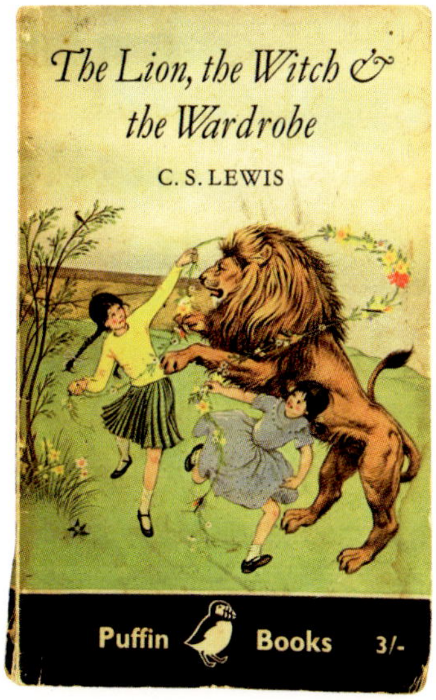

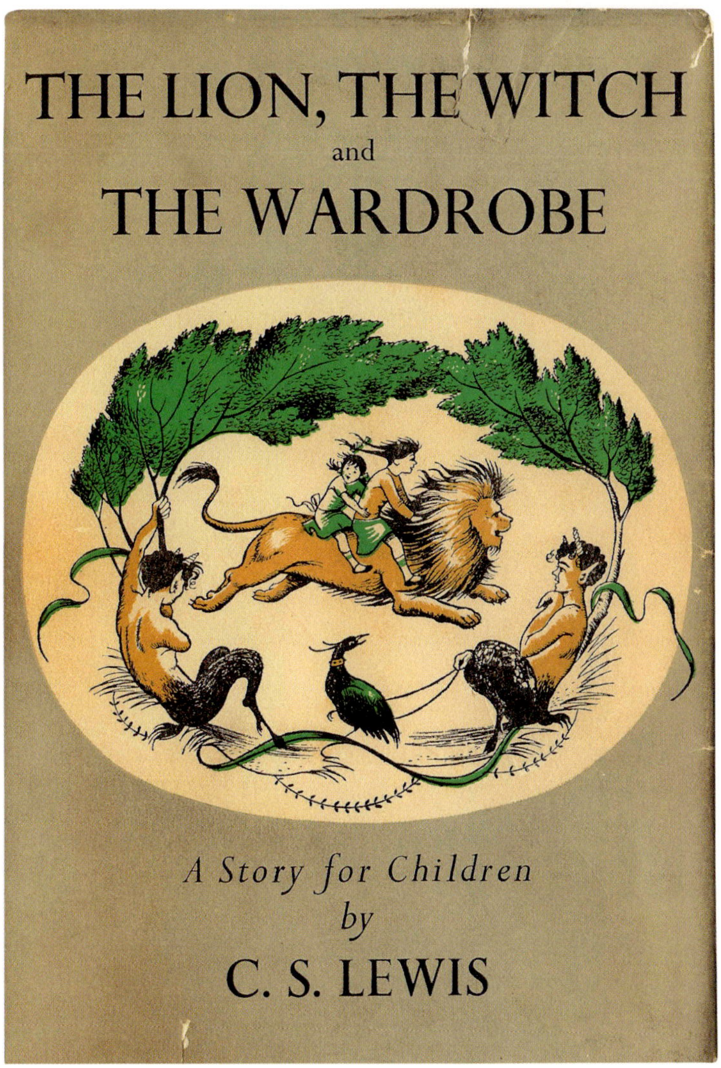

↑ ***The Magician's Nephew***
[O sobrinho do mago]
C. S. Lewis (autor), Pauline Baynes (ilustradora). Londres: The Bodley Head, 1955 / São Paulo: Martins Fontes, 2003. 203 x 140 mm
Tendo escrito os cinco livros centrais da série, que são pouco amarrados entre si, Lewis estendeu o cenário escrevendo o começo da saga, *O sobrinho do mago*, em um estilo que lembra E. Nesbitt.

← ***The Last Battle***
[A última batalha]
C. S. Lewis (autor), Pauline Baynes (ilustradora). Harmondsworth: Puffin Books, 1964 / São Paulo: Martins Fontes, 2003. 181 x 111 mm
Há uma capa especialmente bela de Pauline Baynes para o último dos livros de Lewis, que conclui a história. Embora se considerasse que não era tão bom quanto os anteriores, o livro ganhou a Medalha Carnegie em reconhecimento do conjunto da obra de Lewis.

NA TERRA DOS LIVRES CLÁSSICOS NORTE-AMERICANOS DAS DÉCADAS DE 1940 E 1950

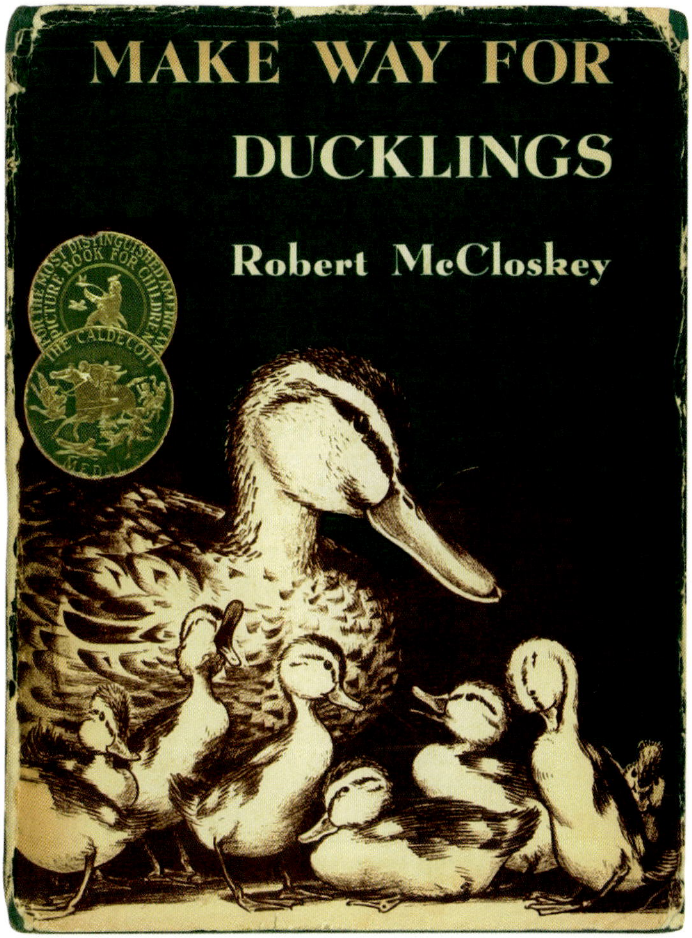

A força da renovação norte-americana na edição de livros para criança iniciada nos anos 1930 continuou pelos anos seguintes. Em meados da década de 1950, refletindo sobre o discurso dos contemplados pelo Newbery Award, Elizabeth Nesbitt escreveu: "É extraordinariamente animador relê-los, perceber como tantos escritores para crianças reconhecem com clareza a separação e a importância do mundo infantil". Os prêmios Newbery e Caldecott eram sem dúvida uma ótima maneira de impulsionar as vendas, como indicam as medalhas aplicadas à sobrecapa de *Make Way for Ducklings*. Este livro deu prosseguimento à moda de litografias desenhadas à mão iniciada por Virginia Lee Burton, e, por economia, McCloskey desenhou sobre pedra em apenas uma cor, num estilo que alcança as melhores qualidades da técnica.

Zozo, de H. A. Rey, mais conhecido por seu título *George, o Curioso*, foi uma tentativa deliberada e extremamente bem-sucedida de adaptar a ação rápida das HQs, gênero que há pouco tinha se popularizado, para um formato mais definitivo. Rey de fato fez alguns desenhos animados sobre as trapalhadas de George. O ilustrador Clement Hurd, autor das imagens dos clássicos de Margaret Wise Brown, estudou pintura na França com Fernand Léger – a quem talvez deva o uso de cores saturadas fortes. Wise Brown, uma autora bastante prolífica, trabalhava com diversos ilustradores, entre eles Garth Williams – ilustrador de dois infantis de E. B. White, colaborador da revista *The New Yorker*, que garantiram sua reputação.

↑ ***Make Way for Ducklings***
[Abram alas para os Patos]
Robert McCloskey (autor e ilustrador). Nova York: Viking Press, 1959. 310 x 235 mm
Publicada pela primeira vez neste formato em 1941, esta história simples é ambientada em um bairro de Boston, onde o caso de uma família de patos-selvagens impedindo o tráfego inspirou McCloskey.

→ ***Zozo***
H. A. Rey (autor e ilustrador). Londres: Chatto & Windus, 1942. 256 x 215 mm
Este macaco gosta de investigar o mundo que o cerca, o que normalmente acaba em confusão. O título americano original, *Curious George* (*George, o Curioso*), foi considerado um risco para a dignidade do rei inglês.

→ ***Little Fur Family***
[A pequena família peluda]
Margaret Wise Brown (autora), Garth Williams (ilustrador). Nova York: Harper & Brothers, 1946. 95 x 75 mm
Uma abertura na caixa, na barriga do urso, revela o pelo de verdade com que o livro foi encadernado. Os originais ficaram sujeitos a ataques de traças no depósito.

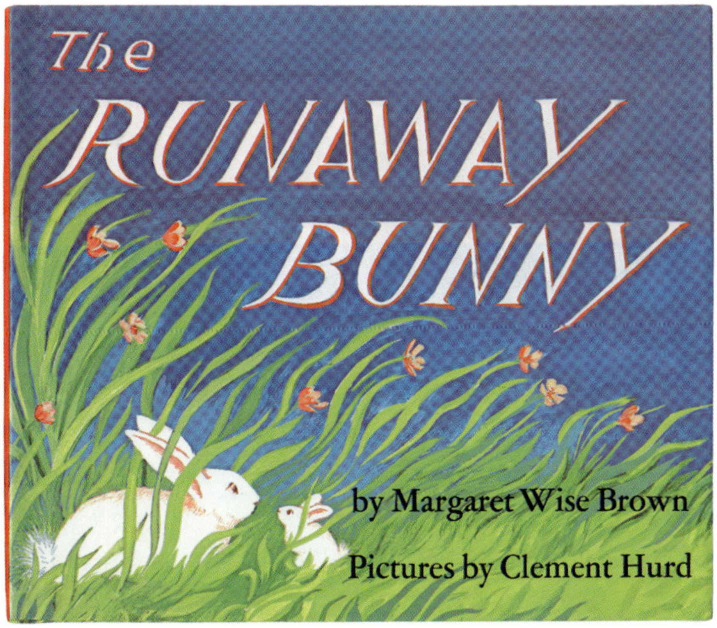

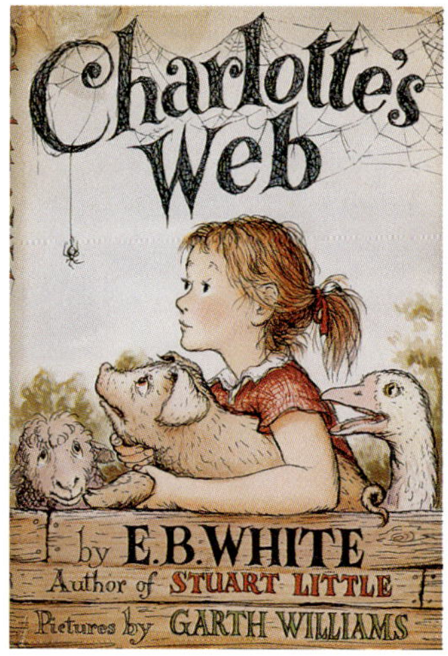

← ***Charlotte's Web*** [*A teia de Charlotte*]
E. B. White (autor), Garth Williams (ilustrador). Nova York: Harper & Row, 1952 / São Paulo: Martins Fontes, 2004. 202 x 133 mm
A capa poderia apresentar qualquer história de fazenda, mas esta é, nas palavras dos autores Michael e Margaret Rustin, "uma das melhores histórias infantis publicadas desde a guerra".

↓ ***Stuart Little***
E. B. White (autor), Garth Williams (ilustrador). Nova York: Harper & Brothers, 1945 / São Paulo: Martins Fontes, 2004. 205 x 140 mm
Vemos na capa o intrépido herói-rato sobrevivendo em um mundo que exagera as diferenças normais de escala e os princípios entre crianças e adultos.

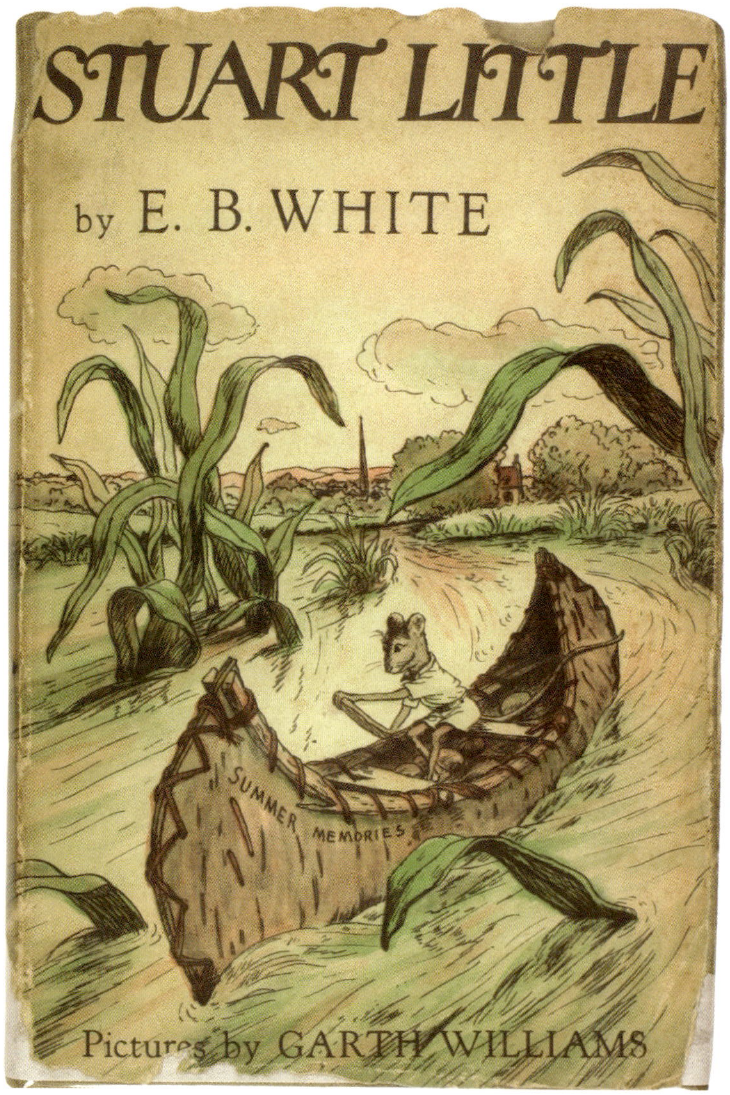

↑ ***The Runaway Bunny*** [O coelhinho fujão]
Margaret Wise Brown (autora), Clement Hurd (ilustrador). Londres: Collins, 1992. 177 x 210 mm
Seja qual for a tentativa de fuga do coelhinho, sua mãe encontra um jeito de segui-lo. Esta história sutil sobre os laços de família e amor foi originalmente publicada em 1942.

↑ ***Goodnight Moon*** [*Boa noite, Lua*]
Margaret Wise Brown (autora), Clement Hurd (ilustrador). Nova York: Harper & Row, 1947 (ed. de 1982) / São Paulo: Martins Fontes, 1997. 176 x 207 mm
Este popular livro ilustrado sobre o escuro viaja em torno dos objetos de um quarto de criança, incluindo uma referência a *The Runaway Bunny*, ilustrado em páginas duplas inteiramente coloridas.

DOCE REMÉDIO PARA LEITORES RELUTANTES DR. SEUSS E RICHARD SCARRY

Theodore Seuss Geisel (1904-91) pretendia se tornar professor de literatura inglesa mas, como escreveu, "não conseguia me livrar do velho hábito de pôr no papel as imagens incomuns que apareciam em meus sonhos". Antes de se lançar na literatura infantil com dois títulos no período do entreguerras, usando seu pseudônimo famoso, ele trabalhava com publicidade e como cartunista de jornal. A idosa Beatrix Potter recebeu um exemplar de *And to Think that I Saw it on Mulberry Street* e ficou admirada com suas habilidades. Como ela, Seuss tinha talento para combinar imagem e texto, e para entrar na mente das crianças. Isso fica mais evidente em *O gatola da cartola*, primeiro dos livros de Seuss voltado expressamente para leitores iniciantes. A série continua a ter sucesso merecido graças à combinação de ilustrações estilo HQ e textos que transmitem humor e ironia, com vocabulário muito simples.

Richard Scarry (1919-94) começou a ilustrar em 1946 e a escrever pequenas cenas desconexas em 1951. Seu grande sucesso veio em 1963 com *Richard Scarry's Best Word Book Ever*. Este livro usava os animais antropomórficos pelos quais ele se tornou mais conhecido. Elaine Moss escreveu no jornal britânico *Signal*, voltado à literatura infantil, que os textos de Scarry eram "totalmente despretensiosos, cheios de humor, carregados de ação, temperados com palavras de sabedoria e piadas ingênuas. [...] São uma combinação maravilhosa de diversão para as crianças". Em 1969, Scarry foi morar na Suíça, e seu trabalho posterior muitas vezes ensina às crianças sobre os países do mundo.

↑ ***The 500 Hats of Bartholomew Cubbins***
[Os 500 chapéus de Bartholomew Cubbins]
"Dr. Seuss" (autor e ilustrador). Londres: Oxford University Press, 1940.
305 x 232 mm
Bartholomew Cubbins encontra o rei, mas sempre que, com todo o respeito, tenta tirar seu chapéu, há outro por baixo. O título foi originalmente publicado em Nova York pela Vanguard Press em 1938.

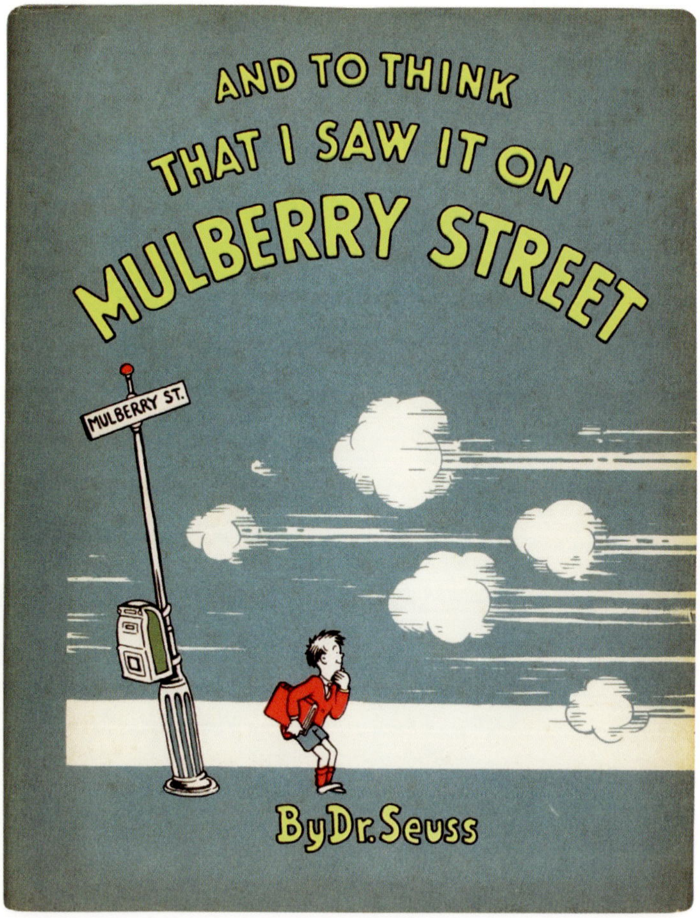

← ***And to Think That I Saw it on Mulberry Street*** [E pensar que eu vi a coisa na rua Mulberry]
"Dr. Seuss" (autor e ilustrador). Londres: Country Life, 1939. 268 x 212 mm
A edição norte-americana original foi publicada pela Vanguard Press, de Nova York, em 1937. Esta história, que se passa em Nova York, é sobre as coisas que uma criança imagina ver no caminho de casa, voltando da escola.

→ ***Horton Hatches the Egg***
[*Tonho choca o ovo*]
"Dr. Seuss" (autor e ilustrador).
Nova York: Random House, 1940 / São Paulo: Companhia das Letrinhas, 2000.
260 x 209 mm
A capa é evidentemente ridícula. Depois de vê-la, é preciso ler o livro para descobrir como surgiu essa situação.

↓ ***The Cat in the Hat***
[*O gatola da cartola*]
"Dr. Seuss" (autor e ilustrador).
Nova York: Random House, 1957 / São Paulo: Companhia das Letrinhas, 2000.
235 x 170 mm
O mais famoso dos livros de Dr. Seuss foi lançado com a capa laminada, de modo que não fosse necessária nenhuma sobrecapa. A quarta capa traz testemunhos de especialistas em educação.

↑ ***The Great Big Car and Truck Book***
[O grande livro sobre carros e caminhões]
Richard Scarry (autor e ilustrador).
Nova York: Simon & Schuster, 1951.
325 x 244 mm
Este foi o primeiro livro ilustrado de Scarry. Seu gosto pelos meios de transporte é típico de muitas obras que viriam depois, embora não traga ainda personagens animais.

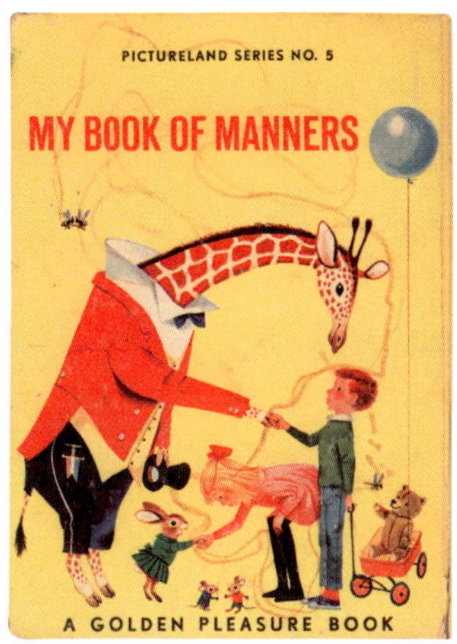

← ***My Book of Manners***
[Meu livro de boas maneiras]
Richard Scarry (autor e ilustrador).
Nova York: Golden Press, 1962.
267 x 204 mm
Aqui, o estilo de desenho de Scarry não traz contornos pretos e não é instantaneamente reconhecível, embora o humor presente seja característico do autor.

"EM UMA VELHA CASA PARISIENSE" LIVROS FRANCÓFILOS

A contribuição da França para a literatura infantil do século XX se divide em obras de autores e ilustradores franceses adotadas em países de língua inglesa, e livros de autores ingleses e norte-americanos que usaram a França (normalmente Paris) como cenário. Essa tendência era particularmente forte nas décadas de 1940 e 1950, quando a França se recuperava da ocupação nazista e parecia irresistivelmente atraente aos países que haviam ajudado a libertá-la. Bettina Hürlimann relacionou o sucesso de *O Pequeno Príncipe* (1943), de Antoine de Saint-Exupéry (1900-44), ao *páthos* da França ocupada, bem como à morte do autor-ilustrador enquanto voava pela França Livre, em Marrocos.

Ludwig Bemelmans (1892-1962), autor da série Madeline e que sabia falar francês, foi só um dos exemplos do talento levado aos Estados Unidos pela incerteza política na Europa. Kay Thompson, enquanto isso, usava a França como cenário para seus romances da série Eloise. A garota precoce de seis anos, inspirada na jovem Liza Minelli, leva a inconfundível marca dos desenhos de Hilary Knight.

A série Anatole, com nove títulos lançados entre 1956 e 1973, foi criada por dois norte-americanos, a autora Eve Titus (n. 1922) e o ilustrador húngaro de nascimento Paul Galdone (1914-86). Anatole é um rato que, como um intelectual pré-guerra, considera seu papel como cidadão uma *raison d'être*, mas acaba arrastado para a lógica empresarial do capitalismo com a anônima função de provador de queijo em uma fábrica. Já *Le Balon rouge*, de Albert Lamorisse, falava de uma Paris nostálgica, cuja história é o sonho de um garotinho que tem um balão mágico, mas é perseguido por pessoas que ameaçam roubá-lo.

↑ ***Madeline***
Ludwig Bemelmans (autor e ilustrador). Londres: Verschoyle, 1938. 305 x 235 mm
Madeline, a destemida menina órfã, foi alçada ao estrelato desde que surgiu, em 1939. Bemelmans se via basicamente como pintor, dizendo: "Eu queria pintar puramente o que me dava prazer e um dia encontrei o público para esse tipo de pintura [...] Eu me dirigi às crianças".

→ ***Madeline's Rescue*** **[O resgate de Madeline]**
Ludwig Bemelmans (autor e ilustrador). Nova York: Viking Press/Londres: Verschoyle, 1953. 305 x 235 mm
Ganhador da Medalha Caldecott para o "mais notável livro ilustrado" em 1953, este foi o segundo título da série sobre Madeline.

← ***The Little Prince***
[*O Pequeno Príncipe*]
Antoine de Saint-Exupéry (autor). Nova York: Reynal & Hitchcock, 1943 / Rio de Janeiro: Agir, 2006. 225 x 185 mm
Embora lançada em Nova York, esta edição é em francês. A história extravagante, mais dirigida a adultos que a crianças, foi um sucesso imediato.

→ ***Eloise in Paris*** [Eloise em Paris]
Kay Thompson (autora), Hilary Knight (ilustradora). Nova York: Simon & Schuster, 1957. 279 x 195 mm
Depois do sucesso de *Eloise* (1955), Kay Thompson (1902-98) mandou sua heroína a Paris. Descobrimos, entre outras coisas, que a tartaruga de estimação de Eloise, Skiperdde (acomodada atenciosamente pela Sabena Airlines), aprende uma palavra francesa que será sua favorita, "zut", que significa "oh, que droga".

↓ ***Anatole***
Eve Titus (autora), Paul Galdone (ilustrador). Londres: The Bodley Head, 1957. 255 x 185 mm
Publicado a primeira vez pela McGraw Hill de Nova York em 1956, *Anatole* foi um sucesso internacional, ajudado pela excelência das ilustrações em três cores de Galdone, *a tricoleur* para que Mousetown possa ser verdadeiramente patriótica.

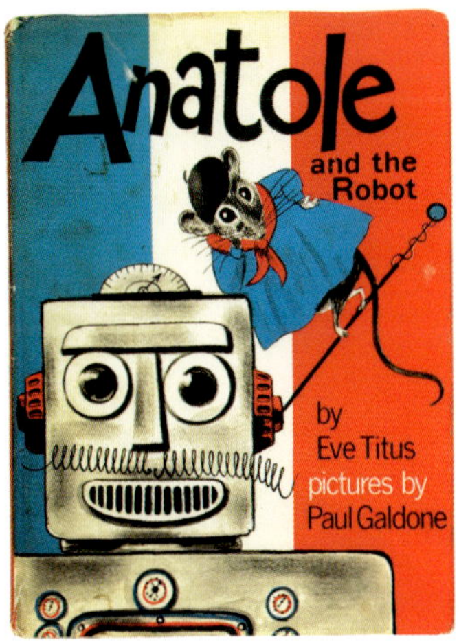

↑ ***The Red Balloon*** [O balão vermelho]
Albert Lamorisse (autor). Londres: George Allen & Unwin, 1957. 312 x 222 mm
Estas fotos de cenas do popular curta-metragem de Lamorisse foram usadas para produzir um dos raros livros para criança do período em que se usou fotografia. A história diz respeito ao balão mágico de um garotinho e àqueles que tramam roubá-lo. Por necessidade, foi parcialmente impressa em cores para mostrar que o balão tinha expressão própria, e seu encanto hoje consiste basicamente nos cenários de fundo, que mostram uma Paris não modernizada. O livro foi adaptado para o cinema, *O balão vermelho* (1956), e venceu a Palma de Ouro em Cannes.

← ***Anatole and the Robot***
[Anatole e o robô]
Eve Titus (autora), Paul Galdone (ilustrador). Londres: The Bodley Head, 1961. 255 x 185 mm
No terceiro livro do ratinho Anatole, ele e seu amigo Gaston conseguem sabotar um robô chamado Cheezak, que substituiu Anatole como provador de queijos da fábrica.

COISAS SELVAGENS MAURICE SENDAK

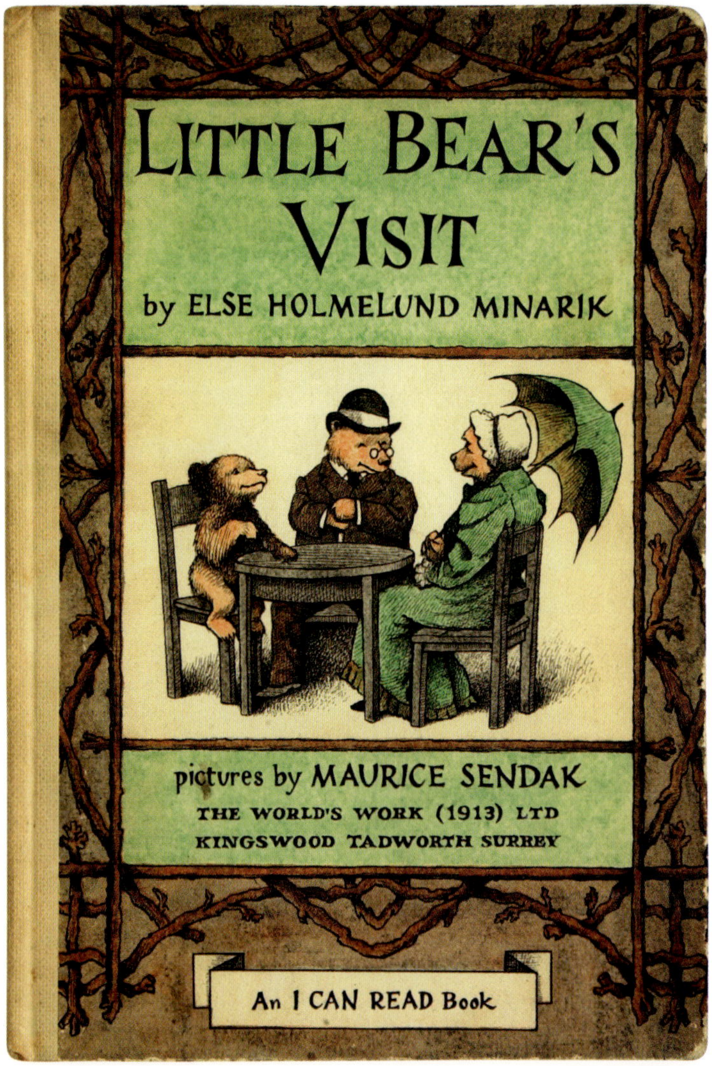

Em 1963, Maurice Sendak (n. 1928) mudou o status dos livros ilustrados com *Onde vivem os monstros*. Sua técnica de desenho em estilo de xilogravura do século XIX com denso sombreado foi desenvolvida inicialmente no final da década de 1950 com os livros da coleção O Ursinho, de Else H. Minarik. A história de Max e os monstros desafiou Sendak a depurar seu texto ao máximo, como os melhores autores de livros ilustrados haviam feito antes. E essa qualidade irredutível contribuiu para a criação de uma espécie de clássico sobre a raiva infantil, escandalizando alguns leitores e bibliotecários. Segundo o crítico Brian Alderson, Sendak, que trabalhava como ilustrador profissional desde 1951, tinha "toda a história da ilustração na ponta dos dedos".

Sendak não foi o primeiro autor-ilustrador a superar as fronteiras entre o entendimento adulto e os livros destinados a crianças, mas seu sucesso ao fazê-lo assinalou um novo momento no desenvolvimento dos livros para criança na década de 1960. Se algumas crianças leitoras (ou ouvintes) e adultos com mentalidade convencional consideram as obras perturbadoras, muitos outros apreciam o modo como elas sugerem uma grande quantidade de assuntos, que costumam ser excluídos de outras representações dos mundos físico e mental. Sendak descobriu que podia reconstruir de forma imaginativa os sentimentos suprimidos da primeira infância, indo além das questões de "bom gosto" e relacionando a escrita de livros para criança a um universo tão amplo quanto o da literatura adulta. Como John Cech escreve sobre *In the Night Kitchen*: "A viagem em si – bem, essa viagem é um mergulho em tudo o que é normalmente reprimido nos livros para criança: a morte, o corpo, a sexualidade, a dinâmica do inconsciente e o trabalho da alma. Assim, para Sendak [...] isso foi uma 'germinação' artística em benefício daquela criança divina, em um momento de nossa história cultural no qual buscávamos um novo espírito para construir o futuro".

Em livros posteriores, Sendak continuou a lidar com o humor, a crítica social e a fantasia. Sua obra foi bastante criticada por refletir sua visão, associada à obra de William Blake, de que "a infância [é] um assunto extremamente sério".

↑ ***Little Bear's Visit*** [O ursinho]
Else Holmelund Minarik (autora), Maurice Sendak (ilustrador). Tadworth: The World's Work, 1962. 220 x 150 mm
Estas ilustrações têm uma doçura nem sempre encontrada em outras obras de Sendak.

→ ***Schoolmaster Whackwell's Wonderful Sons***
[Os maravilhosos filhos da Diretora Whackwell]
Clemens Brentano (autor), "recontado por Doris Orgel", Maurice Sendak (ilustrador). Nova York: Random House, 1962. 242 x 157 mm
Para esta capa, Sendak toma emprestadas algumas das qualidades da tradição do *chapbook*.

→ ***Where the Wild Things Are***
[*Onde vivem os monstros*]
"Texto e ilustração de Maurice Sendak."
Londres: The Bodley Head, 1967 / São Paulo: Cosac Naify, 2009. 235 x 260 mm
Sendak insistia em estar presente durante a impressão de seus livros coloridos para verificar as provas e se certificar de que a qualidade das cores não se perderia.

↑ ***In the Night Kitchen***
[De noite, na cozinha]
Maurice Sendak (autor e ilustrador). Nova York: Harper & Row, 1970/Londres: The Bodley Head, 1971. 285 x 220 mm
Eis aqui a história de sonhos do milagroso voo noturno de Mickey sobre Nova York. Ele foge de três padeiros, muito parecidos com Oliver Hardy, em um aeroplano de massa de pão até que este acaba deliciosamente mergulhado em leite. Sendak interpretou a história como um problema de Mickey: "Como ficar acordado a noite toda, ver o que os adultos fazem e ter a diversão que me é negada por eu ser criança?".

↑ ***The Bee-man of Orn***
[O homem-abelha de Orn]
Frank R. Stockton (autor), Maurice Sendak (ilustrador). Londres: The Bodley Head, 1975. 210 x 194 mm
Publicado pela primeira vez em formato idêntico ao da edição da Holt, Reinhart & Winston de Nova York em 1964, este é um par de histórias de Stockton (1834-1902). Foi ilustrado por Sendak com humor apropriado à moralidade circular de um homem tolo em busca da felicidade.

↓ ***Outside Over There*** [Lá fora logo ali]
Maurice Sendak (autor e ilustrador). Londres: The Bodley Head, 1981. 235 x 260 mm
Um dos livros mais adultos de Sendak, refere-se ao modo como sua irmã mais velha, Ida, cuidava dele quando criança, e à *Flauta mágica* de Mozart (ópera para cuja encenação ele projetava os cenários na época).

↓ ***We Are All in The Dumps with Jack and Guy*** [Estamos todos tristes, como Jack e Guy]
Verso popular, Maurice Sendak (ilustrador). Nova York: Michael di Capua Books, Harper Collins, 1993. 210 x 280 mm
Este é uma espécie de comentário sobre a vida dos sem-teto em Nova York, vista através de uma rima tradicional aparentemente inocente. A boca na capa convida o leitor a entrar, enquanto os detalhes do título só aparecem na quarta capa.

Joan Aiken
MIDNIGHT
IS A
PLACE

4

A ÉPOCA EM QUE USAMOS A FANTASIA: AS DÉCADAS DE 1960 E 1970

Quando a revista *Rolling Stone* perguntou a John Lennon o que ele achava que acontecera na década de 1960, sua resposta foi: "O que aconteceu nos anos 1960 foi que todos nós nos fantasiamos". Lennon podia estar se referindo a muitos aspectos da época, mas um deles, sem dúvida, era a crença, estimulada por ele e pelos Beatles, de que ninguém precisava realmente crescer, no sentido de que a visão de mundo direta e franca das crianças talvez fosse preferível à perda do idealismo e à submissão às convenções do mundo adulto. O compromisso em melhorar a qualidade das obras para crianças, assumido por todos os níveis de produção e distribuição, era então uma característica tão disseminada na Inglaterra quanto o fora antes nos Estados Unidos. O bibliotecário e crítico Marcus Crouch escreveu em 1962: "As crianças nunca tiveram, em casa, na escola ou na biblioteca pública, uma oferta tão boa de livros com estilo, inteligência e um ponto de vista original. Não é nada mau ser criança nos anos 1960".

← ***Midnight is a Place***
[Meia-noite é um lugar]
Joan Aiken (autora), Pat Marriott (ilustrador). Londres: Jonathan Cape, 1974.
205 x 135 mm
A maior parte da ficção juvenil de Joan Aiken foi ilustrada por Pat Marriott, que sempre encontrava um modo de captar a mistura de cômico e assustador. Esta sobrecapa, na qual o título é posicionado com descuido proposital, pode ser comparada à sobrecapa mais convencional da edição americana (p. 116).

Os tons pastel e o acento em cores fortes do miolo de livros dos anos 1920 encontraram eco também em suas capas, e as décadas seguintes foram marcadas pelas mudanças subsequentes de estilo. Os anos 1960 começaram com uma explosão de cores típica da época: houve uma transformação da padronagem elegante e das pequenas dimensões da década de 1950 para a abundância e a ausência de limites, fenômeno igualmente percebido na decoração de interiores e no vestuário. Os filmes agora também eram em cores, naturalmente. É difícil captar exatamente o quanto o mundo se tornara cinzento, em especial na Inglaterra do pós-guerra. Se tomarmos exemplos de livros que eram impelidos pelo que Harold Macmillan, o primeiro-ministro inglês, chamou notoriamente de "asas da mudança", a diferença é muitas vezes tanto de estilo de apresentação como de conteúdo.

Um exemplo é *Brian Wildsmith's ABC*, publicado em 1962. Embora distante da delicadeza e da contenção da maioria dos livros da época, o tema não podia ser mais antiquado. O livro anterior de Wildsmith para a Oxford University Press, uma versão de *As mil e uma noites* (1961), fora descrito por um crítico como "garatujas despropositadas [...], salpicadas em excesso e de forma desmazelada com borrões vivos de tinta". A isso, a reação da editora de Wildsmith, Mabel George, foi mais de estímulo que de dissuasão. Quem conta a história é Judith Graham: "Como filha de um impressor, que já trabalhara no lado técnico da edição, ela já conhecia o processo de quadricromia. Tinha confiança de que a técnica de *offset* era capaz de preservar as pinceladas vibrantes e a profundidade de Wildsmith. Quando seu impressor, o austríaco Bruder Rosenbaum, utilizava papel mais encorpado que o usual, o resultado final era espetacular". A explosão de cores criadas por Wildsmith se tornou possível não só por causa de seu próprio impulso artístico, mas também pela inteligência e coragem de uma editora que contou com os serviços de uma gráfica escolhida a dedo. O livro talvez possa ter desconcertado os adultos, porém com crianças funcionava da forma pretendida, operando em um nível de consciência puramente visual que caracterizava a pintura expressionista abstrata do período. Como diz Wildsmith, "as formas e cores penetram no sistema digestivo artístico da criança, despertando-a e estimulando-a".

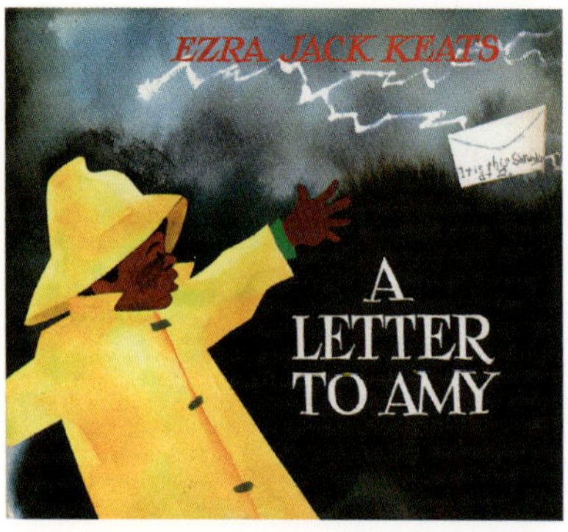

Do outro lado do Atlântico, a edição nos Estados Unidos experimentava uma sensação de liberdade semelhante. Graças à influência do modernismo

← ***The Thinking Book***
[O livro pensante]
Sandol Stoddard Warburg (autor), Ivan Chermayeff (designer e ilustrador). Boston, Toronto: Little, Brown & Company, 1960. 205 x 260 mm
Reconhecido como "um dos dois melhores livros ilustrados de 1960" pelo *New York Herald Tribune*, este foi o primeiro livro para criança ilustrado por Ivan Chermayeff (n. 1932) – um dos principais designers norte-americanos do pós-guerra. Sua obra em geral apresenta um sentimento espontâneo, como esta capa informal.

← ***The Snowy Day***
[Um dia de muita neve]
Ezra Jack Keats (autor e ilustrador). Londres: The Bodley Head, 1962. 206 x 233 mm
Com este livro, a obra de Ezra Jack Keats deu um salto – de um estilo de ilustração convencional para algo imediatamente reconhecível como autoral. As cores, a intensidade dos contornos e o tema urbano são indicativos da mudança ocorrida nos livros para criança da década de 1960.

↓ ***A Letter to Amy***
[Uma carta para Amy]
Ezra Jack Keats (autor e ilustrador). Londres: The Bodley Head, 1969. 209 x 231 mm
Sem perder a imediatidade gráfica encontrada em seu livro anterior, Keats introduz uma textura de aquarela no céu tempestuoso. A carta que voa começa a contar a história de imediato.

→ ***Brian Wildsmith's ABC***
[O ABC de Brian Wildsmith]
Brian Wildsmith (autor e ilustrador). Londres: Oxford University Press, 1962. 190 x 255 mm
A profundidade e a força das cores da sobrecapa deste famoso livro da década de 1960 eram raramente perceptíveis, e seriam impossíveis de obter com a impressão moderna. A maçã em close funciona como uma forma abstrata contra a tipografia. Na quarta capa há um anúncio de *Lavender's Blue*, de Harold Jones, um sucesso da Oxford de 1954 (p. 59), mas que já representava um outro universo.

→ ***Alexander and the Wind-up Mouse***
[Alexandre e o rato de corda]
Leo Lionni (autor e ilustrador). Londres: Abelard Schuman, 1971. 280 x 223 mm
Como Ivan Chermayeff, Lionni era um versátil designer gráfico e de interiores antes de enveredar pelos livros para criança, em 1959. Este livro usa colagem para criar uma obra de arte reprodutível, continuando a experimentação visual de Jack Ezra Keats.

↓ ***Why Mosquitoes Buzz in People's Ears***
[Por que os mosquitos zunem no ouvido da gente]
Verna Aardema (autora), Leo e Diane Dillon (ilustradores). Nova York: Dial Books for Young Readers, 1975 / São Paulo: Global, 2005. 257 x 258 mm
O estilo mascarado de aerografia da arte de Leo e Diane Dillon capta o espírito dos contos populares africanos em que Verna Aardema (1911-2000) se especializou nestes recontos. Este livro ganhou a Medalha Caldecott em 1976, e, no discurso de premiação, os artistas falaram do prazer em assistir à volta da ênfase no artesanato, no ensino e na produção de arte.

europeu, o design gráfico norte-americano se tornara mais ousado desde a década de 1930, enfatizando antes a comunicação visual que a verbal. A habilidade de eliminar tudo o que fosse supérfluo sem tornar o produto final enfadonho era crucial, tanto para a publicidade como para a ilustração, especialmente no caso de livros destinados a crianças muito pequenas. Os ilustradores se esforçavam cada vez mais nesse sentido. Como afirma Steven Heller sobre os trabalhos de ilustração de Paul Rand do final da década de 1950: "Se removêssemos os charutos dos anúncios da El Producto, os divertidos recortes de papel poderiam tranquilamente ser usados para ilustrar livros para criança". Rand colaborou com sua mulher em quatro obras destinadas às crianças entre 1956 e 1970. Como atividade secundária a seu trabalho profissional, Ivan Chermayeff, um jovem designer com vocação parecida, também produziu livros para criança valendo-se de um casamento sensível entre texto e imagens simples.

Entre os artistas dedicados a obras infantis, destaca-se Ezra Jack Keats, cujo avanço estilístico marcante aconteceu no mesmo ano do *ABC* de Wildsmith. Nascido em 1916 no Brooklyn, Keats já tinha experiência como muralista e designer de sobrecapas de livros quando, em 1962, deu um novo passo: reuniu colagem e tinta para criar *The Snowy Day*. Tratava-se de uma obra incomum pelo fato de o protagonista ser uma criança urbana negra, cujo prazer com a inesperada queda da neve captava um tema universal. Como Brian Alderson escreveu sobre Keats, "para ele a cor era um modo de falar".

Leo Lionni também se valeu da colagem para criar um estilo próprio, capaz de ser reproduzido na impressão sem perda da qualidade do original graças às novas câmeras de separação de cores. Como era comum na década de 1960, ele se via não como um ilustrador que trabalhava por encomenda, mas como "um artista que explorava as possibilidades de autoexpressão e comunicação" que, por acaso, encontrara nos livros para criança o meio mais eficaz. Europeu de nascimento e de educação, Lionni também expressava uma posição política em reação às convenções do Novo Mundo: "Acima de tudo, tento oferecer dúvidas às crianças [...] Mais que qualquer outra coisa [...] é isso que nos manterá livres".

A vitalidade da publicação de obras infantis nas décadas de 1960 e 1970 se refletiu em uma crescente consciência da dimensão histórica do tema. Desde os primórdios da edição desse gênero, os editores gostavam de relançar textos em domínio público (portanto livres de obrigações financeiras para com o autor), mas estes eram normalmente um pequeno leque de títulos perenes, como *Goody Two Shoes*. O historicismo consciente, contudo, ia além da gama desses "clássicos". *Sir Gibbie*, relançado pela editora Blackie em 1967 com uma sobrecapa em estilo realista contemporâneo feita por Margery Gill, é na verdade um texto datado de 1879 sobre um "garoto de rua" que progride na vida. O livro foi escrito por George MacDonald, famoso por *At the Back of the North Wind* e outras histórias de fantasia.

Esse foi um período em que grande parte da produção se destinava a escolas e bibliotecas públicas, cujos critérios de seleção eram diferentes daqueles das livrarias. Uma vez que os livros seriam vendidos por recomendação de resenhas e anúncios especializados, o projeto gráfico das sobrecapas não exigia necessariamente muita atenção, e de fato havia muitos casos em que o exterior do livro era bastante trivial. Entretanto, muitos editores se orgulhavam de seus produtos e contratavam os melhores ilustradores, mesmo para edições de cunho basicamente pedagógico.

O romance histórico desaparecera desde a época de G. A. Henty e só foi ressurgir na década de 1940. A nova geração de autores escrevia sobre heróis com dúvidas existenciais, bastante adequadas à época de Jean-Paul Sartre. Os livros da série Hornblower, de C. S. Forest, tinham como personagem um jovem oficial da Marinha no período napoleônico, mais assolado por dúvidas interiores que qualquer herói de Henty. O primeiro título, *The Happy Return*, apareceu em 1937, e a série voltada para adultos, mas lida avidamente por crianças, foi retomada com *Mr. Midshipman Hornblower* em 1950. Já Rosemary Sutcliff tendia a escrever sobre crianças e adolescentes cujas famílias estavam do lado perdedor da história, e também voltou no tempo – até o período de conquista imperial, cenário favorito dos eduardianos. Ilustradores como Charles Keeping (1924-88) desenvolveram um estilo gráfico que cobria a lacuna entre passado e presente, usando o desenho solto – novidade para a época – inspirado pelo expressionismo abstrato e incorporando cores fortes.

As histórias podiam receber também um tratamento mais lúdico. Para crianças muito pequenas, John Goodall criou um formato de livro ilustrado em

← ***Sir Gibbie*** **[Senhor Gibbie]**
George MacDonald (autor), Margery Gill (ilustradora da sobrecapa). Londres: Blackie & Son Ltd, 1967. 201 x 137 mm
Eis um exemplo de texto histórico vitoriano reeditado com uma nova capa, embora nela haja talvez detalhes demais. As linhas menores de texto se perdem desajeitadas nas áreas tonais de aquarela.

↓ ***The Mark of the Horse Lord***
[A marca do Senhor dos cavalos]
Rosemary Sutcliff (autora), Charles Keeping (ilustrador). Oxford: Oxford University Press, 1965.
Charles Keeping começou a ilustrar os livros de Rosemary Sutcliff para a Oxford University Press em 1957, com *The Lantern Bearers*. As ilustrações do miolo eram em preto e branco, mas as capas permitiam que Keeping desenvolvesse seu forte senso de cor. Aqui vê-se também uma sensação magnífica de movimento no cavalo.

→ ***The Adventures of Paddy Pork*** [As aventuras do porquinho Paddy]
John S. Goodall (autor e ilustrador). Londres: Macmillan, 1968. 132 x 181 mm
Goodall tinha uma boa noção de design gráfico e suas ilustrações envolvem harmoniosamente o título nesta capa, criando uma sensação de época que combina com o estilo do livro.

que uma história sem palavras se desenvolve ao longo de uma série de páginas duplas. A cada dupla a folha tem metade do tamanho e traz uma única imagem que varia. O efeito é uma narrativa que se desenvolve como um filme ou HQ. *The Adventures of Paddy Pork* mostra a habilidade de Goodall com um desenho cujo traço solto parecia rascunho, comum de época. Posteriormente, à medida que as evocações nostálgicas do período vitoriano ganharam prestígio na década de 1970, ele passou a ilustrar em cores.

Com *The Erie Canal*, Peter Spier chamou atenção para a arqueologia industrial dos Estados Unidos, usando o texto de uma balada tradicional sobre uma viagem ao longo da primeira hidrovia importante do estado de Nova York. As ilustrações são cheias de detalhes e humor leve, criando uma experiência de imersão à medida que o barco carregado viaja através de cidades e paisagens a caminho de Buffalo.

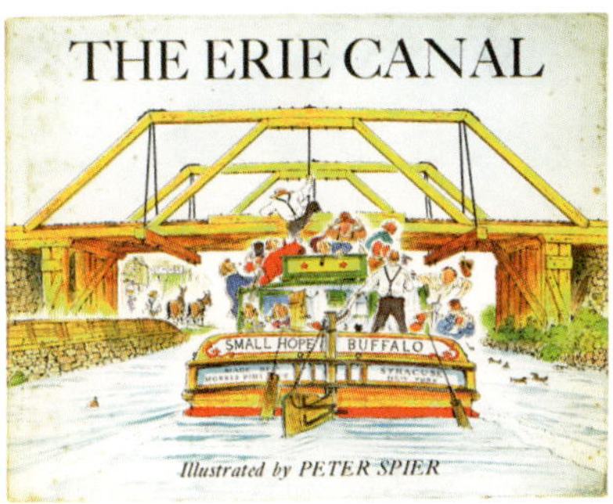

→ ***The Erie Canal*** [O canal Erie]
Peter Spier (autor e ilustrador). Kingswood, Surrey: The World's Work Ltd, 1971. 210 x 264 mm
O livro descreve uma viagem no primeiro canal importante dos Estados Unidos, e a capa é um aperitivo dessa aventura pictórica que depende de pequenos detalhes cotidianos, recriados de forma humorística pela imaginação do artista.

Os cantos de sereia da década de 1960 não se limitaram a garantir aos jovens que era seu dever político não crescer: também conseguiram criar confusão entre livros para adultos e para crianças, quando a *expertise* de técnica e de produção foi transferida para títulos ilustrados como *The Butterfly Ball*. Seu ilustrador, Alan Aldridge (n. 1943), viveu uma ascensão meteórica nos anos 1960 graças a seu estilo de aerografia. Conforme disse George Percy na época em que o livro foi lançado, Aldridge literalmente mudou o curso do design gráfico inglês: "Os anúncios então em voga, com fotografias quadradas e tipos pesados sem serifa, foram substituídos por imagens de fantasia, aerografia e tipos manuscritos capazes de parecer ao mesmo tempo antiquados e extremamente atuais". *The Butterfly Ball*, versão de um texto popular mas amplamente esquecido de William Roscoe, de 1806, foi criada por Tom Maschler na editora londrina Jonathan Cape para servir de veículo às ilustrações de Aldridge. Ele transformou o *picture flat*, como esses livros são chamados no meio editorial, em um novo gênero de edição adulta, descrito pelo cartunista Barry Fantoni como livros "arfantes", porque, como diz Brian Alderson: "O leitor era incitado a fazer exclamações sem palavras ao ser confrontado por páginas e mais páginas de pinturas que não apenas haviam sido executadas com grande precisão, mas que também foram impressas com exatidão esmerada".

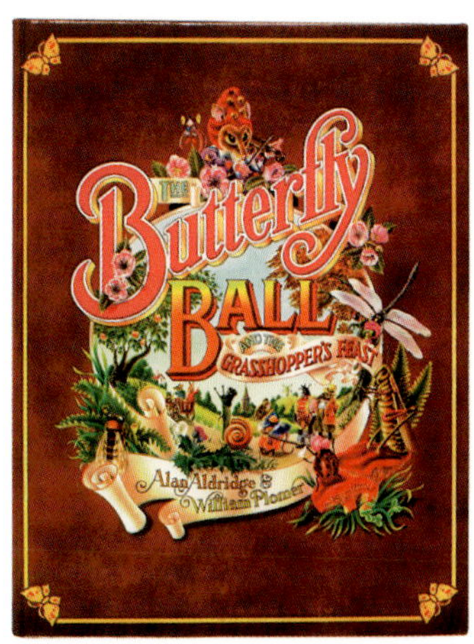

↓ ***The Butterfly Ball and the Grasshopper's Feast*** [O baile da Borboleta e o banquete do Grilo]
William Plomer (autor), Alan Aldridge (ilustrador). Londres: Jonathan Cape, 1973. 283 x 218 mm
A execução refinada das ilustrações de Alan Aldridge foi muitas vezes criticada no meio dos livros para criança como uma intrusão de sensibilidade adulta. Mesmo assim, suas obras fazem pensar em um momento particular de rica nostalgia.

The Butterfly Ball (p. 97), resquício da década de 1960, parecia um livro de centro de mesa (*coffee-table book*) cuja leitura devia ser acompanhada de estimulantes mais fortes que café. O impulso à rebeldia caracterizou a maioria dos grandes livros para criança ao longo da história, que funcionam como um movimento político disfarçado contra leituras excessivamente literais do mundo que ignoram a imaginação e a intuição. *The Mouse and his Child*, de Russell Hoban, usa um tema antigo, o do brinquedo que ganha vida, mas lhe confere um subtexto de libertação pessoal, no desejo do rato de ser um brinquedo: "Capaz de dar corda em si mesmo". Talvez esse seja um comentário à transição do próprio Hoban de profissional da indústria publicitária para escritor em tempo integral. A capa, com projeto gráfico de Lilian Hoban, tem um estilo surpreendentemente depressivo, embora o desenho seja encantador.

O livro de Hoban inclui uma paródia de Samuel Beckett, uma referência adulta capaz de criar um cruzamento dos gêneros adulto e infantil mais substancial que *The Butterfly Ball*. Muitos autores e ilustradores sentiam-se na obrigação de entreter os pais e outros adultos, que leriam para as crianças, e introduziam camadas de referência das quais poucas talvez fossem entendidas pelos pequenos, ainda que as outras o fossem vagamente. Essa construção múltipla sempre estivera presente na literatura ao longo de sua história, mas no final da década de 1960 ela adquiriu uma teoria e um nome, pós-modernismo, em oposição à unicidade do modernismo. Os livros para criança levaram de forma oculta o pós-modernismo a bibliotecas públicas, escolas e lares que, de outra maneira, poderiam ter resistido ao conceito. A possibilidade de deslizamento proposital entre palavra e imagem é um dos muitos aspectos que o pós-modernismo incorporou sobre a imperfeição do mundo e do relativismo dos modos de tentar compreendê-lo. *Helen Oxenbury's ABC of Things* agrupa palavras sem relação aparente entre si e usa os desenhos para racionalizá-las – a capa mostrada aqui exemplifica como podem ser unidas as palavras "hipopótamo" e "hospital". John Burningham, marido de Helen, fez uso notável dessa técnica de dissociação em três livros sobre uma garotinha, Shirley, que sonha em forma de imagens contrapostas a um comentário adulto banal. Vários livros de Janet e Allan Ahlberg, desde o primeiro, *Each Peach Pear Plum*, até a trilogia dos livros da série Jolly Postman, são provavelmente construídos sem referências a outras obras infantis.

← ***The Mouse and his Child***
[O rato e seu filho]
Russell Hoban (autor), Lillian Hoban (ilustradora). Nova York: Harper & Row, 1967. 243 x 160 mm
Esta história famosa exibe uma capa sóbria numa moldura bastante tradicional, com uma ilustração de Lillian Hoban, mulher do autor. Para o rato e seu filho, salvos de um saco de lixo, até a segurança da casa de bonecas retratada na capa se revela ambígua.

↓ ***Helen Oxenbury's ABC of Things***
[O ABC de coisas de Helen Oxenbury]
Helen Oxenbury (autora e ilustradora). Londres: William Heinemann, 1971. 270 x 145 mm
Este livro tem um formato grande nada comum, e as ilustrações da capa, retiradas do miolo, estendem-se até a quarta capa, com um ousado fundo preto.

→ ***The Church Mouse*** [O rato da igreja]
Graham Oakley (autor e ilustrador).
Londres: Macmillan, 1972. 203 x 260 mm
As ilustrações de Graham Oakley têm o alto nível de detalhe encontrado nos livros da série Orlando, de Kathleen Hale (p. 51). Na edição de capa dura, cada imagem ocupa a frente e o verso, embora as edições em brochura tendam a repetir o mesmo design na frente e atrás, um na horizontal e outro na vertical.

→ ***The Church Cat Abroad***
[O gato da igreja no estrangeiro]
Graham Oakley (autor e ilustrador).
Londres: Macmillan, 1972. 210 x 260 mm
Os livros Church Mice envolvem uma série de variações com os mesmos personagens em diferentes cenários. Neste, a oportunidade oferecida a Sampson de ganhar dinheiro para consertar o teto da sacristia aparecendo em um comercial de comida para gatos na TV dá, previsivelmente, errado.

↓ ***Hildilid's Night***
[A noite de Hildilid]
Cheli Durán Ryan (autor), Arnold Lobel (ilustrador). Londres: Longmans Young Books, 1973. 182 x 233 mm
A capa não só traz uma ilustração habilidosa como é uma peça de design bem pensada, que faz o melhor uso do preto sólido e da tipografia – colocada de modo a estabelecer uma relação estreita entre a lua e a figura feminina que corre. Arnold Lobel (n. 1933) começou a trabalhar como ilustrador no final da década de 1950, embora também escrevesse seus próprios textos.

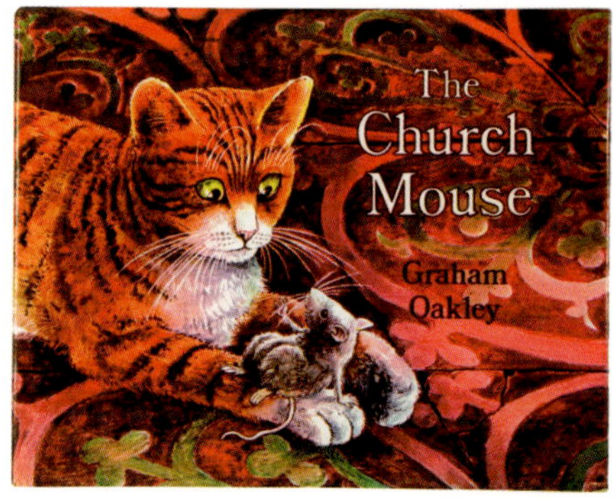

Ao abraçar o passado e ser cético quanto à eficácia das mudanças, o pós-modernismo representou o pensamento da década de 1970 e do período posterior. Ele pode ser observado nas diferenças entre Rosemary Sutcliff e Joan Aiken, ambas autoras magníficas. Enquanto Sutcliff escreve sobre um período com muita autenticidade histórica, Aiken trata o tema como uma casa em que a mobília pode ser rearrumada, muitas vezes com inteligência surreal, a fim de fornecer um cenário de fundo pitoresco para contos que abordam questões importantes sobre caráter e valores morais.

Maurice Sendak mostrou na década de 1950 como os estilos antigos de ilustração podiam manter seu valor diante de experimentos influenciados pela arte moderna (pp. 90-91). A década de 1970 presenciou uma reação conservadora em favor de habilidades tradicionais, entre elas o desenho, embora alguns dos resultados mais renomados sacrificassem o andamento da história a fim de exibir uma arte laboriosa. A série inglesa por excelência de Graham Oakley sobre os Church Mice [Ratos de igreja], iniciada em 1972, inverte a lógica normal pelo fato de o gato, Sampson, ser submisso, enquanto os ratos, que tomaram a sacristia da igreja onde antes ele desfrutava a solidão, são liderados por um par de sabichões cujo otimismo deslocado é a base para enredos variados. Os desenhos detalhados de Oakley descartam o gosto tradicional ao completar cada detalhe com cores fortes.

A gama de cores que a tecnologia de impressão introduziu na década de 1970 rendeu efeitos impressionantes, mas em algumas raras ocasiões foi possível usar preto e branco intencionalmente. Um exemplo são as ilustrações de Arnold Lobel para *Hildilid's Night*, uma história sobre o eterno tema infantil do medo do escuro. Na obra de John Lawrence (p. 109), a tradicional técnica da xilogravura ganhou vida nova por meio de uma abordagem diferente quanto ao estilo de desenhos e ao imaginário. Sua obra já era suficientemente vívida mesmo sem o uso de cores. A publicação em 1973 de *Construção de uma catedral*, de David Macaulay (p. 126), marcou a continuação do espírito dos Puffin Picture Books de publicar não ficção criativa com informações precisas e factuais em desenhos em preto e branco.

A descrição feita pela autora-ilustradora Shirley Hughes sobre a produção de seu primeiro livro ilustrado, *Lucy and Toms's Day*, em 1960, indica o amadorismo no setor de edição de época, se comparado com a alta velocidade em que ele se desenvolveria vinte anos depois. Sua editora, a Victor Gollancz, de Londres, era conhecida pelo catálogo de livros para adultos, e até então não tinha experiência em infantis – nem sequer um departamento de design próprio. "A administração gastou, com imprudência, para comprar um esquadro e uma régua para Livia [Gollancz], e nós começamos a criar o projeto do livro", recorda Shirley Hughes. Mesmo tendo sido impresso em uma tiragem pequena por uma gráfica respeitável de Londres, *Lucy and Tom's Day* obteve pouco impacto no lançamento. Isso é surpreendente, dada a fama posterior do livro e de seus sucessores, que mostravam o olhar de uma criança sobre um dia qualquer. Era, todavia, compreensível no contexto das baixas ambições ainda comum na década de 1960. Logo tudo isso começou a mudar, evoluindo para a quase invariável impressão de livros no exterior, por razões de economia, além da crescente profissionalização da publicidade e do marketing editoriais.

Hughes trabalhava com a ação se desenrolando a cada dupla de páginas, lembrando as HQs, como em diversos livros ilustrados das décadas de 1960 e 1970. Desse modo, suas capas são pouco representativas dessa experiência. Contudo, ela era também uma capista popular e trabalhava com Kaye Webb nos Puffin Books em uma época em que os Puffin Picture Books começavam a ser editados com miolo em quatro cores. As ilustrações de Hughes têm uma leveza bastante peculiar e interessante que não é encontrada com frequência nos ilustradores mais jovens. Seus temas mais conhecidos estão na lembrança de um mundo cujo cotidiano era o da classe média inglesa da década de 1970, com mesas de cozinha de pinho ripado, fogões Aga e cortinas esvoaçantes.

A rua aparecia relativamente pouco nos livros ilustrados, mesmo na socialmente consciente década de 1960. Crianças de minorias étnicas também eram raras. Uma exceção foi *Stevie*, de John Steptoe, escrito quando o autor-ilustrador negro tinha apenas dezessete anos, publicado em 1969. O livro apresentava

← ***The Hill War*** **[A guerra da colina]**
Olivia Fitz Roy (autora), Shirley Hughes (ilustradora). Londres: Collins, 1950.
193 x 130 mm
A ilustração da primeira capa encomendada a Shirley Hughes usa versões coloridas dos desenhos a traço do miolo. Estes se referem a uma briga entre irmãos adolescentes de férias nas Highlands que acaba virando uma história no estilo de Arthur Ransome.

← ***Stevie***
John Steptoe (autor e ilustrador). Nova York: Harper & Row, 1969.
236 x 181 mm
A história envolve um monólogo interior simples, em dialeto convincente, de Bobby, cuja existência de filho único é perturbada por um jovem visitante. Depois que Stevie se vai, Bobby começa a se lembrar dos bons tempos. A capa oferece uma espécie de estilo intenso de ilustração em *close-up*, enfatizando os horizontes emocionais limitados do personagem.

↓ ***Corgiville Fair***
[A feira de Corgiville]
Tasha Tudor (autora e ilustradora). Nova York: Farrar & Strauss, 1971.
215 x 255 mm
Tasha Tudor pertence a uma das gerações mais antigas de ilustradores dos Estados Unidos. Começou na carreira em 1938 e sustentou sua família como ilustradora e autora. Vivendo descalça em Vermont "à maneira do século XIX", Tudor foi precursora dos estilos de vida alternativos que surgiram nas sublevações sociais da década de 1960. Ela também antecipou o suave estilo nostálgico de ilustração do final da década de 1970.

→ ***Duffy and the Devil***
[Duffy e o diabo]
Harve Zemach (autor), Margot Zemach (ilustradora). Nova York: Farrar & Strauss, 1973. 261 x 215 mm
O educador norte-americano Harvey Fischtrom (1933-74) usou o sobrenome de sua mulher quando colaborou com ela em livros para criança. A nostalgia enérgica da capa lembra a obra de Quentin Blake, e o título é composto em Chisel, tipo desenhado por Robert Harling em 1939. O livro ganhou a Medalha Caldecott no ano anterior à morte precoce do autor.

→ ***The Four-Storey Mistake***
[O equívoco quarto andar]
Elizabeth Enright (autora), Shirley Hughes (capa). Harmondsworth: Puffin Books, 1967. 180 x 111 mm
Esta é uma das diversas capas projetadas por Shirley Hughes para a Puffin na década de 1960. Aqui, trata-se de uma reedição de um livro de 1942 de uma autora norte-americana conhecida. A quarta capa forma um panorama com a capa (embora interrompido pela lombada cor-de-rosa). As crianças têm a expressão viva típica do desenho de Hughes.

↓ ***Alfie Weather***
[O clima de Alfie]
Shirley Hughes (autora e ilustradora). Londres: The Bodley Head, 2001. 226 x 272 mm
Irmão e irmã, Alfie e Annie Rose continuam a série de histórias da vida cotidiana iniciada com *Lucy and Tom's Day*. Esta capa, de design coeso, tem o título arqueado inscrito no arco-íris e um uso intenso de cor.

uma visão realista mas esperançosa da vida no bairro do Harlem, na cidade de Nova York. Embora trate de um mundo distante dos subúrbios de Shirley Hughes, ocupados por proprietários que ascendiam na escala social, essa história e suas emoções, expressas em um estilo peculiar de ilustração, transcendem questões sociais e alcançam a universalidade.

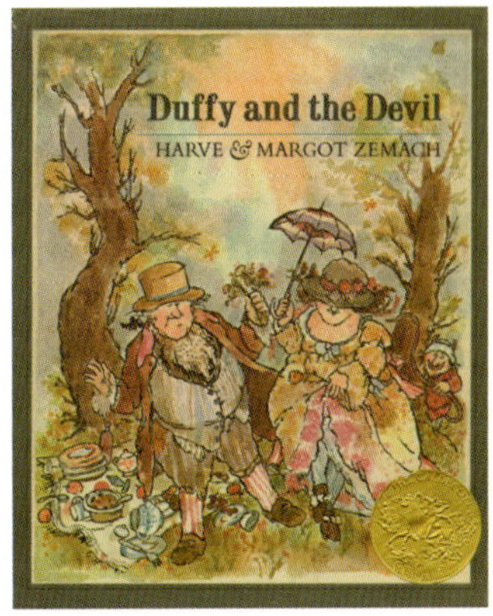

Tais tipos específicos de cenário conferem autenticidade ao livro, mas a pressão sobre a indústria editorial na década de 1970 fazia com que os editores tentassem cada vez mais produzir livros em coedições internacionais. Assim, o mesmo conjunto de chapas de cores, o maior investimento em termos de custo, podia ser utilizado em edições de diversos idiomas, ajudando a diluir o custo. Com o aumento do volume da edição de livros para criança na década de 1960, veio o perigo de que cada vez mais "produtos" imitativos e medíocres inundassem o mercado, e menos editores estivessem dispostos a assumir riscos e apoiar estilos ou ideias originais e incomuns. A estrutura econômica da indústria também mudou. Do modelo tradicional, em que se publicava uma obra primeiro em capa dura e esta era comercializada a um preço mais alto – a fim de cobrir os custos fixos iniciais antes de se considerar uma edição em brochura – para um modelo em que a primeira edição já se fazia em brochura, reduzindo as margens de lucro e exigindo maior volume de vendas garantidas. Até as obras que haviam radicalizado em termos de projeto gráfico e produção, tais como *Brian Wildsmith's ABC*, tornaram-se menos interessantes nas reimpressões, uma vez que a nova tecnologia de impressão em alta velocidade se revelou incapaz de reproduzir as cores intensas antes obtidas com técnicas antigas, nas mãos de mestres artesãos.

A mudança perceptível na edição de livros para criança, da inovação da década de 1960 para a segurança e a nostalgia da década de 1970, resultou desses fatores. Nos anos 1970, tanto a Inglaterra como os Estados Unidos começaram a recuar do compromisso do pós-guerra com o bem-estar social, o financiamento público da cultura e a ideia americana da "Grande Sociedade". Essa mudança significou, entre outras coisas, disponibilizar cada vez menos verba para escolas e bibliotecas comprarem livros.

“NÃO HÁ NADA COMO UM PUFFIN”

Em 1961, Eleanor Graham se aposentou como editora da Puffin Books, o selo de livros para criança da Penguin, sendo sucedida por Kaye Webb, no momento em que o mercado se expandia. A Puffin estava pronta para crescer. A resistência em oferecer livros com capa brochura às crianças desaparecera. No entanto, a aquisição de direitos para reimpressão tornou-se mais competitiva, uma vez que outras editoras começaram a lançar séries em brochura. Webb, contudo, foi persuasiva. Encomendou novos títulos, dentre os quais se destaca *Stig of the Dump*, de Clive King (1963), com ilustrações de Ardizzone (p. 77). Webb dava muita atenção à aparência dos livros, e recordou: “Queremos que as crianças sejam leitoras, não meramente ‘olhadoras’, mas ler começa pelo olhar. A capa de um livro e sua aparência têm um efeito enorme sobre as crianças. Eu me esforcei muito para fazer boas capas, e estou certa de que isso foi útil”. Sally Griffin endossa: “Realmente foi útil. Em 1965, as vendas haviam aumentado cerca de trezentos por cento”.

As primeiras capas da era Kaye Webb relembram as tradicionais e comportadas das décadas de 1940 e 1950. Novos ilustradores começaram a surgir, com estilos mais dinâmicos, que às vezes reproduziam o trabalho artístico dos livros de capa dura, como *The Weirdstone of Brisingamen*, de 1963 (p. 115). Webb convenceu as editoras Collins, Oxford University Press e Faber & Faber de que valia a pena vender os direitos da edição em brochura à Puffin para assegurar o máximo de vendas a seus melhores títulos. A solução foi alugar espaços em livrarias para selos específicos: isso significava que a Puffin conseguiria facilmente predominar na seção de livros para criança. Webb comprou outro grande sucesso editorial em 1973, *Watership Down*, lançado no ano anterior por uma editora obscura de livros de capa dura. A obra ganhou uma capa sensível de Pauline Baynes, a ilustradora da coleção Crônicas de Nárnia.

Webb também estava atenta ao que as crianças queriam e, em 1967, fundou o Puffin Club, que seguia a ideia de clubes que as revistas da época lançaram. Mesmo assim, Webb respondia às cartas dos participantes pessoalmente e as reproduzia numa revista trimestral. Ao se aposentar, em 1979, expressou a esperança de que seus livros estivessem “sempre derrubando barreiras, alargando os limites da vida e da mente, tornando-as mais ricas e mais cheias de oportunidades”.

↑ ***Sabotage at the Forge***
[Sabotagem na fundição]
Richard Armstrong (autor), L. F. Lupton (ilustrador). Harmondsworth: Puffin Books, 1960. 180 x 111 mm
Publicada pela primeira vez pela editora Dent em 1946, esta é evidentemente uma história de garotos, com capa forte em duas cores, num estilo que logo pareceria muito datado.

← ***Heidi***
Johanna Spyri (autora), Cecil Leslie (adaptador), Eileen Hall (tradutora). Harmondsworth: Penguin Books, 1964. 180 x 111 mm
Ilustrações que correm da primeira à quarta capa eram típicas dos primeiros Puffins, assim como de alguns livros de capa dura. Os Puffins traziam seus “anúncios” promocionais no falso rosto, e a ausência de texto do lado de fora mostrava uma segurança da editora como marca.

→ ***Black Beauty*** [Beleza negra]
Anna Sewell (autora), Charlotte Hough (ilustradora). Harmondsworth: Penguin Books, 1964. 180 x 111 mm
O modo como a imagem do cavalo preenche a capa é uma adequação eficaz da escala. A faixa colorida que corre na parte de baixo, na lombada e na quarta capa, identifica a série. Anna Sewell morreu quando seu livro foi publicado, em 1878, e assim seu clássico pôde ser republicado pela Puffin sem negociação de direitos.

↓ ***The Phantom Tollbooth***
[O fantasma Tollbooth]
Norton Juster (autor), Jules Feiffer (ilustrador). Harmondsworth: Puffin Books, 1965. 180 x 111 mm
A história das aventuras de Milo em uma terra onde a linguagem e a matemática tomam forma material foi um sucesso inesperado quando lançada, em 1962. Em parte devido aos desenhos de Jules Feiffer, um conceituado cartunista.

↑ ***On The Run*** [A fuga]
Nina Bawden (autora), Shirley Hughes (design da capa). Harmondsworth: Puffin Books, 1967. 180 x 111 mm
Este foi o terceiro livro de Nina Bawden. A capa mostra a nova aparência dos Puffins, introduzida em meados da década de 1960, com um símbolo de pássaro em estilo de HQ. A capa de Shirley Hughes usa um moderno fundo laranja, cor encontrada com frequência em quartos de criança da época.

← ***Anne of Green Gables***
[Anne de Green Glables]
L. M. Montgomery (autor), Crispian Woodgate (foto da capa). Harmondsworth: Peacock Books, 1974. 180 x 111 mm
Publicado em 1908, este famoso livro muitas vezes foi parar no cinema. À medida que a impressão em cores se tornou mais fácil, foi possível usar imagens dos filmes na capa. Os Peacock Books eram uma série paralela à Puffin, para leitores mais crescidos.

UM MUNDO DE FATOS OS LIVROS DA SÉRIE LADYBIRD

A gráfica inglesa Wills & Hepworth, de Loughborough, começou a publicar livros em 1915 com a promessa de oferecer "literatura pura e saudável". Mas a fama da série Ladybird se originou durante a Segunda Guerra, quando foram introduzidos os livrinhos de capa dura com 52 páginas ao preço de um pouco mais de dois *pence* cada, em 1940. Toda página de texto acompanhava uma ilustração colorida num estilo realista.

Os livros da Ladybird, especializados em não ficção, eram populares nas escolas. A História era apresentada pelos feitos de grandes homens e mulheres. *People at Work* retratava a vida contemporânea, enquanto em outra série os personagens Alison e John acompanhavam seu pai, um homem de negócios, a vários países. O *Ladybird Key Words Scheme* foi lançado em 1964 e mostrava duas crianças bem-educadas, Peter e Jane, com o charme de uma época antiga.

Até 1964, as obras da Ladybird vinham com sobrecapas de papel que reproduziam as mesmas imagens da capa, esta em cartão fino forrada de papel. Em 1972, um ano após ter adotado oficialmente o nome Ladybird, a Wills & Hepworth foi comprada pelo Pearson Group. Sua imagem se tornou mais contemporânea, com títulos de ficção como *He-Man* e um livro sobre o casamento real inglês entre o príncipe Charles e a princesa Diana, em 1981, publicado cinco dias após o evento. Em 1999, a Penguin, que antes adquirira a editora Frederick Warne, juntou-se ao império Pearson, o que significou que a Ladybird passou a ter acesso ao extenso catálogo da Warne.

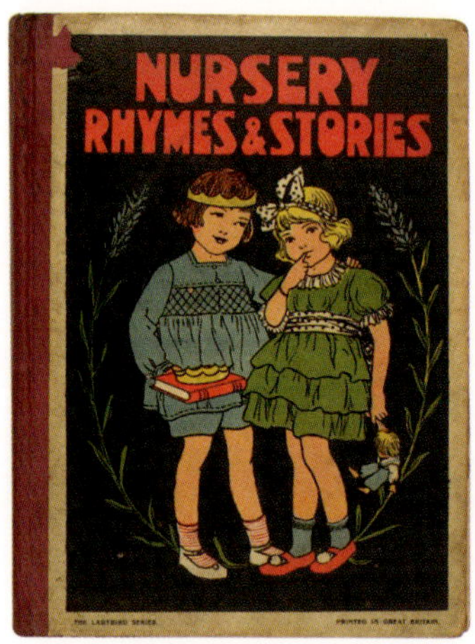

↑ ***Tales of the Train*** **[Contos de trem]**
The Ladybird Series. Loughborough: Wills & Hepworth, s.d. 250 x 189 mm
Capa atraentemente ingênua sobre um tema popular no formato in-quarto era a marca dos primeiros livros da série Ladybird.

← ***Nursery Rhymes & Stories***
[Cantigas de ninar & histórias]
The Ladybird Series. Loughborough: Wills & Hepworth, s.d. 250 x 185 mm
A bata "Christopher Robin" usada pelo garoto nesta representação de *Lavender's Blue* é da década de 1920, embora o livro em si não tenha data definida.

← ***Fairy Tales*** **[Contos de fada]**
The Ladybird Series. Loughborough: Wills & Hepworth, s.d. 250 x 186 mm
O estilo *art nouveau* das cortinas e do cabelo pertence à década de 1890, mas mostra por quanto tempo esse estilo sobreviveu em nível popular, mesmo depois da Segunda Guerra Mundial.

→ ***Flight Four: India*** **[Voo quatro: Índia]**
David Scott Daniell (autor), Jack Matthew (ilustrador). Loughborough: Wills & Hepworth, 1960. 176 x 119 mm
Teria sido caro demais imprimir um livro de fotografias em cores na faixa de preço da Ladybird, mas as ilustrações foram feitas cuidadosamente para fornecer informações precisas.

↓ ***The Story of Captain Cook***
[A história do Capitão Cook]
L. Du Garde Peach (autor), John Kenney (ilustrador). Loughborough: Wills & Hepworth, 1958. 176 x 119 mm
Os ilustradores da Ladybird tinham um estilo consistente e provavelmente pintavam a arte original em guache, no estilo frequentemente ensinado nos cursos de "arte para o mercado".

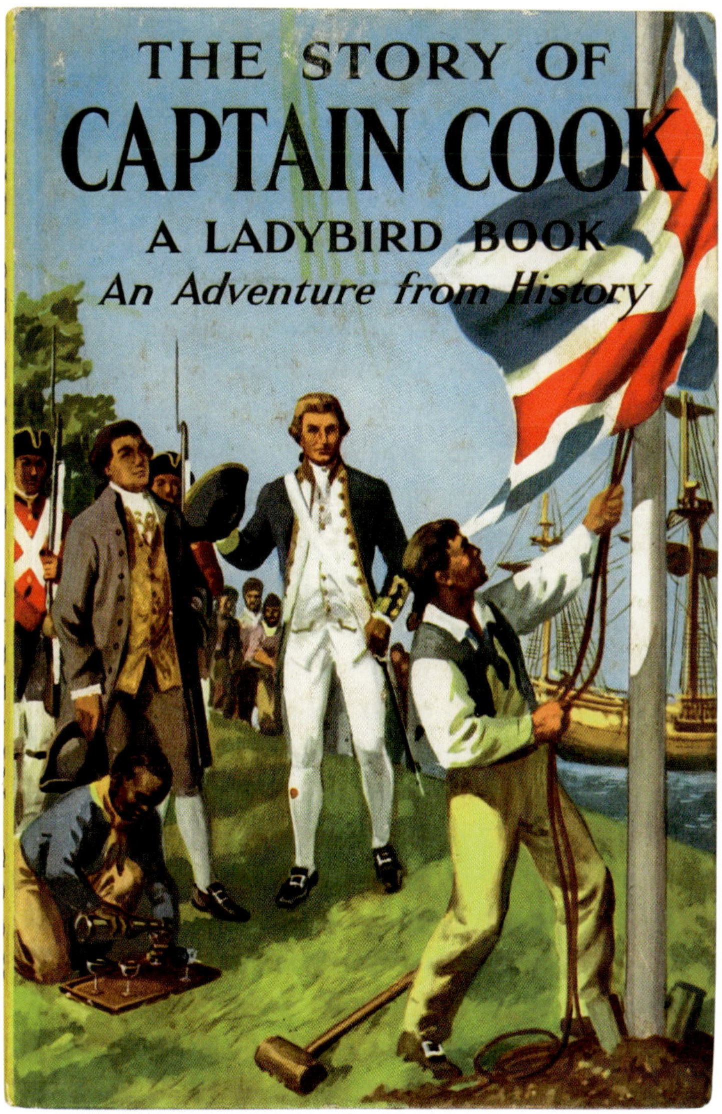

↑ ***Fun and Games*** **[Jogos e brincadeiras]**
W. Murray (autor), J. H. Wingfield (ilustrador). Loughborough: Wills & Hepworth, 1966. 176 x 119 mm
Peter e Jane ajudaram toda uma geração a ler. "As ilustrações em cores foram desenhadas para criar uma atitude desejável em relação ao aprendizado – tornando toda criança ansiosa para ler cada título", afirmava o texto promocional. O formato pequeno conduzia igualmente à leitura.

← ***"People at Work": The Nurse***
[Profissão: A enfermeira]
Vera Southgate e I. & J. Havenhand (autores), John Berry (ilustrador). Loughborough: Ladybird Books, 1963. 176 x 119 mm
O foco do livro são as crianças hospitalizadas, e ele se destina a atenuar os medos.

AUTORES-ILUSTRADORES RAYMOND BRIGGS E JOHN BURNINGHAM

As obras de Raymond Briggs (n. 1934) e John Burningham (n. 1936) atraem fortemente não só crianças como também adultos. Briggs tornou-se famoso graças a uma série de livros semelhantes a HQ no início dos anos 1970, na qual se destacam *Father Christmas* e *The Snowman*. Estas abriram caminho para temas mais adultos no mesmo formato, como *When the Wind Blows* (1982), um conto antinuclear. As capas em geral exibem uma única grande imagem, deixando que o leitor descubra a riqueza das múltiplas ilustrações do miolo.

John Burningham, cujo primeiro livro foi publicado em 1963, é famoso pelo uso de materiais diversificados de maneira expressionista, quase abstrata, para obter efeitos experimentais. Na década de 1960, era um modo de sobrepujar as imperfeitas técnicas de impressão da época. Hoje, embora use também o computador para projetar suas capas, ele continua a se valer de "tinta, giz de cera, guache, acrílico, fotografias, recortes de papel, qualquer coisa". Seu mundo imaginário se situa em uma linha estreita entre o caos e a perfeição.

← ***The Forbidden Forest and Other Stories*** **[A floresta proibida e outras histórias]**
James Reeves (autor), Raymond Briggs (ilustrador). Londres: Heinemann, 1973.
240 x 160 mm
O universo estrangeiro visto de maneira inocente é um tema recorrente de Briggs, retratado aqui com uma riqueza de fundo que torna a capa eficaz. James Reeves (1909-1978) era um autor prolífico e sempre de qualidade, que teve muitos de seus livros ilustrados por Edward Ardizzone.

↓ ***The Snowman*** **[O Boneco de Neve]**
Raymond Briggs (autor e ilustrador). Londres: Hamish Hamilton, 1978.
303 x 213 mm
Os suaves traços de crayon continuam ao longo das 32 páginas do livro, que apresenta o Boneco de Neve mudo e sua viagem noturna mágica com o garoto que o constrói.

↑ ***The White Land*** **[Terra branca]**
Raymond Briggs (autor e ilustrador). Londres: Hamish Hamilton, 1972.
196 x 243 mm
O extraordinário acontece num livro de Raymond Briggs de modo prosaico. Com seu gigante imperturbável, esta sobrecapa dá a dica das coisas que virão.

← ***Father Christmas*** **[Papai Noel]**
Raymond Briggs (autor e ilustrador). Londres: Hamish Hamilton, 1973.
254 x 217 mm
O rabugento Papai Noel sai de sua moldura em um desenho simples e habilidoso de Briggs, atencioso aos detalhes. A parte interessante do livro, com suas tiras de HQ, está no miolo. Em comparação, a capa é um pouco insossa.

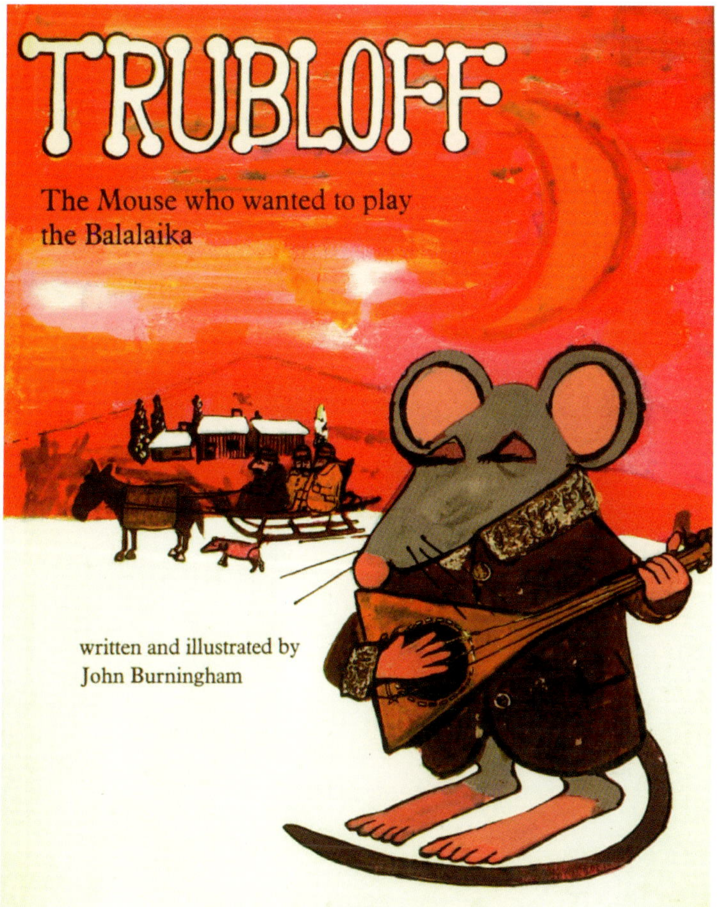

← ***Trubloff: The Mouse who Wanted to play the Balalaika***
[Trubloff: O rato que queria tocar balalaika]
John Burningham (autor e ilustrador).
Londres: Jonathan Cape, 1967. 273 x 215 mm
O estilo de desenho é exagerado em comparação a obras posteriores, mas o grupo do fundo no trenó mostra a habilidade de Burningham para dar uma vida bastante desajeitada e individualista a formas simples.

↑ ***Come away from the water, Shirley***
[*Fique longe da água, Shirley!*]
John Burningham (autor e ilustrador).
Londres: Jonathan Cape, 1977 / São Paulo: Cosac Naify, 2011. 197 x 273 mm
Nos dois livros da coleção aqui mostrados (ver também abaixo), ainda que familiares, as palavras da mãe de Shirley são de mundos distantes da imaginação da criança. A capa atinge seu objetivo de imediato, e deve lembrar aos adultos como eles conseguem ser chatos.

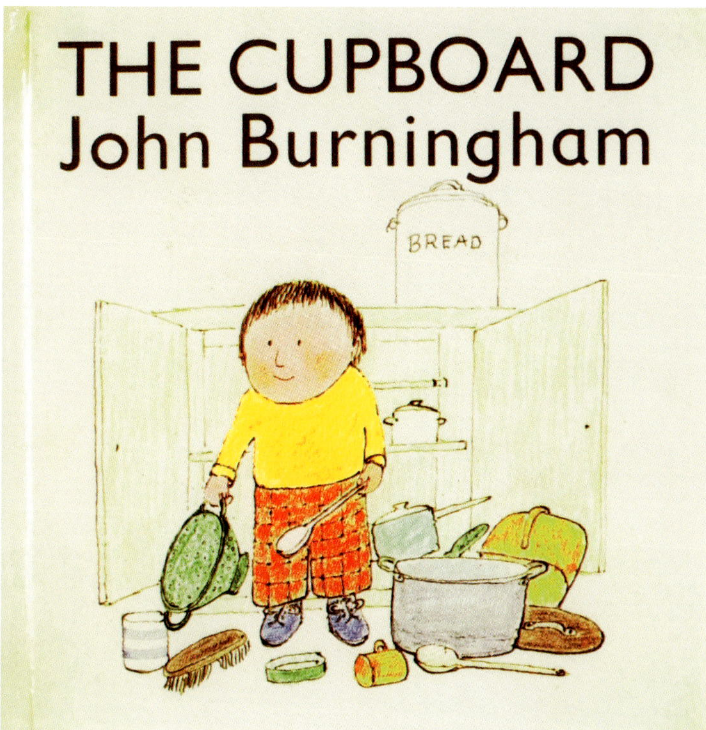

← ***The Cupboard*** [O armário]
John Burningham (autor e ilustrador).
Londres: Jonathan Cape, 1975.
165 x 160 mm
A coleção de livros cartonados da qual este título faz parte mostra as atividades das crianças pequenas como algo sério. O tipo sem serifa é adequado à simplicidade do conceito.

↓ ***Time to Get Out of the Bath, Shirley***
[*Hora de sair da banheira, Shirley!*]
John Burnginham (autor e ilustrador).
Londres: Jonathan Cape, 1978 / São Paulo: Cosac Naify, 2011. 197 x 273 mm
A capa do segundo livro é ainda mais eficiente ao transmitir a ideia da fantasia que irrompe na vida cotidiana. Os cascos do cavalo no prado acrescentam uma sensação de profundidade.

MESTRES DO BURLESCO JAMES MARSHALL, QUENTIN BLAKE E JOHN LAWRENCE

← ***George and Martha*** [George e Marta]
James Marshall (autor e ilustrador). Boston: Houghton Mifflin, 1972. 208 x 220 mm
Marshall usa a limitada gama de cores e os matizes monótonos de uma época passada para obter uma surpreendente qualidade de cartaz, neste que é um de seus primeiros títulos sobre as esquisitices domésticas de um casal de hipopótamos.

→ ***How Tom Beat Captain Najork and His Hired Sportsmen*** [Como Tom derrotou o Capitão Najork e seus esportistas contratados]
Russell Hoban (autor), Quentin Blake (ilustrador). Londres: Jonathan Cape, 1974. 270 x 215 mm
No estilo de uma folha de rosto da Renascença, a capa apresenta os personagens principais, entre eles a tia de Tom, Fidget Wonkham-Strong, com seu capacete de ferro.

↓ ***Mr. Horrox and the Gratch***
[Sr. Horrox e o Gratch]
James Reeves (autor), Quentin Blake (ilustrador). Londres e Toronto: Abelard-Schuman, 1969. 241 x 214 mm
A capa mostra o estilo de Blake, inclusive sua letra manuscrita característica, o uso de traço e cor e a sensação de espontaneidade.

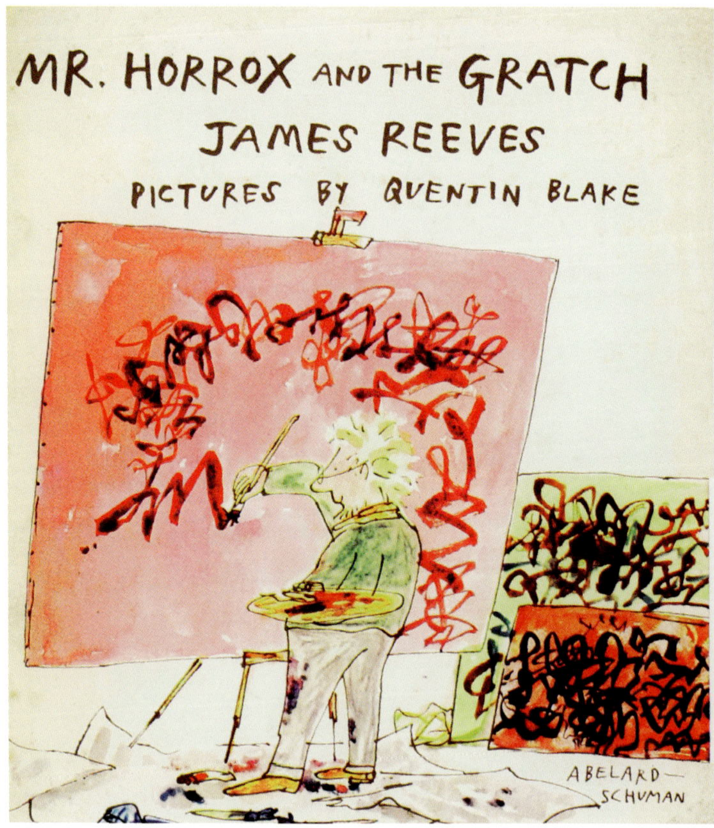

O estilo de desenho de James Marshall (1942-92) capta perfeitamente a natureza tola dos personagens. Outro ilustrador com estilo burlesco é Quentin Blake (n. 1932), que desenha pessoas do tipo magro, ativo e quase sempre com olhar maníaco. Blake começou a ganhar fama como ilustrador nos anos 1970, e seu traço solto aquarelado é encontrado em várias obras de sua carreira, especialmente nos textos de Roald Dahl, mas também em muitos de seus próprios livros. Blake assumiu um papel público na promoção da ilustração, como "Children's Laureate" e como defensor da Campanha pelo Desenho, festival anual com crianças e adultos.

John Lawrence (n. 1933) trabalha sempre que possível com a tradicional técnica da xilogravura, muitas vezes acrescentando cor. É um ilustrador prolífico, que também deu vida a muitos títulos adultos para editoras como a Folio Society. Suas imagens produzem um texto próprio e paralelo ao escrito, por meio de uma rede de referências visuais, ou, como mostrado aqui em *Nothingmas Day*, transformando o design da capa em uma combinação das ilustrações do livro.

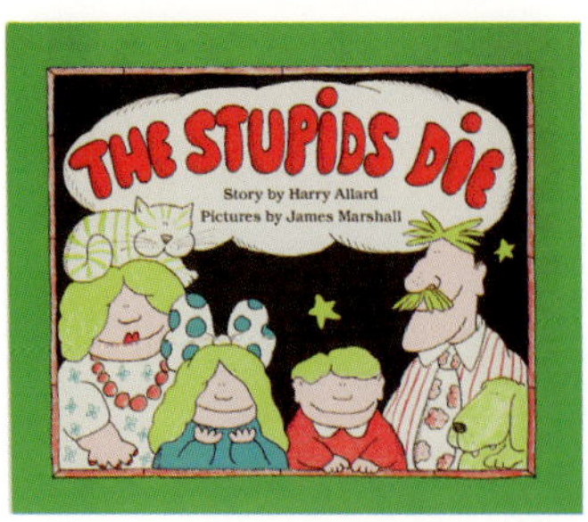

← ***The Stupids Die*** [Os Estúpidos morrem]
Harry Allard (autor), James Marshall (ilustrador). Boston: Houghton Mifflin, 1981. 215 x 265mm
"Algo realmente estúpido vai acontecer hoje", prediz Stanley Q., chefe da casa dos Estúpidos, neste terceiro livro de uma coleção iniciada em 1974, na qual as crianças podem desfrutar da lógica bizarra dessa família irreprimível. Quando as luzes se apagam, os Estúpidos pensam ter morrido.

↑ ***Jackanory Stories: Tales of Arabel's Raven*** **[Histórias de Jackanory: Contos do corvo de Arabel]**
Joan Aiken (autora), Quentin Blake (ilustrador). Londres: Jonathan Cape, 1974. 235 x 152 mm
Joan Aiken criou esta série de histórias para o programa *Jackanory*, da BBC, quando Blake as ilustrou pela primeira vez. Aiken descreve a "virtuosa e sensata" Arabel como uma personificação do *Ego*, enquanto Mortimer, "seu corvo totalmente descontrolado e imprevisível", é o *Id*.

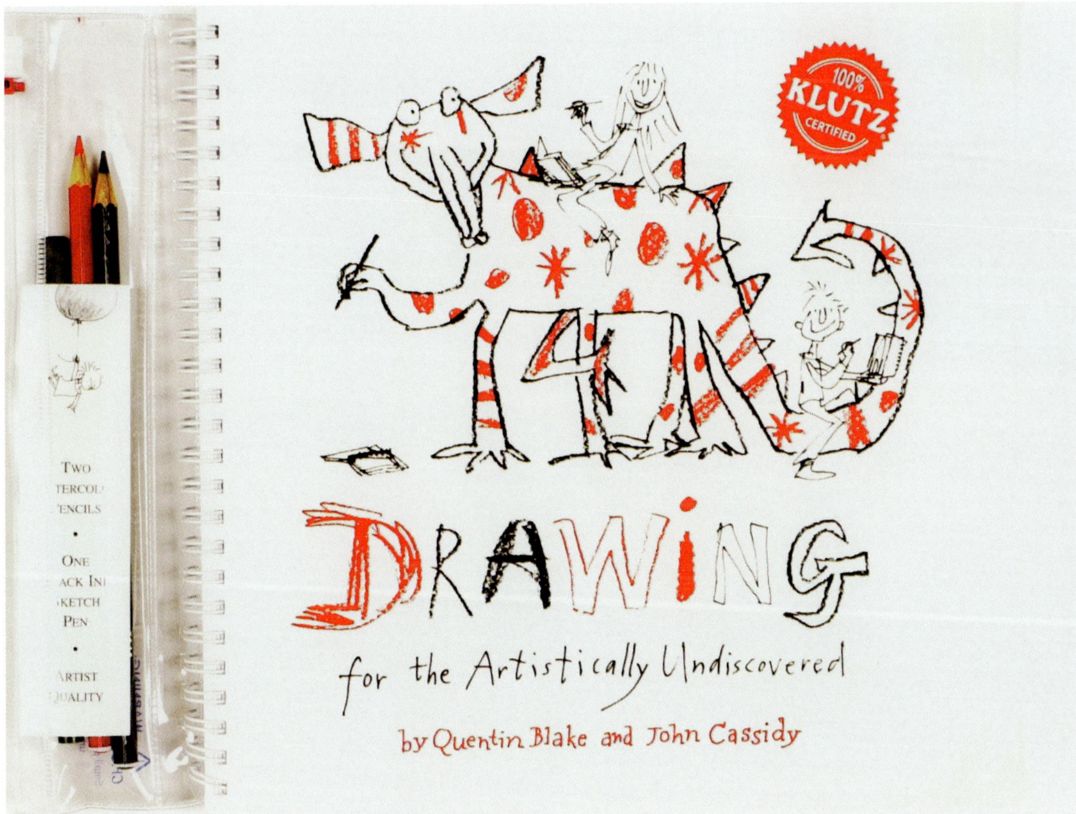

↑ ***Drawing for the Artistically Undiscovered*** **[Desenhando para os artisticamente desconhecidos]**
Quentin Blake e John Cassidy (autores e ilustradores). Palo Alto: Klutz, 1999. 230 x 230 mm
A crença de Blake de que todos são capazes de desenhar é levada à prática neste atraente livro de esboços, que vem com suas próprias ferramentas de desenho. O miolo é em preto e branco, e a capa, tal como os lápis fornecidos, em duas cores.

↑ ***Rabbit & Pork, Rhyming Talk*** **[Coelho & Porco, conversa rimada]**
John Lawrence (autor e ilustrador). Londres: Hamish Hamilton, 1975. 163 x 190 mm
Livro tanto para adulto como para criança, esta revivescência da forma *chapbook* é típica da adoção sofisticada de elementos infantis pelos adultos na década de 1970. Após uma longa espera, Lawrence foi autorizado a usar xilogravura em um livro, e a gráfica Lund Humphries acrescentou delicados *overlays* em cores.

← ***Nothingmas Day*** **[O dia do nada]**
Adrian Mitchell (autor), John Lawrence (ilustrador). Londres: Allison and Busby, 1984. 255 x 180 mm
Os editores criaram um cartaz em cores a partir desta sobrecapa, e com razão, já que ela é uma obra-prima de engenhosidade. É preciso ser capaz de seguir as ilustrações desta coletânea de poemas para entender como cada uma se firma sozinha na página e ao mesmo tempo faz parte da sequência, criando um complexo design – gravadas em um único bloco de madeira.

O ROMANTISMO REVISITADO TOMI UNGERER E ERROL LE CAIN

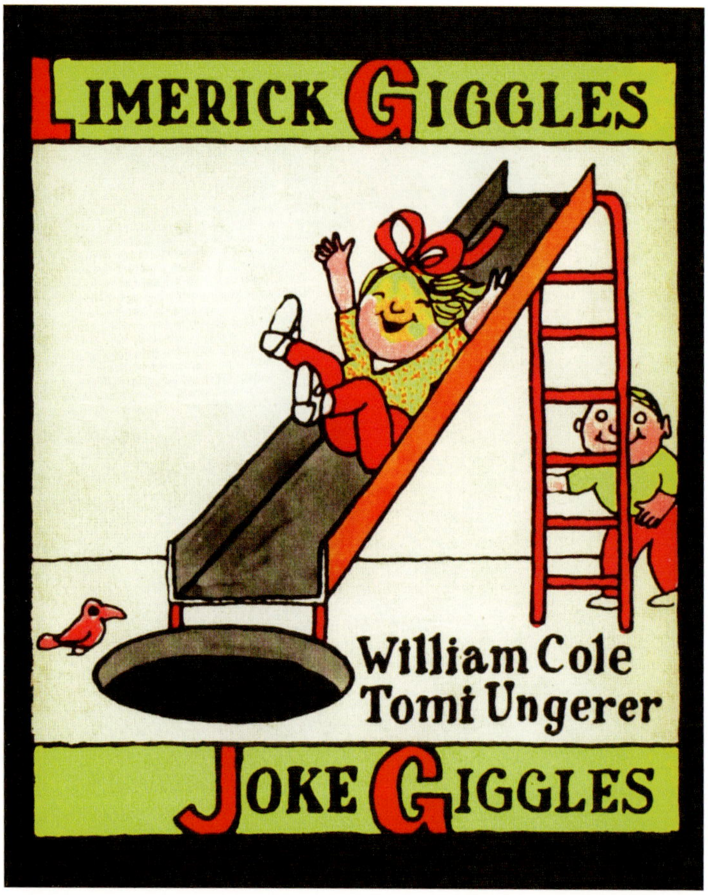

← ***Limerick Giggles, Joke Giggles***
[Risadinhas de rima, risadinhas de piada]
William Cole (organizador), Tomi Ungerer (ilustrador). Londres: The World Publishing Co., 1969. 170 x 139 mm
Este livro, publicado pela primeira vez nos Estados Unidos em 1966, apresenta uma capa com muita qualidade gráfica reforçada pelo senso de travessura de Ungerer. William Cole é conhecido como autor de *Flat Stanley*, um livro sobre uma criança que se torna bidimensional.

↓ ***Zeralda's Ogre*** [O ogro de Zeralda]
Tomi Ungerer (autor e ilustrador). Londres: The Bodley Head, 1970. 310 x 237 mm
A comida preparada por Zeralda é tão boa que o ogro para de comer seres humanos. Esta capa, com edícula gótica emoldurando o ogro e título em letras pretas, demonstra as profundas raízes alemãs na obra de Ungerer, que lhe conferem uma força incomum.

O autor e ilustrador Tomi Ungerer nasceu em 1931 em Estrasburgo, França, em uma família de relojoeiros. Antes de se mudar para os Estados Unidos, em 1957, ele serviu na Cavalaria Montada da Polícia do Deserto Francesa. Sua lista de publicações começa nesse mesmo ano e inclui livros não só para crianças como para adultos, tanto no sentido literal como no eufemístico. A experiência internacional de Ungerer lhe conferiu uma postura política que, no entanto, não interfere em sua capacidade de contar uma história. Michael Patrick Hearn sugere que só um período de prosperidade de materiais, como a década de 1960, permitiria o ressurgimento de ilustradores excêntricos como Maurice Sendak, Edward Gorey e Tomi Ungerer, embora cada um deles empregue técnicas de desenho e de narrativa tradicionais. Ungerer usa traço e cor em um estilo que foi imitado, mesmo muitos anos após ele desistir de ilustrar, em 1976, quando se mudou para a Irlanda.

Errol Le Cain nasceu em Cingapura em 1941 e retirou-se para a Índia durante a Segunda Guerra Mundial. Quando morou em Londres, trabalhou com design de animação, inclusive na famosa sequência do filme de Tony Richardson *A carga da brigada ligeira* (1968). Fascinado pelo Oriente, desenvolveu uma maneira detalhada de ilustração, muito diferente de Ungerer, mas também popular e influente. O deleite de Le Cain com um estilo oriental unidimensional faz parte da nostalgia presente na década de 1970, se analisarmos as ilustrações semelhantes de Edmund Dulac para a edição livro-presente da versão de *As mil e uma noites*, de 1907.

← ***The Sorcerer's Apprentice***
[O aprendiz de feiticeiro]
Barbara Hazen (autora), Tomi Ungerer (ilustrador). Londres: Methuen, 1971.
313 x 232 mm
Livro ilustrado sobre um tema popular, que combina em sua capa o cômico e o assustador.

→ ***The Flying Ship*** [O navio voador]
Rosemary Harris (autora), Errol Le Cain (ilustrador). Londres: Faber & Faber, 1975.
253 x 190 mm
Bordas decorativas, que fazem parte do vocabulário de design de muitos ilustradores, criam uma sensação de estabilidade que pode se tornar imóvel. Aqui, o dinamismo com que a superfície do mar é retratada poderia ter ganhado maior liberdade.

↓ ***The Cabbage Princess***
[A princesa repolho]
Errol Le Cain (autor e ilustrador). Londres: Faber & Faber, 1969.
250 x 210 mm
O estilo de detalhe esmaltado de Le Cain acrescenta exatamente o ar de estranheza realista necessário para tornar esta capa extremamente eficaz, na qual o fundo preto chapado evita a indigestão visual.

↑ ***No Kiss for Mother***
[Sem beijo para a mamãe]
Tomi Ungerer (autor e ilustrador). Nova York: Harper & Row, 1973.
246 x 197 mm
Esta história em preto e branco sobre o comportamento humano na pele de um gato realiza uma ligação perfeita entre as palavras do título e a imagem. Ao vê-la, já se está a caminho para entender o tema.

↑ ***Das Kleine Liederbuch***
[O pequeno livro das cantigas]
Anne Diekmann (organizadora), Tomi Ungerer (ilustrador). Zurique: Diogenes Verlag, 1975. 71 x 58 mm
Uma versão em miniatura de *Das Grosse Liederbuch*, na qual Ungerer se entregou a certa nostalgia pela época dos Irmãos Grimm. Na Alemanha Oriental isso lhe trouxe algumas críticas. Aqui, o desenho de Ungerer é próximo em espírito e realização ao de Sendak.

OS AHLBERG E JAN PIEŃKOWSKI

Janet Ahlberg (1944-94) e seu marido, Allan (n. 1938), foram descritos como "um ilustrador de duas cabeças". A carreira iniciante de Janet como ilustradora estimulou Allan a desistir de lecionar e começar a escrever: "Foi como se alguém virasse uma chave em minhas costas", comenta. A obra deles exibe qualidades nostálgicas apreciadas na década de 1970 e nos anos posteriores. Porém, a popularidade que seus livros alcançaram a partir de *Brick Street Boys* (1975) se deve tanto à habilidade da técnica utilizada quanto à compreensão do público-alvo, pois a dupla tem uma capacidade especial de prender a atenção das crianças com apenas detalhes e um fraseado memorável. Sem fazer parte da nova moda de livros *pop-up*, os três títulos da coleção O Carteiro Chegou são engenhosos em corte e montagem, com cartas e documentos em envelopes que formam as páginas do livro e conduzem a história.

As capas das obras de Janet Ahlberg são bem integradas com o miolo, apresentando apenas uma parte da história, e muitas vezes usando sua própria capacidade de desenhar tipos. Allan Ahlberg também trabalhou com outros ilustradores. Um dos destaques é Happy Family (1988), da editora Viking Kestrel, uma série de livros para leitura escolar que varreu o tédio antiquado das situações cotidianas e privilegiou conteúdos socialmente relevantes. Aqui, por meio de um vocabulário limitado, as crianças descobriam um mundo atemporal do final da era vitoriana em que aconteciam coisas ridículas mas perfeitamente lógicas.

Jan Pieńkowski nasceu em Varsóvia em 1936, e sua formação polonesa pode ser vista nas cores folclóricas vibrantes e nas silhuetas de papel recortado que ele criava. Tendo emigrado para a Inglaterra em 1946, Pieńkowski trabalhou brevemente com publicidade e depois, em 1960, começou a desenhar sobrecapas para a editora Jonathan Cape. Como os Ahlberg, Pieńkowski atentava para o modo como seus livros eram impressos, sabendo que sem uma vigilância constante a qualidade pode cair, e que sem inventividade não é possível fazer novas descobertas. Um exemplo são os livros da série Meg and Mog, além de sua participação ávida em livros *pop-up*, estendendo-se a brinquedos para adultos como *Botticelli's Bed and Breakfast*, que causou sensação em 1966. O lado sério das ilustrações de Pieńkowski pode ser visto em *M.O.L.E.* (1993, p. 128).

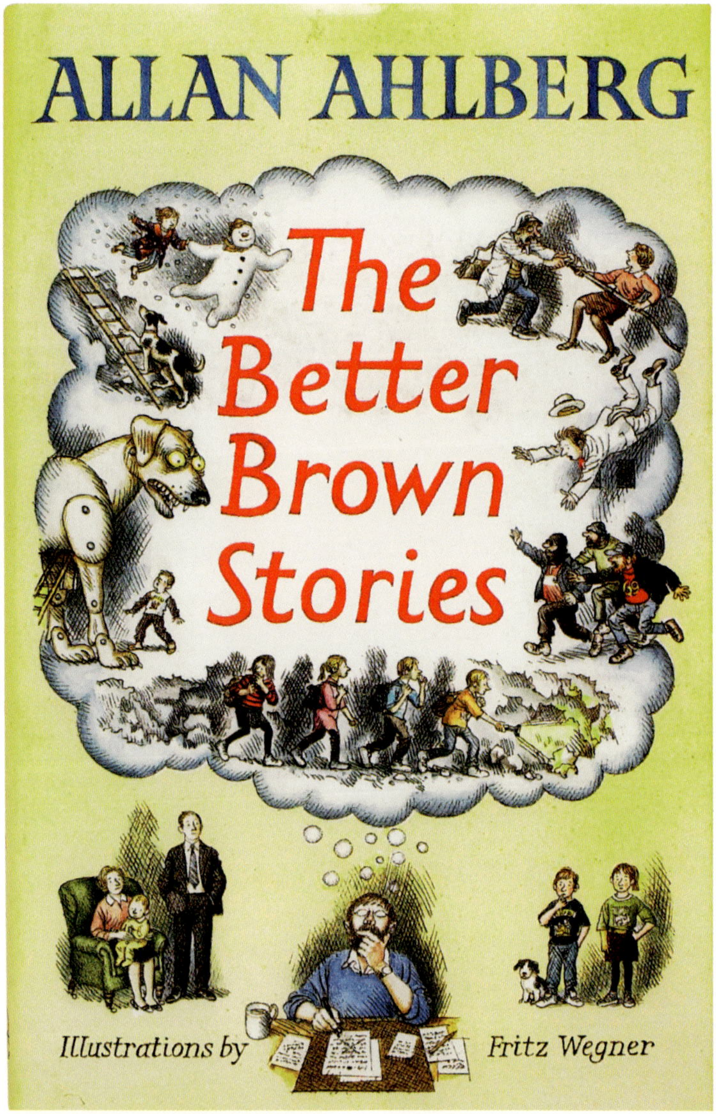

↑ ***Each Peach Pear Plum***
[*Pêssego, pera, ameixa no pomar*]
Allan Ahlberg (autor), Janet Ahlberg (ilustradora). Londres: Kestrel Books, 1978 / São Paulo: Salamandra, 2007.
195 x 250 mm
Este comentário sobre cantigas de ninar agrada igualmente a adultos e crianças com suas referências cruzadas e histórias simples. Na capa, um design antiquado, em vez de um excerto do livro.

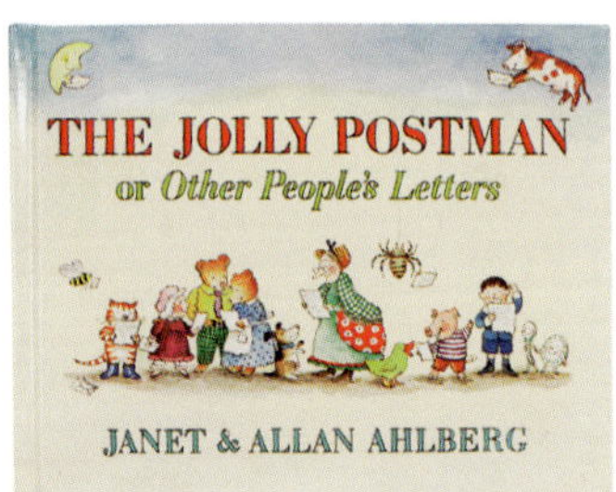

↑ ***The Jolly Postman or Other People's Letters*** [*O carteiro chegou*]
Allan Ahlberg (autor), Janet Ahlberg (ilustradora). Londres: William Heinemann, 1986 / São Paulo: Companhia das Letrinhas, 2007. 154 x 200 mm
Esta complexa obra de design foi um sucesso instantâneo. O estilo da coleção se caracteriza por uma capa simples na qual a ilustração é concisa e original.

↑ ***The Better Brown Stories***
[As melhores histórias de Brown]
Alan Ahlberg (autor), Fritz Wegner (ilustrador). Londres: Viking, 1995.
205 x 130 mm
Muitas das habilidades de Wegner são mostradas aqui, entre elas a de combinar pequenas escalas com uma noção mais ampla de design, um soberbo desenho cômico, um humor matreiro (na forma do retrato do autor) e excelente tipografia.

← ***Funnybones: Dinosaur Dreams***
[Esqueletos engraçados: Sonhos de dinossauro]
Allan Ahlberg (autor), Andre Amstutz (ilustrador). Londres: William Heinemann, 1991. 220 x 179 mm
Andre Amstutz foi um dos tutores de Janet Ahlberg na Leicester Polytechnic, nos anos 1960 e influenciou sua obra. Os dois tornaram-se amigos. As ilustrações simples em cores chapadas são cuidadosamente detalhadas, mas sem excessos.

→ ***Snow White: The Fairy Tale Library***
[Branca de Neve: Biblioteca de contos de fada]
Jan Pieńkowski (autor e ilustrador). Londres: William Heinemann com Gallery Five, 1977. 110 x 82 mm
Seis livros de histórias diferentes vinham em uma caixa. A capa faz uma releitura do estilo eduardiano, embora a ilustração da silhueta se assemelhe à da animação de Lotte Reiniger da década de 1920.

↓ ***Meg and Mog*** **[Meg e Mog]**
Helen Nicoll (autora), Jan Pieńkowski (ilustrador). Harmondsworth: Picture Puffin, 1975. 202 x 202 mm
Escolhidos primeiro por Judith Elliott, da Heinemann, em 1972, depois de terem sido recusados por muitos editores, os livros Meg and Mog foram um sucesso instantâneo e se transformaram em coleção ao longo de dez anos. As cores são impressas puras e não como parte de uma retícula, remetendo em alguns aspectos a métodos usados antes da guerra, mas com resultados mais luminosos. Para obter esse efeito, Pieńkowski desenhou as imagens com cores chapadas.

↑ ***Haunted House***
[A casa mal-assombrada]
Jan Pieńkowski (autor e ilustrador), Jane Walmsley (ilustradora assistente), Tor Lokvig (engenheiro de papel). Londres: William Heinemann, 1979 / São Paulo: Salamandra, 2006. 300 x 198 mm
O gosto de Pieńkowski pelo teatro e pelas várias formas de produção de livros encontrou uma expressão perfeita nos livros *pop-up*, que nessa época viveram um renascimento repentino, graças à combinação de impressão de alta tecnologia e mão de obra barata, mas qualificada, na Colômbia. A capa participa de um gosto crescente no mercado de livros para criança pelo deliciosamente assustador ou asqueroso, que antes estivera confinado às HQS.

A VERDADE DA FANTASIA LUCY M. BOSTON E ALAN GARNER

← ***The Children of Green Knowe***
[As crianças de Green Knowe]
Lucy M. Boston (autora), Peter Boston (ilustrador). Londres: Faber & Faber, 1954. 205 x 135 mm
A capa do primeiro título reproduz o frontispício, mostrando a chegada de Tolly para ficar com sua bisavó.

↓ ***A Stranger at Green Knowe***
[Um estranho em Green Knowe]
Lucy M. Boston (autora), Peter Boston (ilustrador). Londres: Faber & Faber, 1973. 186 x 124 mm
Publicada pela primeira vez em 1961, esta é a primeira edição em brochura da mais poderosa das histórias da coleção Green Knowe.

↓ ***The Stones of Green Knowe***
[As pedras de Green Knowe]
Lucy M. Boston (autora), Peter Boston (ilustrador). Harmondsworth: Puffin Books, 1979. 180 x 111 mm
Publicada pela primeira vez em 1976, esta foi a última história Green Knowe e volta à origem da casa. Peter Boston projetou um novo conjunto de capas quando a Puffin assumiu as brochuras.

↓ ***The Chimneys of Green Knowe***
[As chaminés de Green Knowe]
Peter Boston (pintura). Harmondsworth: Puffin Books, c. 1995.
As aquarelas de Peter Boston foram substituídas por layouts mais convencionais.

Lucy M. Boston (1890-1990) tinha mais de sessenta anos quando publicou seu primeiro livro para criança. Inspirou-se em sua casa, a qual dizia ser a primeira habitada na Inglaterra numa planície sujeita a inundações, ao norte de Cambridge. Nas histórias, a propriedade dos Norman se chama Green Knowe, um lugar onde as crianças descobrem mistérios do passado – muitas vezes assustadores –, mas que servem para refletir sobre as forças sombrias do conformismo do mundo moderno. O filho de Boston, Peter, ilustrava quase todos os livros com desenhos e decalque em preto e branco suaves, mas sem serem sentimentais.

A seriedade com que Lucy Boston encarava o mito e a magia, além da relação que ela estabelecia com lugares reais, são aspectos encontrados também na obra de Alan Garner (n. 1934). *A pedra encantada de Brisingamen* (1960) se passa em Alderley Edge, noroeste da Inglaterra, uma área rural, perto dos centros industriais. A história sobrenatural é cheia de ação. Com o tempo, os livros de Garner se tornaram cada vez mais complexos e misteriosos, lidando com temas sociais modernos sem perder sua dimensão mitológica.

← ***Elidor***
Alan Garner (autor), Charles Keeping (ilustrador). Londres: Collins, 1966. 214 x 142 mm
Passado nos subúrbios decadentes de Manchester, onde o horror sobrenatural invade uma família, o segundo livro de Garner tem um tema que ainda hoje é relevante. Trabalhando para imprimir com impressão fotomecânica, Charles Keeping (1924-88) usou bastante textura para superar o achatamento implícito da técnica. Ele foi um dos grandes ilustradores da década de 1960 em diante.

↓ ***Red Shift*** [Turno vermelho]
Alan Garner (autor), Arthur Smith (fotografia da sobrecapa). Londres: Collins, 1973. 215 x 140 mm
Uma das opiniões a respeito desta obra foi que ela era "provavelmente o livro mais difícil já publicado em um catálogo infantil". O livro combina as histórias de três adolescentes, retratando a escuridão e a desesperança de seus mundos. A capa fotográfica mostra Mow Cop Castle, um marco famoso na região de Garner, em Cheshire.

→ ***The Weirdstone of Brisingamen***
[A pedra encantada de Brisingamen]
Alan Garner (autor), George Adamson (sobrecapa). Londres: Collins, 1960. 214 x 142 mm
O primeiro romance infantojuvenil de Garner é ambientado em Alderley Edge, em Cheshire, onde ele cresceu e voltou a viver como escritor após interromper abruptamente sua formação em línguas clássicas na universidade de Oxford. A capa mostra um dos personagens de um reino mítico com o qual crianças contemporâneas se envolvem, embora sua expressão alegre seja diferente da atmosfera de perigo que prevalece na história.

“ROMANCE NÃO HISTÓRICO” JOAN AIKEN

Joan Aiken, filha do poeta norte-americano Conrad Aiken, escreveu livros que podem ser apreciados por leitores ou ouvintes de várias idades. Nascida em 1924 e criada na Inglaterra, ela começou a carreira na literatura infantil com um livro de contos em 1953. Foi a publicação da primeira obra de uma sequência de “romances não históricos”, *The Wolves of Willoughby Chase*, em 1962, que, impulsionada por uma resenha na revista *Time*, estabeleceu a reputação de Aiken nos Estados Unidos. Os livros, às vezes chamados de série James III, ao mesmo tempo divertidos, dramáticos e tocantes, continuaram com *Black Hearts in Battersea*, publicado em 1964. Ligados frouxamente por personagens ou cenários que permanecem os mesmos de um livro para o outro, com destaque para Dido Twite, uma garotinha pobre e sem lar [*cockney*]. O título mais recente da série é *Limbo Lodge* (1999), ambientado em uma ilha no mar da China. Ele trata de questões relacionadas ao colonialismo, à ecologia e ao feminismo de tal maneira que esses temas estruturam o enredo, em vez de obstruí-lo. Há também um conjunto independente de três romances passados na Espanha do século XVIII, os favoritos de Aiken.

As ilustrações a traço dos primeiros títulos são de Pat Marriott (n. 1920), que fez também a maioria das capas e capta muito bem a dramaticidade exagerada inerente aos textos. O sucesso da obra de Joan Aiken, adaptada para a televisão em várias ocasiões, fez com que inevitavelmente as capas de Marriott fossem substituídas por representações mais comuns e literais para as atuais edições em brochura, de forma que vale a pena procurar as primeiras edições de capa dura. As capas de Edward Gorey para as edições norte-americanas na década de 1990 têm um sabor antiquado e são decorativas, mas carecem da vivacidade apropriada aos enredos extremamente animados de Aiken. Ela trabalhou também com outros ilustradores em livros para jovens leitores. Os livros dos personagens Arabel e Mortimer foram ilustrados por Quentin Blake (p. 109). No início da década de 1990, os desenhos de Blake foram adaptados como fantoches para versões dramatizadas das histórias, que depois acabaram sendo publicadas em forma de livro, nos quais Aiken colaborou com sua filha Lizzie. Por fim, vários de seus contos foram ilustrados por Jan Pieńkowski (p. 113).

↑ ***Black Hearts in Battersea***
[Corações escuros em Battersea]
Joan Aiken (autora), Pat Marriot (ilustrador). Londres: Jonathan Cape, 1964. 205 x 135 mm
A edição inglesa de capa dura visualiza o momento sublime da história no estilo teatral em traço e aquarela de Pat Marriott. A incorporação de tipografia nas faixas que saem do balão é um toque feliz.

← ***Black Hearts in Battersea***
[Corações escuros em Battersea]
Joan Aiken (autora), Edward Gorey (ilustrador). Boston: Houghton Mifflin, 1999. 217 x 145 mm
A capa bastante sóbria da série desenhada por Gorey para as reimpressões norte-americanas de títulos de Joan Aiken usa um fundo padronizado, dois retratos dos personagens principais e cartelas gêmeas.

← ***Midnight is a Place***
[Meia-noite é um lugar]
Joan Aiken (autora), Murray Tinkelman (design da sobrecapa). Nova York: The Viking Press, 1974. 240 x 160 mm
Comparada à capa de Pat Marriott para a edição inglesa, esta representação de uma mansão “gótica”, da qual o livro tira seu título, carece de dramaticidade.

← ***Night Birds on Nantucket***
[Pássaros noturnos em Nantucket]
Joan Aiken (autora), Pat Marriott (ilustrador). Londres: Jonathan Cape, 1966. 205 x 135 mm
Com um entrelaçamento maravilhoso de diferentes histórias, inclusive uma baseada em *Moby Dick*, esta continuação das aventuras de Dido Twite exibe uma capa atmosférica que integra habilidosamente a tipografia do título.

← ***Is* [É]**
Joan Aiken (autora), Pat Marriott (ilustrador). Londres: Jonathan Cape, 1992. 204 x 134 mm
Esta história, homônima à irmã de Dido Twite, reflete de forma exagerada a Revolução Industrial inglesa e sua crueldade. O maquinário feito por Giambattista Piranesi e as figuras apressadas da capa de Marriott dão o tom.

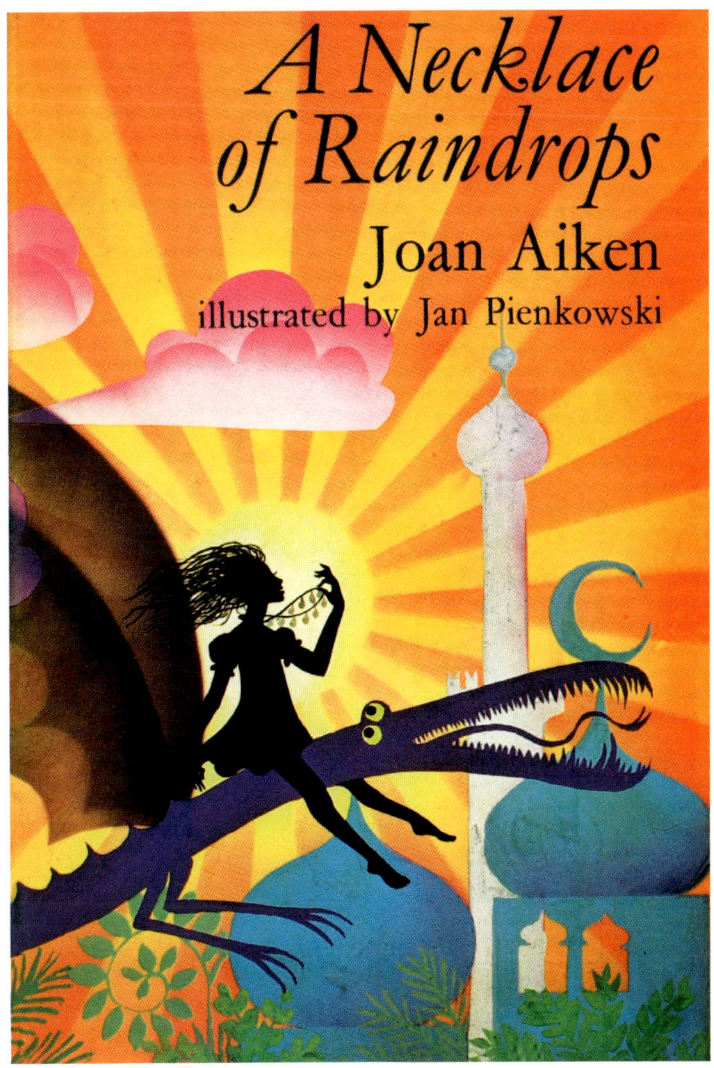

↓ ***A Necklace of Raindrops***
[Um colar feito de chuva]
Joan Aiken (autora), Jan Pieńkowski (ilustrador). Londres: Jonathan Cape, 1968. 254 x 172 mm
As primeiras ilustrações de Pieńkowski indicam que este livro de contos é destinado a jovens leitores.

↑ ***Go Saddle the Sea***
[Vá domar o mar]
Joan Aiken (autora), Pat Marriott (ilustrador). Londres: Jonathan Cape, 1978. 205 x 135 mm
O abandono da tipografia manuscrita em favor das fontes indica a perda de confiança no meio editorial de livros para criança no final da década de 1970, já que não se podia correr nenhum risco de que o título fosse secundário à imagem. O belo panorama que se estende até a quarta capa é, no entanto, uma compensação.

DIRETO DA FÁBRICA DE CHOCOLATE ROALD DAHL

Roald Dahl (1916-90) emergiu como autor de histórias tardiamente em sua vida: seu primeiro livro para criança, *James e o pêssego gigante*, foi publicado em 1961, quase vinte anos depois do sucesso de *Gremlins* romance adulto. Por criar contos sobre mundos paralelos, Dahl tinha muito em comum com seus contemporâneos. As histórias, classificadas em obras de referência como "mistura do pegajoso com o cruel", são sustentadas pela inventividade da linguagem e se mostraram, até hoje imensamente bem-sucedidas com as crianças.

Dahl viveu nos dois lados do Atlântico. Nascido no País de Gales, serviu como piloto na guerra, antes de se tornar adido da Aeronáutica em Washington D. C. durante a Segunda Guerra Mundial. Primeiro escreveu histórias de mistério para adultos; depois passou a escrever para crianças contando casos de sua própria família. "Quem escreve para crianças deve ser uma espécie de piadista", disse Dahl. "Deve gostar de truques, brincadeiras e adivinhações simples e outras coisas pueris. Deve ser anticonvencional e inventivo. E precisa ter um enredo caprichado."

Os primeiros três livros de Dahl – *James e o pêssego gigante, A fantástica fábrica de chocolate* (ambos de 1964) e *O dedo mágico* (1966) – foram publicados inicialmente nos Estados Unidos e depois na Inglaterra pela Allen & Unwin em 1967 e 1968, numa época em que as mudanças culturais haviam preparado o país para o exagero irrestrito desses livros. As duas primeiras edições inglesas eram um pouco maiores que os livros de capa dura comuns, com capa e quarta capa ilustradas por Faith Jacques. Eram laminadas, sem precisar de um envoltório protetor, e, dessa forma, mostram uma combinação interessante de desenho em estilo antigo com um novo tratamento típico do ano do álbum *Sgt. Pepper's Lonely Hearts Club Band*, dos Beatles. *O dedo mágico* foi publicado com ilustrações de William Pène du Bois, notável autor e ilustrador norte-americano de histórias fantásticas.

A partir do final da década de 1970, os livros de Dahl se viram inevitavelmente associados às ilustrações de Quentin Blake (n. 1932), cujo instinto natural é se concentrar no aspecto cômico, e não no grotesco. As garotas esguias mas vivazes de Blake são particularmente adequadas para personagens de Dahl, como *Matilda* (1988).

↑ ***Charlie and the Chocolate Factory***
[A fantástica fábrica de chocolate]
Roald Dahl (autor), Joseph Schindelman (ilustrador). Nova York: Alfred A. Knopf, 1964. 240 x 160 mm
Este famoso livro foi lançado com uma sobrecapa um tanto experimental. Embora a tipografia do título na barra de chocolate seja um bom exemplo *art nouveau* da década de 1960, não comunica com clareza, e o espaço em branco na capa enfraquece o projeto gráfico como um todo.

← ***Charlie and the Chocolate Factory***
[A fantástica fábrica de chocolate]
Roald Dahl (autor), Faith Jacques (ilustradora). Londres: George Allen & Unwin, 1967. 243 x 170 mm
Faith Jacques (n. 1923) tem um bom olho para detalhes e roupas em estilo vitoriano, o que combina com o humor do livro, embora ele inclua referências modernas como a televisão e a goma de mascar. A capa mostra exatamente a aparência que uma fábrica deve ter em um livro de histórias.

← ***Charlie and the Chocolate Factory***
[A fantástica fábrica de chocolate]
Roald Dahl (autor), Faith Jacques (ilustradora). Harmondsworth: Puffin Books, 1973. 198 x 128 mm
À medida que a história se tornou mais conhecida, talvez se tenha julgado necessário retratar seus principais personagens na capa da edição em brochura, como neste caso.

← ***James and the Giant Peach* [James e o pêssego gigante]**
Roald Dahl (autor), Michel Simeon (ilustrador). Londres: George Allen & Unwin, 1967. 243 x 170 mm
As edições originais da Allen & Unwin exibem um estilo suave de ilustração, com um toque de Bruegel.

← ***Fantastic Mr. Fox* [O fantástico Senhor Raposo]**
Roald Dahl (autor), Donald Chaffin (ilustrador), Donna Lampell (sobrecapa). Nova York: Alfred A. Knopf, 1970. 235 x 173 mm
A primeira edição americana desta fábula sobre o mais fraco que vence o forte, uma inversão de papéis típica do mundo de Dahl, ganhou uma capa quase desinteressante.

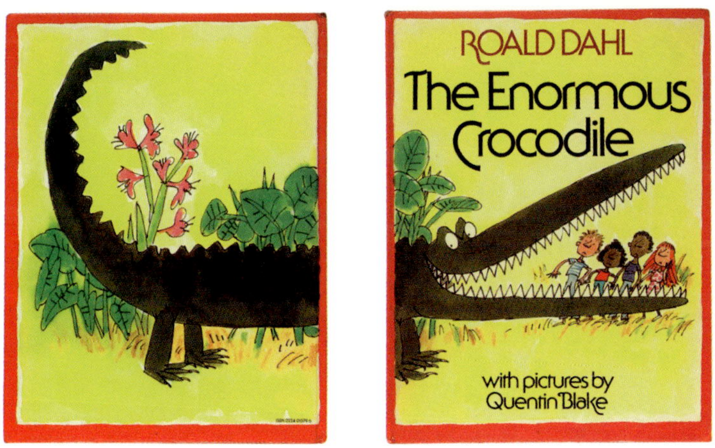

↑ ***The Enormous Crocodile* [*O crocodilo enorme*]**
Roald Dahl (autor). Quentin Blake (ilustrador). Londres: Jonathan Cape, 1978 / São Paulo: Martins Fontes, 2002. 270 x 207 mm
Quentin Blake faz bom uso da primeira e da quarta capa em sua primeira colaboração com Dahl – um livro ilustrado para crianças pequenas com muita ação e mensagem moral.

→ ***The Magic Finger* [O dedo mágico]**
Roald Dahl (autor), Quentin Blake (ilustrador). Londres: Viking, 1995. 245 x 160 mm
A primeira edição americana deste livro é de 1966. A capa de Blake evita o excesso e cria uma ênfase vertical com esquema de cores decorativo.

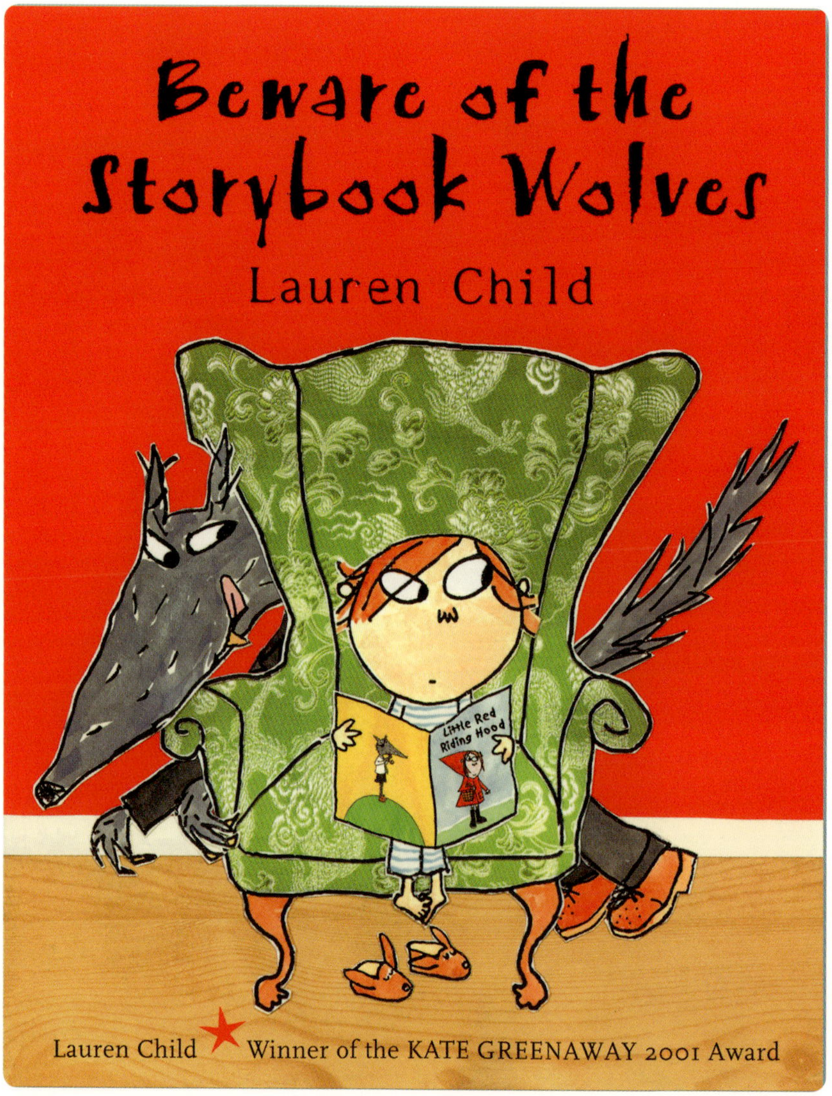
Beware of the Storybook Wolves
Lauren Child
Little Red Riding Hood
Lauren Child
Winner of the KATE GREENAWAY 2001 Award

5

DA GUERRA FRIA À GLOBALIZAÇÃO: AS DÉCADAS DE 1980 E 1990

A indicação de Quentin Blake para o recém-criado posto não oficial de "Children's Laureate" da Inglaterra em 1999 demonstrou que a literatura infantil era assunto de importância crescente no ambiente cultural como um todo. Porém, mais que qualquer outra obra do período, foi a série Harry Potter que aproximou leitores adultos e infantis. Hoje, todos os aspectos da edição de livros para criança despertam o interesse generalizado e comentários regulares na imprensa. Fenômeno para o qual contribuiu, por exemplo, o sucesso de editores de obras infantis, como o de Sebastian Walker na década de 1980. Algumas pessoas consideram as duas últimas décadas uma nova "idade de ouro" dos livros para criança. No âmbito puramente financeiro, o fato de a criadora de Harry Potter, J. K. Rowling, estar classificada acima da rainha da Inglaterra em uma lista das pessoas mais ricas do país em 2003 indica que isso é verdade, e o sucesso dela renovou no mundo inteiro o interesse na ficção voltada para crianças.

← ***Beware of the Storybook Wolves***
[*Tem um lobo no meu quarto*]
Lauren Child (autora e ilustradora).
Londres: Hodder Children's Books, 2000 / São Paulo: Ática, 2007.
300 x 235 mm
As histórias de lobo talvez reflitam medos reais das pessoas de antigamente, mas hoje continuam a ser um tema popular dos livros para criança – especialmente quando recontadas com reviravoltas inesperadas. Lauren Child (n. 1967) costuma combinar colagens com seus próprios desenhos.

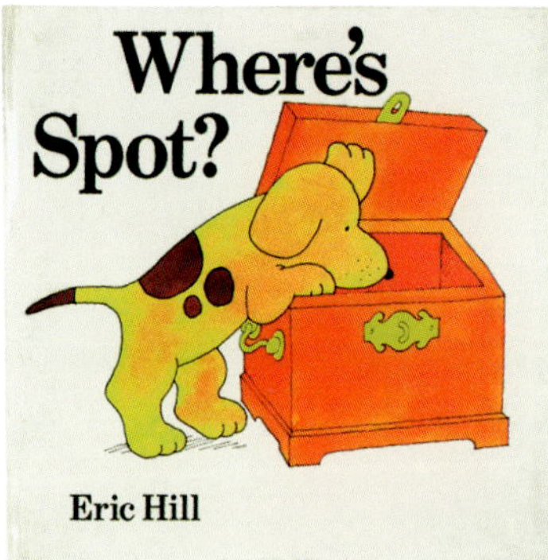

← ***Where's Spot?*** [*Onde está o Bolinha?*]
Eric Hill (autor e ilustrador). Londres: Heinemann Young Books, 1980 / São Paulo: Martins Fontes, 1995.
215 x 220 mm
A fórmula simples de Eric Hill de inserir abas para serem levantadas trouxe a engenharia do papel em livros *pop-up* às crianças muito pequenas. A ilustração da capa indica a simplicidade do desenho a traço com cores chapadas do miolo.

As duas últimas décadas do século XX já haviam alcançado uma identidade cultural antes mesmo de ficar claro o que estava por vir. A chegada de Margaret Thatcher ao poder como primeira-ministra da Inglaterra, em 1979, e a de Ronald Reagan como presidente dos Estados Unidos, em 1980, servem de marcos que separam esta década da anterior. Em 1990, a revolução digital começara a afetar os meios de comunicação em diversas áreas, e o lembrete da queda do comunismo na Europa acelerou as tendências à globalização e ao crescimento econômico.

Algumas dessas condições foram propícias à edição de livros para criança. A inflação, uma inimiga dos padrões de qualidade na produção editorial nos anos 1970, foi controlada. Entretanto, a remodelagem traumática da indústria gráfica fez com que poucas empresas na Inglaterra e nos Estados Unidos fossem capazes de competir em preço na impressão em cores, e os livros começaram a ser impressos rotineiramente na Itália, na Espanha ou no Extremo Oriente. Isso afetou a relação estreita entre ilustradores, editores e gráficas, já que se tornou difícil para ilustradores e designers verificar de perto a obra que saía das impressoras para fazer ajustes. No entanto, a impressão em cores se tornou mais barata do que nunca. Parou-se de economizar nesta impressão apenas de um lado da folha – procedimento que resultava em livros com páginas duplas de folhas coloridas alternadas com preto e branco. A impressão tradicional com chapas de metal ainda era o padrão em 1980, mas dali a apenas cinco anos ela se tornaria completamente obsoleta. Os computadores, disponíveis em quase todas as casas e escritórios, ameaçavam tornar obsoletas as habilidades de projetos tradicionais dos compositores tipográficos.

← ***Tibber***
William Mayne (autor), Jonathan Heale (ilustrador). Londres: Walker Books, 1986.
232 x 196 mm
Jonathan Heale foi muito influenciado por William Nicholson e produzia tecidos e cerâmica decorativos na época em que este livro, sobre um gatinho de fazenda, foi publicado.

A década de 1980 presenciou uma expansão generalizada da ilustração, algo que estava em sintonia com o clima cultural nostálgico e com o surgimento de uma nova geração no final de 1970. Isso foi bem recebido pelas editoras de livros para criança, e os livros ilustrados ganharam ainda mais força. Publicavam-se muitos títulos para crianças pequenas, visto que a educação infantil se tornava cada vez mais uma experiência que envolvia compra, alinhada ao crescimento generalizado do consumo.

Publicar livros em coedições com empresas de outros países era uma forma de financiar a própria

↓ ***Judy the Bad Fairy*** [Judy, a fada má]
Martin Waddell (autor), Dom Mansell (ilustrador). Londres: Walker Books, 1989.
236 x 177 mm
Martin Waddell, autor de *Can't You Sleep, Little Bear?* [Não consegue dormir, ursinho?] foi um dos escritores mais populares da Walker Books. Esta capa mostra a influência das HQs sobre os livros, usando cada vez mais estilos de narrativa sem expressão e ilustração chocante.

→ ***Five Minutes' Peace***
[Cinco minutos de paz]
Jill Murphy (autora e ilustradora).
Londres: Walker Books, 1988.
190 x 229 mm
Este livro foi uma das primeiras brochuras da Walker, posteriormente publicado com capa dura em 1986. A quarta capa é desenhada verticalmente de modo que o livro possa ser exposto em dois tamanhos diferentes de mostruário.

→ ***The Rat Race, The Amazing Adventures of Anton B. Stanton***
[A corrida de ratos, a incrível aventura de Anton B. Stanton]
Colin McNaughton (autor e ilustrador).
Londres: Picture Puffin, 1980.
180 x 227 mm
Lançado em 1978, este título foi assumido depois pela Walker Books. Colin McNaughton (n. 1951) exibe seu amor pelo excesso de ação e faz referências bem fundamentadas aos gêneros existentes de livros para criança.

↓ ***The Mice on the Moon***
[O camundongo na Lua]
Rodney Peppé (autor e ilustrador).
Londres: Viking Penguin, 1992.
276 x 195 mm
Depois de trabalhar em programas de televisão para crianças e criar alguns brinquedos que se mexiam, Rodney Peppé começou uma coleção de livros sobre uma família de camundongos. Cada título se baseia em uma fórmula que cumpre um papel importante na história e permite que os personagens levem a melhor sobre seu inimigo, Dom Rato.

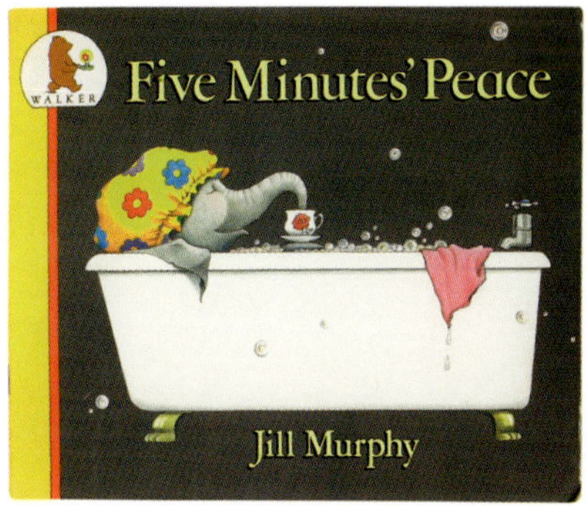

produção. Além disso, permitia a publicação de novos títulos, mesmo em um mercado estático ou em retração, no qual os investimentos públicos estavam sendo cortados. O sucesso, porém, tinha um preço, e, como afirmou o editor de livros para criança Marni Hodgkin em 1984, "quando os livros são comercializados da mesma maneira que uma sopa [...] o resultado é que um título sem apelo de massa sai facilmente de catálogo um ano após sua publicação, antes que os bibliotecários atarantados e com poucos recursos tenham a chance de avaliá-lo, ou que as crianças consigam prová-lo. Os editores se tornam menos dispostos a correr riscos, e os novos escritores e os textos inovadores vão para o fundo da gaveta".

Mais significativa que a eleição dos dois líderes políticos mencionados no começo deste capítulo foi a decisão de Sebastian Walker de criar sua própria editora, especializada em livros para criança. Nascido em 1942, Walker começara a trabalhar no ramo editorial em 1970, no que era uma profissão esquisita para alguém formado em Oxford: representante de vendas na Europa da editora Jonathan Cape. Em 1975 ele foi contratado pela Marshall Cavendish, editora conhecida por publicar livros com muitas ilustrações e em fascículos – de novo como um homem de vendas para a Europa, função com a qual aprimorava seu conhecimento de línguas, sua personalidade carismática e sua capacidade como vendedor. Ele viu em primeira mão os benefícios trazidos por grandes tiragens (60 a 70 mil), maiores do que as editoras inglesas estavam acostumadas. Foi na Chatto & Windus que trabalhou como editor, e aí ficou por algum tempo, mas, como escreve sua irmã Mirabel Cecil: "Aos 35 anos ele desejava atuar por conta própria. Havia feito cálculos, principalmente no verso de envelopes, e sabia a viabilidade do negócio, para um mercado global de vendas de livros para criança, mais bem produzidos e ilustrados que quaisquer outros, em coedições de dezenas de milhares. Ele estava impaciente para entrar nesse mercado e vender".

A Walker Books, como logo passou a se chamar, foi criada em 1978 e trazia Amelia Edwards na função de primeira (e duradoura) editora responsável

pelo catálogo. Os títulos iniciais foram lançados em 1980. Neste estágio, a Walker experimentou a natureza retrógrada da impressão inglesa, passando a imprimir na Itália.

Sebastian Walker pediu a Helen Oxenbury, que já era uma ilustradora conhecida, que trabalhasse para ele. No segundo catálogo, de 1981, havia uma série de livros cartonados para bebês criados pela Walker, que ajudou a empresa a obter lucros sensacionais. O pai de Sebastian, Richard Walker, escreveu: "O conceito original que Sebastian tinha do mercado de livros para criança era sólido; ele oferecia um produto original com design excelente. Mantinha os custos baixos, especialmente os fixos, e assim conseguia vender livros a preços que o cliente podia pagar. Sua política de venda e seus métodos eram criativos e não foram obstruídos pela tradição, nem pelos mitos do ramo editorial".

Embora o foco de Walker nas vendas (incluindo um ponto de venda no supermercado Sainsbury) e nas coedições internacionais antecipasse revoluções que se consolidariam posteriormente na venda de livros, sua abordagem muito pessoal para trabalhar com autores, ilustradores e clientes lembrava uma época anterior, que privilegiava a edição personalizada. Com o tempo, vários dos melhores artistas, ilustradores e autores, entre eles Nicola Bayley e William Mayne, figuraram no catálogo da Walker. Quando a editora abordou a autora Jill Murphy, ela pediu para ver o catálogo e observou: "Era mais apresentável e melhor impresso que os livros para criança da maioria das editoras e [...] continha todos os profissionais que eu admirava – como Jan Ormerod, Shirley Hughes, Colin McNaughton e Helen Craig".

As capas haviam sido a principal ferramenta de venda de Walker nos seus empregos anteriores (como são para a maioria das editoras), mas, com sua própria empresa, ele ficou mais inclinado a usar ilustrações ou provas do miolo dos livros para fornecer aos possíveis compradores uma ideia mais completa da obra. A Walker Books começou a produzir brochuras em 1988, pagando aos autores e ilustradores royalties mais altos que os da Penguin. Em 1990 foi criada uma filial norte-americana, a Candlewick Books, em Cambridge, Massachusetts. Nessa época, porém, Sebastian estava com AIDS, e a doença lhe tirou a vida em julho de 1991 – sua última contribuição foi uma campanha para salvar

← ***The Indian in the Cupboard***
[O índio no armário]
Lynne Reid Banks (autora), Robin Jacques (ilustrador). Londres: Granada Publishing, 1981. 177 x 110 mm
Robin Jacques (1920-95) era um ilustrador que usava cuidadosamente o traço à maneira de gravuras antigas. Ele ilustrou muitas capas para a Everyman's Library, da Dent, quando esses livros foram produzidos em brochura.

← ***The Dancing Class*** **[A aula de dança]**
Helen Oxenbury (autora e ilustradora). Londres: Walker Books, 1983. 177 x 166 mm
Baseados em sua filha Emily, estes livros cartonados de Helen Oxenbury (n. 1938) foram um dos primeiros sucessos editados por Sebastian Walker. Em sua simplicidade humorística, são semelhantes aos da Cape da década de 1970 (p. 107), obra do marido de Oxenbury, John Burningham.

↓ ***Princess Smartypants***
[A princesa sabichona]
Babette Cole (autora e ilustradora). Harmondsworth: Puffin Books, 1996 (Hamish Hamilton, 1986) / São Paulo: Martins Fontes, 1998. 229 x 194 mm
O website oficial de Babette Cole (n. 1950) exibe a foto de uma mulher loura rindo com os dentes à mostra, em meio a um registro de seus feitos como ilustradora e amazona. Seu desenho e sua tipografia inauguraram um novo estilo de livros para criança a partir de 1976. Este é um exemplo típico do livro ilustrado da Puffin que foi desafiado pelo surgimento da Walker Books.

→ ***I Want My Potty*** [*Quero meu penico*]
Tony Ross (autor e ilustrador). Londres: Andersen Press, 1986 / São Paulo: Martins Fontes, 1990. 235 x 205 mm
Tony Ross (n. 1938) ganhou o prêmio Dutch Silver Pencil de melhor texto de autor estrangeiro com este livro, que foi também o infantil mais vendido na Inglaterra em 1986.

→ ***When Sheep Cannot Sleep: The Counting Book***
[Quando os carneirinhos não conseguem dormir: Um livro para contar]
Satoshi Kitamura (autor e ilustrador). Londres: Red Fox Books (Random House), 1990. 250 x 210 mm
Satoshi Kitamura (n. 1956) emigrou de Tóquio para Londres em 1983. Publicado originalmente pela A. & C. Black em 1986, este livro foi reconhecido pelo *Observer* como "um dos livros de contar mais sedutores em catálogo".

↓ ***The Chocolate Wedding***
[O casamento de chocolate]
Posy Simmonds (autora e ilustradora). Londres: Jonathan Cape, 1990. 255 x 219 mm
A ilustração da capa, montada à maneira de uma foto de festa de casamento, inclui no fundo a paisagem onírica que desempenha um papel na história.

a histórica coleção Opie, doando-a à Biblioteca Bodleian, em Oxford.

Os livros publicados por Sebastian Walker não tinham um único tema e eram deliberadamente diversificados. Mas os anos em que ele trabalhou à frente de sua editora foram marcados por títulos de sucesso, de várias editoras, que lidavam de modo criativo com os problemas emocionais da infância. Muito já foi escrito – principalmente nas décadas de 1980 e 1990 – sobre a predileção dos adultos por roupas e traços comportamentais infantis. Paradoxalmente, as crianças pareciam crescer mais depressa. Ainda é difícil discernir se essa foi uma moda passageira ou uma mudança estrutural profunda na sociedade, naquela que ficou conhecida como "a década do 'eu'". Embora as relações interpessoais, as dores do crescimento e os problemas sociais já tivessem sido abordados por autores de outros períodos, tais temas se tornaram cada vez mais comuns como uma alternativa à fantasia, ao humor e ao sentimentalismo puro, traços dominantes da literatura infantil anterior. A série de livros de Lynne Reid Banks sobre Omri e um armário encantado que dá vida a brinquedos vai além da simples magia para lidar de forma realista com emoções ligadas ao poder, ao afeto e à responsabilidade, em um enredo irresistível e verossímil. Um livro como *A princesa sabichona*, de Babette Cole, reflete o movimento feminista por meio do humor e inverte todos os estereótipos adorados há muito tempo pelas meninas, enquanto as crises da vida cotidiana das crianças, como aprender a ir ao banheiro ou a hora de dormir, são dramatizados por Tony Ross e Satoshi Kitamura com um humor capaz de aliviar tensões dos adultos e das crianças.

Antes de produzir o primeiro livro de uma série com o personagem Fred, em 1987, Posy Simmonds já era famosa como cartunista do jornal *The Guardian*. Seu olhar perspicaz para situações em que a comunicação entre as pessoas é totalmente ineficaz pode ser visto em *The Chocolate Wedding*, desenhado em formato de HQ. Os cartuns de Simmonds devem muito do humor à observação maldosa de detalhes que as crianças também são boas em perceber e comentar, com efeitos constrangedores. Ela escreveu: "Eu apenas passeio olhando as pessoas. Sou incrivelmente enxerida – então dou uma boa olhada em tudo o que me chama a atenção, como os sapatos

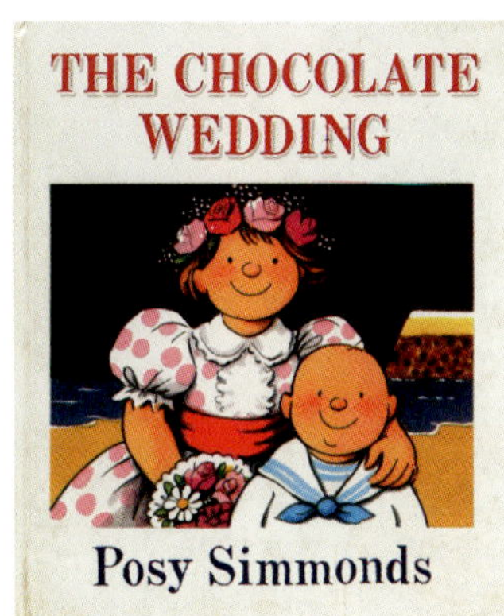

ou as sobrancelhas de alguém. Depois vou para casa e ponho isso no papel".

A Walker Books partiu para a publicação de não ficção, apesar de o nome editorial associado a esse gênero ilustrado para crianças na década de 1990 ser Dorling Kindersley. Peter Kindersley (n. 1941), filho de um renomado tipógrafo, cresceu consciente da importância do design. Fundou sua empresa em 1974 por acreditar que a maioria das editoras não conseguia relacionar imagens e texto nos livros informativos. Em 1987, Kindersley começou a publicar para crianças, baseando-se na experiência de títulos adultos como *Success with Houseplants*. Ele se perguntou: "Onde estão todos os livros empolgantes para crianças?". Não encontrando nenhum, imaginou um formato imediatamente reconhecível em que pudesse usar fotografias ou desenhos isolados sobre um fundo branco, como visto na série Eyewitness. David Macaulay, autor e ilustrador norte-americano, ficou conhecido no ramo de não ficção com *Construção de uma catedral* (1973) e livros semelhantes sobre a fabricação de estruturas históricas usando desenhos de traços claros. Produziu *Como as coisas funcionam* (1988), que fez grande sucesso nos Estados Unidos, e culminou, em 1992, com o começo de uma parceria de edição digital entre a Dorling Kindersley e a Microsoft.

Inicialmente, a Dorling Kindersley atuou também na edição de vídeos e disquetes de computador. E ainda encontrou modos não convencionais de comercializar livros para escolas e pais, mantendo a filosofia sobre a missão da empresa, que se tornou uma das preferidas do mercado de ações, depois que seu capital foi aberto, em 1992. Porém, no início de 2000 foi vendida à Pearson após uma queda dramática nos lucros, devido a um investimento superotimista em livros ligados à continuação da série cinematográfica *Guerra nas estrelas*.

A década de 1990 está associada aos livros sobre Harry Potter, de J. K. Rowling, dos quais o primeiro foi publicado em 1994. Entretanto, havia muito tempo que outros autores já desenvolviam enredos misturando o fantástico, o mitológico e o humorístico. Diana Wynne Jones (n. 1934), que começou a publicar em 1973, se destaca pela capacidade de dotar seus enredos

← ***Cathedral***
[*Construção de uma catedral*]
David Macaulay (autor e ilustrador). Boston: Houghton Mifflin & Co., 1973 / São Paulo: Martins Fontes, 1988. 312 x 237 mm
David Macaulay nasceu na Inglaterra, mas estudou na Rhode Island School of Design e se estabeleceu na Nova Inglaterra. A capa desta obra mostra um desenho característico, neste caso da última página do livro, depois de todo o processo de construção ter sido mostrado graficamente.

← ***Stephen Beisty's Incredible Cross Sections* [*Conhecer por dentro*]**
Richard Platt (autor), Stephen Beisty (ilustrador). Londres: Dorling Kindersley, 1992 / São Paulo: Martins Fontes, 1992. 273 x 352 mm
A mesma imagem é repetida na capa. Esta sobrecapa parece generosa e tem orelhas de tamanho exagerado, um aspecto prático para um título grande de formato in-quarto, que indica atenção ao projeto gráfico nas publicações da Dorling Kindersley.

↓ ***Black Maria***
[Maria Negra]
Diana Wynne Jones (autora), Chris Riddell (sobrecapa). Londres: Methuen, 1991. 205 x 120 mm
Eis aqui uma capa firme e corajosa de um ilustrador bem estabelecido da década de 1990 que não dá muita informação sobre a história – uma cidade litorânea que é tomada sub-repticiamente por bruxas.

→ ***Walking the Bridge of your Nose***
[Caminhando até o seu nariz]
Michael Rosen (autor), Chloë Cheese (ilustradora). Londres: Kingfisher, 1995.
280 x 237 mm
Chloë Cheese é uma ilustradora de estilo ingênuo característico, embora não tenha se especializado em livros para criança. O belo equilíbrio entre cor e tipo manuscrito aumenta a nitidez desta capa.

→ ***The Devil and his Boy***
[O diabo e seu menino]
Anthony Horowitz (autor), Tony Ross (sobrecapa). Londres: Walker Books, 1998.
222 x 138 mm
Romance semi-histórico em ambientação elisabetana, com excessos e referências bastante sagazes para adultos. A capa traz uma ilustração que entrega o fato de que o cabelo ruivo do menino-herói pode mais tarde se revelar significativo.

↓ ***The Haunted Teacosy***
[A chaleira amaldiçoada]
Edward Gorey (autor e ilustrador). Londres: Bloomsbury, 1999.
190 x 190 mm
Esta foi uma obra tardia de Edward Gorey, publicada pela primeira vez na revista *New York Times*, na edição do Natal de 1997. Definitivamente não era destinada a crianças, mas justamente por isso (e pela excelência do desenho de Gorey) costuma ser adorada por elas.

e personagens com a complexidade e a profundidade da vida real, ao mesmo tempo que desenvolve histórias que se passam em mais de um mundo paralelo. Seus livros são atraentes também para os adultos, mas ela não se beneficiou da atenção dos grandes meios de comunicação que foi dada a Rowling e Philip Pullman, na Inglaterra, e a Lemony Snicket, nos Estados Unidos – os quais, em maior ou menor medida, seguiram o caminho aberto por ela.

Anthony Horowitz se especializou em paródias como *Os maltesers do falcão* (2002) e *South by South-East* (2002), nas quais elementos de filmes famosos servem de base para uma improvisação narrativa sem limites. Para as crianças, a origem do enredo talvez só fique totalmente clara anos depois. Horowitz também adotou um gosto crescente por histórias de terror na década de 1990, o que levou a todos os jovens leitores emoções antes só reservadas aos adultos, por conta da perda de fronteiras muito demarcadas entre textos para adultos e para crianças.

Parte dessa confusão vem do gosto generalizado em todas as faixas de idade por livros ilustrados, e da habilidade de muitos artistas talentosos à espera de serem aproveitadas. As convenções do mercado para crianças são às vezes restritivas, mas as modas podem ser originadas por qualquer coisa visualmente atraente e esquisita. Não foi Edward Gorey (1925-2000) quem inventou esse tipo de livro para todas as idades, mas foi ele quem aperfeiçoou a apresentação visual dessa espécie híbrida de publicação, que à primeira vista parece um livro para criança e não raro apresenta uma única linha de texto para cada meticulosa imagem em preto e branco. Em seu estudo *The Strange Case of Edward Gorey* (2001), Alexander Theroux os chamou de "pequenas e humorísticas paródias dos típicos prédios ingleses vitorianos de três andares", mas também notou a seriedade subjacente das revelações de Gorey sobre uma questão contemporânea premente – a crueldade existente na vida cotidiana, especialmente entre crianças.

A poesia infantil costumava ser associada a autores sentimentais ou pastorais, como Robert Louis Stevenson e Walter de la Mare, embora este último tenha abordado de maneira inteligente algumas questões metafísicas sérias. Mas, desde a década de 1970, isso virara passado. *Mind Your*

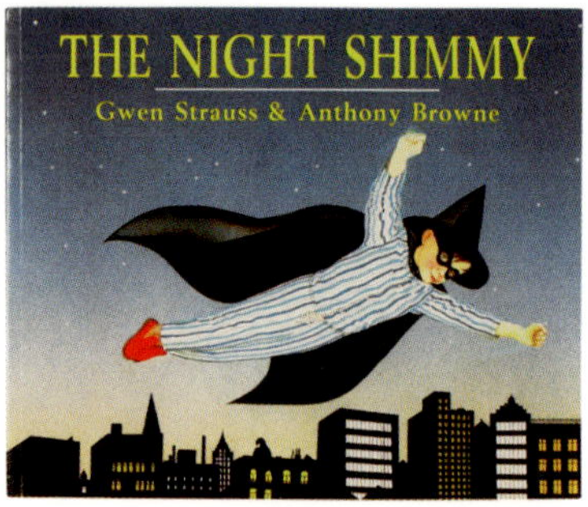

← ***The Night Shimmy*** [Tremor noturno]
Gwen Strauss (autora), Anthony Browne (ilustrador). Londres: "A Red Fox Picture Book" (Random House), 1993.
215 x 260 mm
O conhecimento sobre o autismo entre as crianças, assim como sua forma menos grave, a síndrome de Asperger, tornou-se mais difundido durante a década de 1990. Esta é a história de um garoto que não fala, a não ser através da máscara de um amigo secreto e imaginário. A capa eterniza algumas das delícias de sua fuga para a fantasia interior, embora no fim Eric ganhe um amigo real. *The Night Shimmy* foi publicado originalmente em 1991 por Julia MacRae, cujo selo estava ligado à Walker Books.

Own Business (1974), de Michael Rosen, captou as verdadeiras vozes das crianças e seu gosto pelo asqueroso e pelo mal-educado. Entre um considerável número de publicações, podemos mencionar o livro *Walking the Bridge of Your Nose*.

Ao comparar 1890 e cem anos depois, em um livro de 1994, Kimberley Reynolds acreditava que seria errado pensar que a literatura infantil do final do século XX estava "a caminho de se tornar um produto internacional insípido e falso. A verdade é que a gama e a diversidade da escrita contemporânea para crianças nunca foram tão grandes, em todos os aspectos da indústria de edição infantojuvenil – de livros ilustrados a fantasia, história, mito, romances realistas, aventura, mistério etc. etc., estão sendo produzidos livros inovadores, estimulantes e impressionantes para leitores de todas as idades".

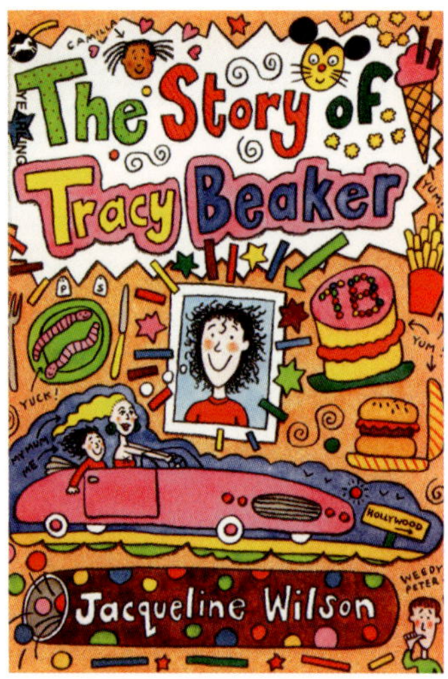

← ***The Story of Tracy Beaker***
[A história de Tracy Beaker]
Jacqueline Wilson (autora), Nick Sharratt (ilustrador). Londres: Corgi Yearling, 1992.
194 x 130 mm
Publicado pela primeira vez em 1991, *Tracy Beaker* tornou-se um clássico campeão de vendas. Sua mensagem apresentada de forma inteligente se aplica ao processo de amadurecimento em qualquer situação.

Porém, no mesmo ano, Michael Rosen, autor de poesia para crianças, se queixou em uma conferência de que o mundo editorial era agora dominado pela "[...] Inexorável anarquia do capitalismo [...] mais títulos, mais autores, depressa, depressa, não há tempo para editar, não há tempo para reescrever, publique-o, venda-o, desista dele, recicle-o" (quando menciona "recicle-o", Rosen faz referência à prática frequente de sucatear o estoque antigo devido aos altos custos de manter exemplares no depósito).

Neste mundo, a capa pode ser decisiva para o sucesso comercial de um livro. David Flicking, célebre editor londrino e responsável por títulos inovadores, gosta que seus autores-ilustradores pensem primeiro no título e depois no livro para acompanhá-lo. Como na edição de livros para adultos, a capa é proposta por editores e diretores de arte, mas muitas vezes acaba descartada pela equipe de vendas, que tenta prever as reações de compradores que provavelmente nunca lerão o livro.

↓ ***M.O.L.E.***
Russell Hoban (autor), Jan Pieńkowski (ilustrador). Londres: Walker Books, 1993.
290 x 230 mm
Embora talvez estejamos acostumados a ver Pieńkowski retratar com otimismo e cores vibrantes mundos de fantasia, a atmosfera deste título é muito diferente. *M.O.L.E.* revela que os estágios progressivos do colapso da "civilização", tal como a conhecemos, têm um fascínio próprio, e prova que tudo está sujeito à mudança e à transformação.

Nem todos os livros para criança desse período dependeram do contexto nostálgico e seguro que neutraliza os medos e as inseguranças evocados em *Harry Potter*. Nos livros ilustrados, Anthony Browne (n. 1946) valoriza a habilidade meticulosa de Nicola Bayley e a nostalgia dos Ahlberg ao associar em ambos uma predileção pelos aspectos emocionais das histórias. Um exemplo disso é *The Night Shimmy*, que desmente as críticas sobre os livros da era John

→ ***The Iron Woman*** [A mulher de ferro]
Ted Hughes (autor), Andrew Davidson (ilustrador). Londres: Faber & Faber, 1993. 240 x 161 mm
Andrew Davidson se juntou ao número relativamente pequeno de talentosos xilogravuristas do final do século XX. A capacidade dessa técnica para retratar contrastes de luz e sombra é especialmente bem utilizada na capa da sequência de *O homem de ferro*, de Ted Hughes, publicada pela Faber – que também edita a poesia de Hughes, mas não é especializada em livros para criança.

→ ***Coming to England***
[Chegando na Inglaterra]
Floella Benjamin (autora), Michael Frith (ilustrador). Londres: Pavilion Books, 1995. 197 x 264 mm
Na década de 1990 e depois dela, houve um esforço consciente para ajudar a população afro-caribenha da Inglaterra a contar sua própria história sobre a chegada, na década de 1950, a uma terra estranha e nem sempre amistosa. Este livro faz parte de uma tendência cultural muito mais ampla.

↓ ***Holes*** [Buracos]
Louis Sachar (autor), Nathan Burton (design da capa). Londres: Bloomsbury, 2000. 196 x 129 mm
A capa usa fotografias do deserto e do céu, com o acréscimo de um lagarto mortífero com manchas amarelas, personagem fundamental nesta história sobre um garoto mandado injustamente para um acampamento correcional no Texas. Publicado pela primeira vez por Frances Foster em Nova York, em 1998, *Buracos* tornou-se um clássico também na Inglaterra.

Major, na Inglaterra, por serem supostamente tão insossos e conservadores quanto o primeiro-ministro. A série Tracy Beaker, de Jacqueline Wilson, fez enorme sucesso, embora a ambientação em um orfanato, vista por uma perturbada garota de doze anos, consciente de seu valor como pessoa, aparentemente não seja uma proposta fácil de vender. O estilo de cartum da capa vibrante e multicolorida do primeiro livro, *The Story of Tracy Baker*, cujo miolo é preto e branco, reflete um brilho latente no que de outra forma poderia ser uma situação muito triste.

O fato de escrever ou ilustrar para crianças não pressupõe a ausência de questões atuais de profunda importância. Em alguns casos, uma história infantil ou um livro ilustrado representa uma ótima oportunidade de dizer algo essencial que, se falado diretamente, perderia o impacto ou soaria como carola ou moralista. Apesar de os livros de sucesso sobre questões sérias serem relativamente raros, o par de títulos do poeta Ted Hughes, *O homem de ferro* (1968) e *The Iron Woman* (1993), criou imagens fortes sobre o tema da destruição ambiental e suas consequências. M.O.L.E. (1993) é um livro que cruza a fronteira adulto-criança e poderia ter surgido na década de 1960, caso sua visão de completo colapso ecológico tivesse sido antevista na época. Jan Pieńkowski fez as ilustrações, Russell Hoban, que escreveu um livro pós-desastre nuclear, *Ridley Walker*, para adultos, foi o autor do texto, e Sebastian Walker o publicou como um gesto de lealdade a um autor e a um ilustrador eminente.

Abordar questões relativas à imigração e a preconceitos raciais se tornou inevitável, tanto na sociedade inglesa como na norte-americana, desde a década de 1960. Especialistas em educação e editores enxergam a necessidade social de buscar superar o preconceito e despertar o sentimento de autoconfiança entre as minorias. O tema da imigração é percebido de imediato na capa de *Coming to England*, de Floella Benjamin. *Buracos*, de Louis Sachar, é outra história que toca em questões de imigração – não de um modo factual, mas como parte de uma história que é meio fantasiosa, meio detetivesca, numa alegoria sobre a tolerância.

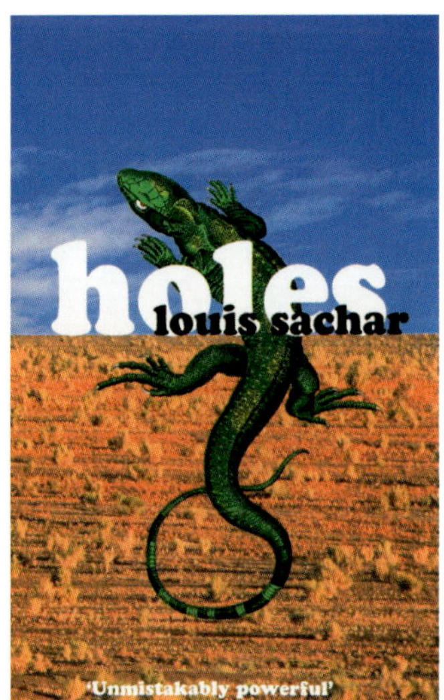

NOSTALGIA INGLESA IAN BECK E NICOLA BAYLEY

O talento detalhista e meticuloso de Nicola Bayley (n. 1949) ficou perceptível quando ela expôs as ilustrações de *One Old Oxford Ox*, uma rima trava-língua de aliterações, na mostra de graduação do Royal College of Art. Ela sempre conseguiu criar a sensação de um mundo diferente mas completamente verossímil e detalhado na página de um livro. Tom Mashchler, da Jonathan Cape, viu de imediato o potencial da obra, que tinha um realismo onírico semelhante ao de Alan Aldridge (embora meticulosamente trabalhado à mão e não aerografado), e merecia portanto uma observação mais profunda. Depois, Bayley foi uma das famosas ilustradoras a ter o prazer de ser cortejada por Sebastian Walker, que lhe ofereceu a oportunidade de produzir os livros em formato pequeno, que ela sentia serem adequados a seus talentos, mas que Cape acreditava não terem apelo comercial. De fato, *The Mousehole Cat*, uma das criações mais conhecidas da ilustradora, não é especialmente pequeno, mas foi um produto dessa feliz associação.

Ian Beck (n. 1947) pertence à mesma geração de ilustradores que encontrou um mercado aberto nas décadas de 1980 e 1990 para obras tipicamente nostálgicas e com sabor inglês. Ele levou uma vida dupla: além de ilustrar, apresentava-se com o artista Glynn Boyd Harte em um espetáculo de cabaré chamado *Les Frères Perverts*, que envolve tipicamente material francês. Ian Beck reconhece de bom grado a influência de Harold Jones e Edward Ardizzone no uso que faz do traço lavado e, desde que começou a produzir livros ilustrados sobre temas inventados por ele mesmo, desenvolveu uma forte sensibilidade para criar narrativas como se fossem *storyboards* de filmes. Beck desenha com um traço deliberadamente tremido, mas este é o último elemento acrescentado aos desenhos, que primeiro são construídos em cores. A tipografia que criou para a capa de *Emily and the Golden Acorn* é habilidosa e típica de artistas de gerações anteriores.

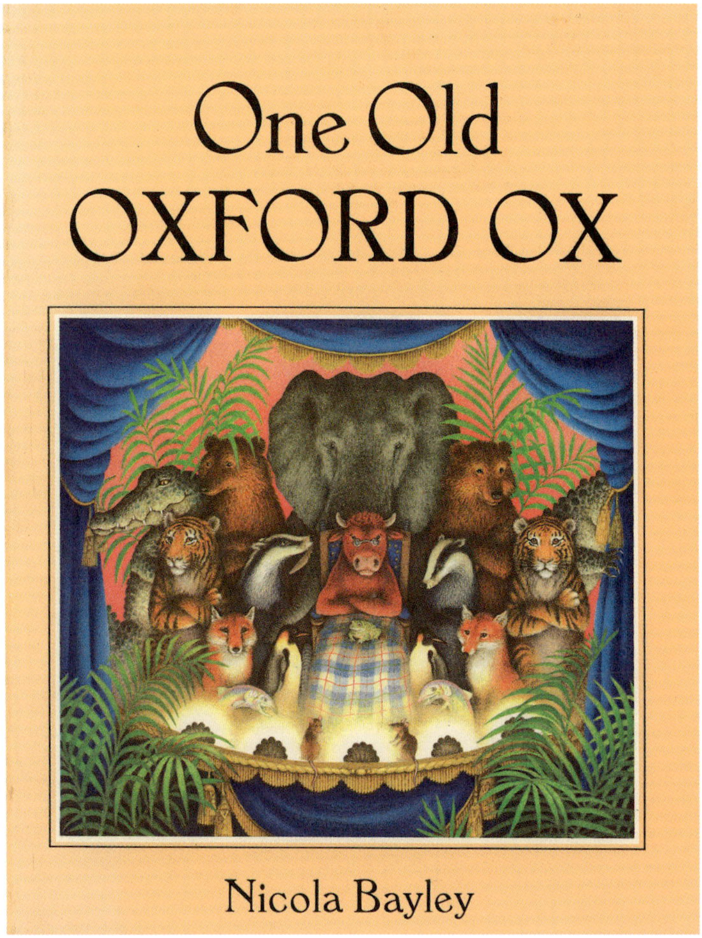

↑ ***One Old Oxford Ox***
Nicola Bayley (ilustradora). Londres: Jonathan Cape, 1977.
235 x 194 mm
Os animais da rima tradicional estão todos reunidos nesta capa como para apresentar o final de um show de variedades antiquado no jardim de inverno de um balneário eduardiano. O formato é típico dos *picture flats* da Jonathan Cape, uma das características da edição na década de 1970.

← ***The Mousehole Cat***
[O gato de buraco de rato]
Antonia Barber (autora), Nicola Bayley (ilustradora). Londres: Walker Books, 1990.
230 x 230 mm
A primeira edição desta obra foi um belo livro de capa dura com encadernação em entretela (mostrada aqui) e sobrecapa ilustrada na frente e no verso. O painel inserido representa o desejo de Nicola Bayley de trabalhar na escala da miniatura.

→ ***Oranges and Lemons***
[Laranjas e limões]
Karen King (compiladora), Ian Beck (ilustrador). Oxford: Oxford University Press, 1985. 263 x 205 mm
Ian Beck desenha a capa do livro nesta capa, insinuando uma repetição de infinitas miniaturas contidas uma na outra. As imagens ajudam a transmitir a ideia de que este é um livro de jogos e canções de festa, uma sequência a *Round and Round the Garden* (1983), do próprio Beck.

↓ ***Little Miss Muffet*** [Senhorita Muffet]
Ian Beck (autor e ilustrador). Oxford: Oxford University Press, 1988.
261 x 205 mm
Depois do sucesso dos livros de rimas, esta foi a primeira narrativa de Beck. A capa toma emprestada a ideia de um teatro, com a sugestão apropriada de que o show dentro do livro está prestes a começar. O tipógrafo se divertiu com as "maiúsculas *swash*" em itálico, tipo criado no século XVIII para dar às iniciais um floreio especial.

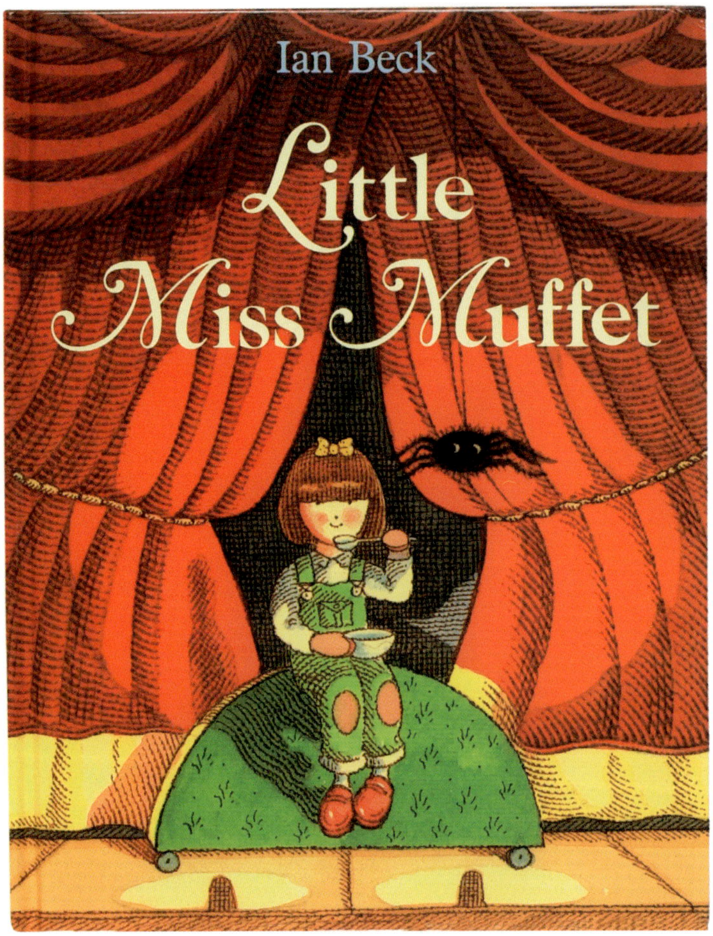

↑ ***Emily and the Golden Acorn***
[Emily e a bolota de ouro]
Ian Beck (autor e ilustrador). Londres: Doubleday, 1992. 285 x 220 mm
Beck presta atenção aqui no layout da página, com artifícios como a capa emoldurada, da qual a imagem transborda. A onda na ilustração foi emprestada do famoso artista japonês Hokusai (1760-1849).

← ***The Oxford Nursery Book***
[O livro de cantigas de ninar da Oxford]
Ian Beck (autor e ilustrador).
Oxford: Oxford University Press, 1995.
270 x 208 mm
A influência do clássico *Lavender's Blue*, de Harold Jones (p. 59), é aparente nesta cena de tarde de verão inglês.

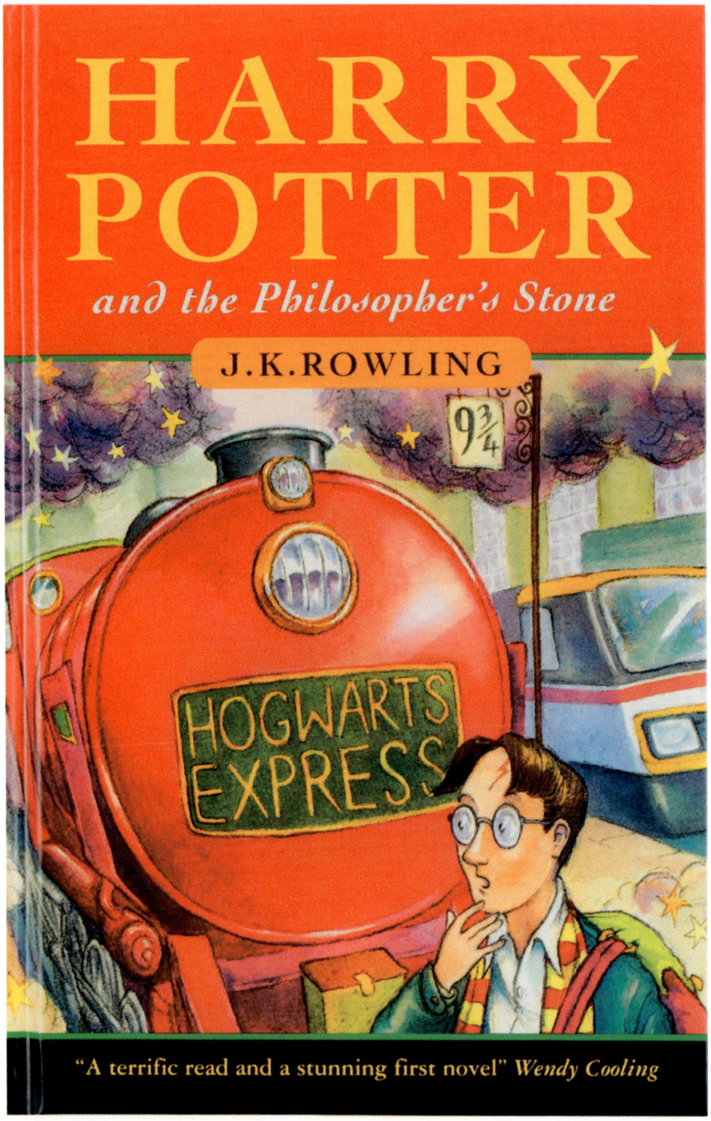

← ***Harry Potter and the Philosopher's Stone*** [Harry Potter e a pedra filosofal]
J. K. Rowling (autora), Thomas Taylor (ilustração da sobrecapa). Londres: Bloomsbury, 1997. 206 x 135 mm
A capa do primeiro livro da coleção Harry Potter consolidou a aparência do garoto mais famoso da ficção.

← ***Harry Potter and the Philosopher's Stone*** [Harry Potter e a pedra filosofal]
J. K. Rowling (autora), Winston Link (fotografia da capa). Londres: Bloomsbury, 1998. 197 x 128 mm
A capa em preto e branco da edição adulta alude ao Expresso Hogwarts.

↓ ***Northern Lights*** [A bússola de ouro]
Philip Pullman (autor). Londres: Scholastic Children's Books, 1995. 222 x 139 mm
A capa para o primeiro livro da trilogia traz uma ilustração convencional para fantasias.

O furor da mídia em torno de *Harry Potter e a pedra filosofal*, de J. K. Rowling, publicado originalmente na Inglaterra pela editora Bloomsbury, começou por volta do lançamento do segundo livro da série, *Harry Potter e a câmara secreta*, em 1997. Tanto pais como professores e editores ficaram deliciados com livros que as crianças exigiam ler de qualquer maneira. Ao mesmo tempo, a edição de capa "adulta" fazia com que os adultos não precisassem ter vergonha de ser vistos lendo o livro. O crítico norte-americano Jack Zipes atribui o sucesso da série a: "Mudanças institucionais de educação, alterações nas relações familiares, ascensão de conglomerados empresariais que controlam os meios de comunicação de massa, e demandas do mercado". Outros livros do gênero fantasia se beneficiaram, entre eles a trilogia de Philip Pullman e o primeiro romance de Philip Reeves, *Mortal Engines*. Lemony Snicket foi criado quase como um evento de mídia, já que o autor cultivou uma máscara complexa de anonimato que ajudou a promover esses textos curtos, em capa dura, que trazem uma noção exagerada de fatalidade e uma referência pós-moderna dignas de Edward Gorey.

↑ ***Mortal Engines*** [Máquinas mortais]
Philip Reeve (autor), David Frankland (sobrecapa). Londres: Scholastic Children's Books, 2001. 220 x 144 mm
Philip Reeve é também ilustrador, mas não fez o projeto da capa de seu primeiro livro, uma fotografia eficaz sobre uma fantasia cheia de ação em uma sociedade futura distópica que ecoa *Metrópolis*, de Fritz Lang.

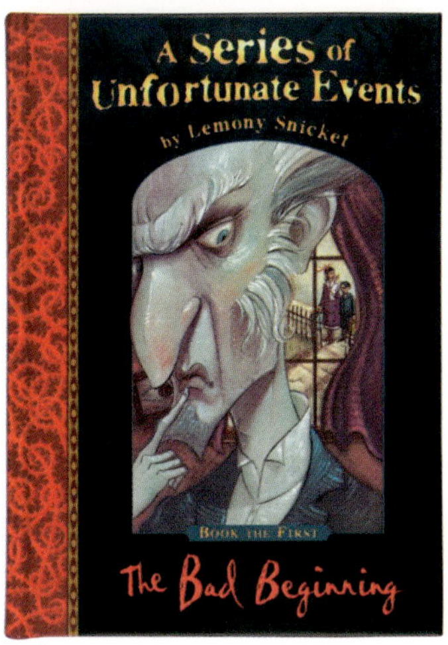

→ ***A Series of Unfortunate Events: Book the First, The Bad Beginning*** [*Desventuras em série: v. 1, Mau começo*]
"Lemony Snicket" (autor), Brett Helquist (ilustrador). Londres: Egmont Books, 2001 / São Paulo: Cia. das Letras, 2001. 184 x 131 mm
Lançados originalmente pela Harper Collins em 1999, os livros de Lemony Snicket viraram sucesso dos dois lados do Atlântico. A fórmula é semelhante à de outras fantasias com genérica ambientação vitoriana, mas a apresentação é habilidosa, com uma capa dura menor que o formato usual e uma mancha de texto agradável. A imitação de encadernação com lombada de couro, com guardas estampadas que trazem sua própria etiqueta de identificação do proprietário do livro, aumenta o efeito.

← ***Lemony Snicket: The Unauthorized Autobiography*** [*Lemony Snicket: Autobiografia não autorizada*]
"Lemony Snicket" (autor). Londres: Harper Collins, 2002 / São Paulo: Cia. das Letras, 2006. 84 x 130 mm
Todo sucesso editorial é hoje seguido por publicações "relacionadas", como esta, que preenche os intervalos entre o lançamento dos títulos principais. A sobrecapa "dupla face" talvez seja o melhor aspecto destas memórias simuladas. O texto promocional começa assim: "O livro que você está segurando é extremamente perigoso".

↓ ***The Unauthorized Autobiography: The Pony Party*** [Autobiografia não autorizada: A pândega do pônei]
Loney M. Setnick (autor). Londres: Harper Collins, 2002. 184 x 130 mm
Quando a sobrecapa da autobiografia de Lemony Snicket é colocada do avesso, apresenta uma inversão de sua própria série de livros, parodiando uma história infantil de quinze anos antes complementada com a foto do autor e uma carta ao leitor.

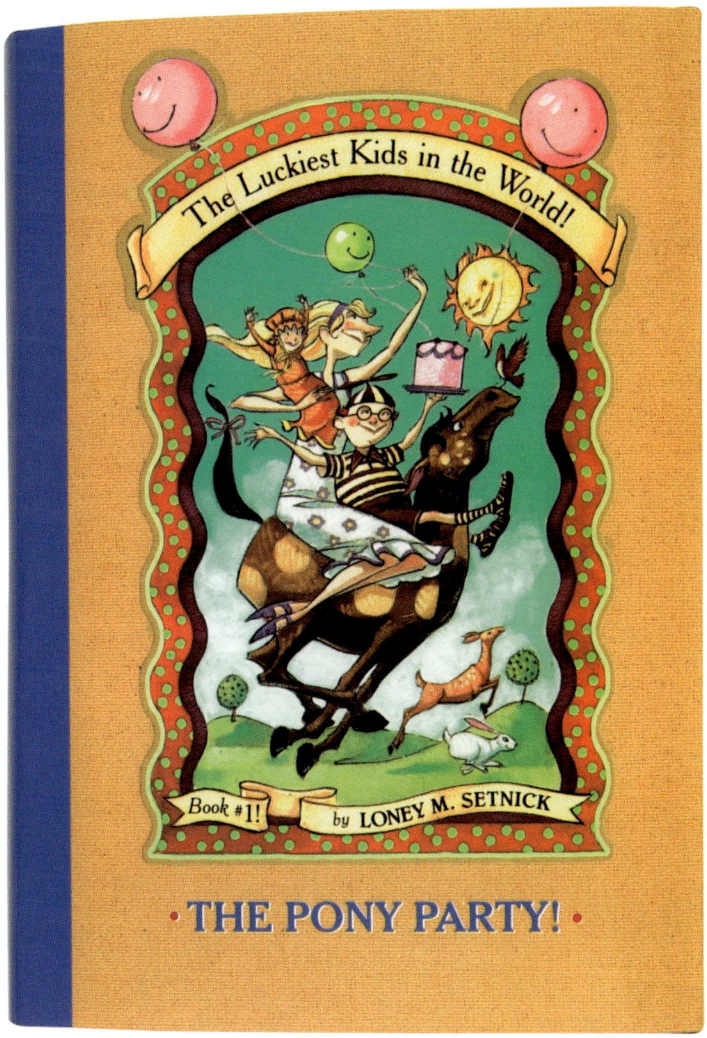

ENGRAÇADO E ESQUISITO

A primeira vez em que um livro para criança surgiu como um novo objeto, e não apenas como suporte para o texto, foi no século XVIII. *The Hole Book*, de Peter Newell (1908 – p. 1), foi um exemplo de relação direta entre o conteúdo e a forma física. Na era digital, uma das vantagens da obra física é sua qualidade tátil. Diferentemente de observar uma tela, vira-se uma página com a mão – e livros se prestam a várias formas de manuseio e manipulação. Não há nada de novo nisso, mas é gratificante descobrir que tais técnicas continuam deleitando leitores. Vladimir Radunsky leva isso ao extremo normalmente só encontrado em livros para crianças muito pequenas ou em sofisticados "livros de artista", que com frequência lembram os primeiros. A ideia de aprendizado por meio do reconhecimento de formas geométricas tem origem nas primeiras teorias de educação.

Em 1988, Joyce Irene Whalley e Tessa Rose Chester concluíram seu *History of Children's Book Illustration* com a preocupação de que o resultado das pressões comerciais sobre a atividade da ilustração pudesse produzir "um excesso de obras medíocres com garatujas apressadas, ou então livros com textos ralos apoiando pinturas que se prestariam melhor a uma galeria de arte". É difícil pensar em uma grande quantidade de obras que se igualem em qualidade às melhores infantis de períodos anteriores, mas talvez seja cômodo prantear os velhos tempos com olhos semicerrados. Esta página exibe três livros norte-americanos tradicionais voltados para crianças muito pequenas, mas que apresentam uma nova aparência e, além disso, têm uma produção gráfica impecável. Em *This is the House that Jack Built*, Simms Taback chega a se referir a Randolph Caldecott, um dos muitos artistas que ilustraram essa rima tradicional, e o faz aparecer como convidado no fim do livro. Por sua vez, *I Love Going Through This Book* tem uma sobrecapa com recorte no centro, sobre uma capa laminada, que reforça a ideia do título.

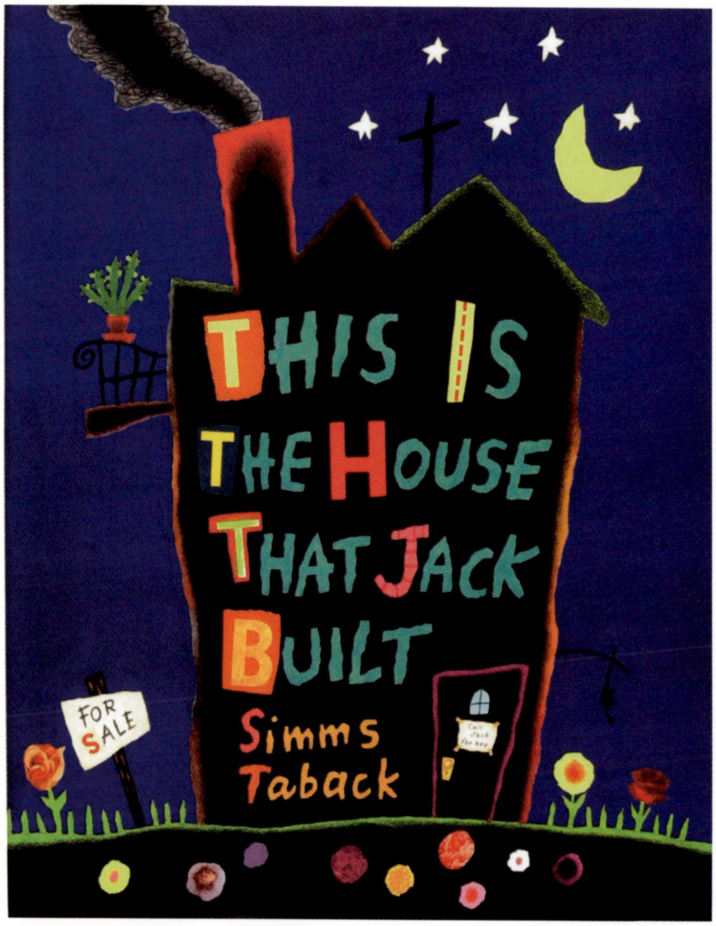

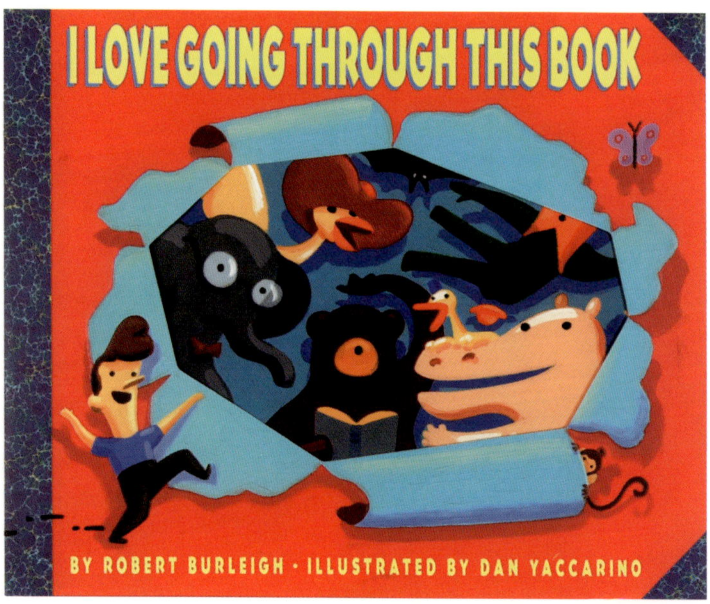

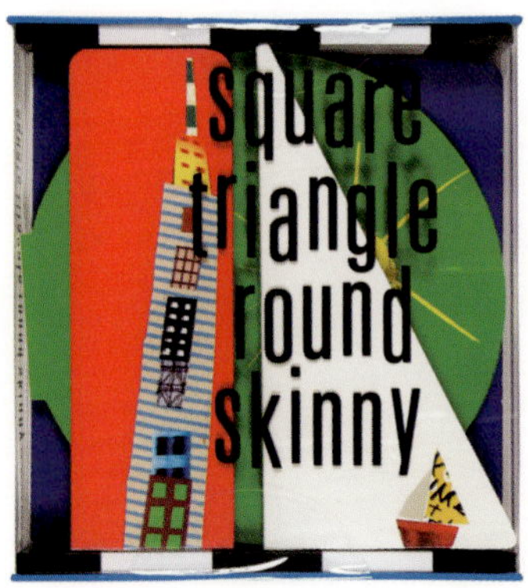

↑ ***This is the House that Jack Built***
[Esta é a casa que Jack construiu]
Simms Taback (ilustrador). Nova York: Putnam, 2002. 286 x 225 mm
A capa, embora aparentemente pintada de modo grosseiro, apresenta um equilíbrio cuidadoso de tom e cor. As guardas dão seguimento ao conceito de que a casa está à venda, e a contracapa mostra ferramentas de construção de casas.

← ***I Love Going Through This Book***
[Adoro entrar neste livro]
Robert Burleigh (autor), Dan Yaccarino (ilustrador). Nova York: Joanna Cotler Books, 2001. 210 x 261 mm
A ideia de realmente entrar em um livro é antiga (p. 1). Em brochura ela perde um pouco, a menos que a capa externa possa ser recortada – como é o caso da sobrecapa aqui.

← ***Square Triangle Round Skinny***
[Quadrado, Triângulo, Redondo, Fino]
Vladimir Radunsky (ilustrador). Cambridge, Massachusetts: Candlewick Press, 2002. 176 x 160 mm
Aqui, quatro livros cartonados de formato diferente são acomodados em uma caixa plástica. Combinar um livro e um brinquedo faz parte da edição de livros para criança desde a época de John Newbery, em meados do século XVIII.

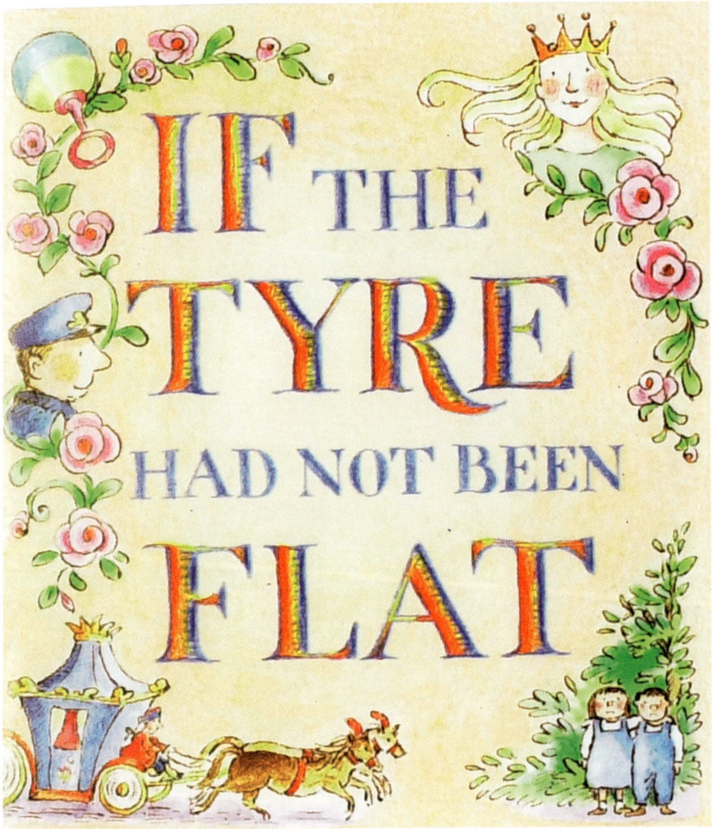

CONCLUSÃO

Toda história infantil precisa de um fim, mas felizmente uma sobre livros para criança não pode ter um, pois estes são publicados a cada dia e qualquer coisa pode acontecer em um piscar de olhos. Por exemplo, durante o período em que este livro foi escrito, houve um desenvolvimento interessante no projeto gráfico de capas – oferecer uma capa dura dividida no meio do cartão e selada com um adesivo removível. Este é o caso da edição inglesa de *Lemony Snicket: Autobiografia não autorizada*, que evidencia uma disposição do mercado editorial em tentar novos estilos de apresentação gráfica.

O sucesso de Harry Potter mostra que a apresentação não necessariamente faz o sucesso de um livro. Em uma geração anterior, os livros Harry Potter provavelmente teriam sido ilustrados com desenhos a traço, pelo menos na abertura de cada capítulo, e a capa teria sido uma extensão do mesmo estilo e da gama de personagens, mas os leitores não parecem ter se preocupado com essa ausência. As capas podem até não ter nenhuma imagem especial, embora a arte original de *Harry Potter e a pedra filosofal* tenha sido vendida em um leilão por 85 mil libras. Portanto, este é evidentemente um assunto polêmico.

Dessas duas maneiras particulares, o significado da capa como substituto simbólico do livro em si aumentou nos últimos anos. Agora que os livros, velhos e novos, são cada vez mais vendidos pela internet, o mais próximo que o candidato a comprador pode chegar de um objeto tangível é a imagem eletrônica da capa. Aquele que manuseia o exemplar em uma loja pode obter uma percepção mais completa de um livro, tanto em termos de conteúdo como de apresentação física, mas hoje as capas contêm bem mais informações subliminares. Isso poderia ser prejudicial para sua independência enquanto projeto gráfico ou para sua capacidade de interpretar o livro com maior sutileza. Como se imitassem a internet, agora é cada vez mais comum que as resenhas de livros em jornais e revistas venham acompanhadas de uma reprodução da capa do tamanho de um selo de correio. Projetos de capa sutis, complexos ou muito detalhados não conseguem se sustentar bem nessas circunstâncias, e seria perturbador pensar que eles deveriam ser relegados à condição de coisa do passado. Entretanto, a História mostra que tudo nos livros para criança vem em ondas. Sim, o que está na moda em um ano inspira imitações, mas, depois que estas esgotam a ideia original, chega a hora de tentar algo completamente diferente. Assim, não devemos nos preocupar, acreditando que uma tendência (qualquer uma) vá durar muito.

O tema do livro também é capaz de fornecer inspiração. Refletindo-se sobre a história das capas, pode-se lamentar o desaparecimento de tecnologias antigas que davam um toque humano à obra, fossem elas a coloração à mão do período da Regência ou a impressão de uma xilogravura para um *chapbook* em uma impressora manual. Hoje, há meios amplamente disponíveis para trabalhar com ilustrações e tipografias em alto grau de complexidade, e a impressão em cores nunca foi tão barata. Porém, esses ricos recursos de nada servem sem a visão do artista ou designer que os controla. Existe a sensação de que há cinquenta anos era mais fácil projetar uma capa que atraísse a atenção, já que a competição era menor – oferecida não só por outros livros, como por todas as outras formas de estímulo visual.

A ciência do marketing e da comercialização de livros para criança certamente evoluiu desde a época de John Newbery, mas felizmente ainda existe espaço para abordagens variadas, como qualquer visita a uma livraria deixará claro. Muitas capas e estilos de encadernação antigos ainda podem ser encontrados entre os novos títulos, mostrando como o palpite inspirado do passado gerou muitas vezes uma fórmula vencedora. A capa pode parecer um acessório insignificante para o conteúdo da obra propriamente dito, ou um mero fetiche de colecionador que supervaloriza o objeto raro sem levar em conta o entendimento histórico. Contudo, pode ser uma obra admirável, com significado próprio. Isso torna as capas algo digno de ser apreciado e analisado, tanto no passado como no futuro.

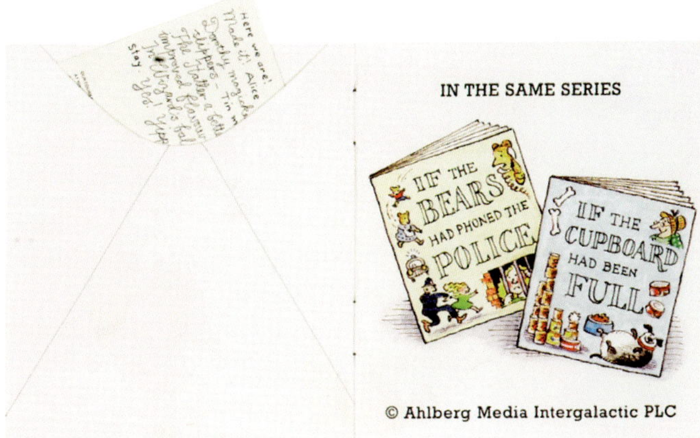

↑ ***If The Tyre Had Not Been Flat***
[Se o pneu não estivesse furado]
Allan Ahlberg (autor), Janet Ahlberg (ilustradora). Londres: William Heinemann, 1995. 96 x 96 mm
Este livrinho é a inserção final solta em *O carteiro chegou*, de Ahlberg. Com a pequena escala de um *chapbook* tradicional, ele faz uso de referências frívolas a outras histórias segundo uma longa tradição na história da edição de livros para criança. A abertura final apresenta as capas de outros livros imaginários da "mesma série" como um modo familiar de terminar um livro e sugere outras reescrituras de histórias tradicionais. O livrinho imita o livro-pai e tem seu próprio envelope de bolso, que contém um cartão-postal da Alice de Lewis Carroll e da Dorothy de Frank Baum.

BIBLIOGRAFIA

GERAL

ALDERSON, Brian. *Sing a Song for Sixpence, The English Picture Book Tradition and Randolph Caldecott*. Cambridge: Cambridge University Press em associação com a British Library, 1986.

BLAND, David. *A History of Book Illustration*. Londres: Faber & Faber, 1958.

BRITISH COUNCIL. *Magic Pencil, Children's Book Illustration Today* (selecionadas por Quentin Blake com ensaio de Joanna Carey). Londres: The British Council, 2002.

CARPENTER, Humphrey. *Secret Gardens, A Study of the Golden Age of Children's Literature*. Londres: Allen & Unwin, 1985.

CARPENTER, Humphrey & Mari PRICHARD. *The Oxford Companion to Children's Literature*. Oxford: Oxford University Press, 1984.

CARTER, James. *Talking Books: Children's Authors talk about the craft, creativity and process of writing*. Londres/Nova York: Routledge, 1999.

CONNOLLY, Joseph. *Children's Modern First Editions: their value to collectors*. Londres: Macdonald Orbis, 1988.

COTT, Jonathan. *Pipers at the Gates of Dawn, The Wisdom of Children's Literature*. Londres: Viking, 1984.

CROUCH, Marcus. *Treasure Seekers and Borrowers: Children's Books in Britain 1900-1960*. Londres: The Library Association, 1962.

DALBY, Richard. *The Golden Age of Children's Book Illustration*. Londres: Michael O'Mara Books Ltd., 1991.

DARLING, Howard. *From Mother Goose to Dr. Seuss, Children's Book Covers 1860-1960*. San Francisco: Chronicle Books, 1999.

DARTON, F. J. Harvey (rev. Brian Alderson). *Children's Books in England: Five Centuries of Social Life*. 3. ed. rev. Londres: The British Library, 1995.

EGOFF, Sheila et. al (eds.) *Only Connect. Readings on Children's Literature*. Toronto/Nova York: Oxford University Press, 1980.

EYRE, Frank. *20th Century Children's Books*. Londres: Longmans, Green & Co. para British Council, 1952; expandido como *British Children's Books in the Twentieth Century*. Londres: Longman, 1971.

FELMINGHAM, Michael. *The Illustrated Gift Book*. Aldershot: Scholar Press, 1988.

HEARN, Michael Patrick; Tinckett CLARK & H. Nichols B. CLARK. *Myth, Magic, and Mystery, One Hundred Years of American Children's Book Illustration*. Boulder: Roberts Rinehart Publishers em associação com The Chrysler Museum of Art, Norfolk, Virgínia, 1996.

HORNE, Alan. *The Dictionary of 20th Century British Book /Illustrators*. Woodbridge: Antique Collectors' Club, 1994.

HUNT, Peter (ed.). *Children's Literature, an illustrated history*. Oxford/Nova York: Oxford University Press, 1995.

HÜRLIMANN, Bettina. *Three Centuries of Children's Books in Europe*, trad. Brian Alderson. Londres: Oxford University Press, 1967.

JACQUES, Robin. *Illustrators at Work*. Londres: Studio Books, 1963.

KINGMAN, Lee; Joanna FOSTER & Ruth Giles LONTOFT (comp.). *Illustrators of Children's Books, 1957-1966*. Boston: The Horn Book Inc., 1968.

KIRKPATRICK, David L. (ed.). *Twentieth Century Children's Writers*. Londres: Macmillan, 1978 (e edições subsequentes).

LEWIS, John. *The Twentieth Century Book*. Londres: Studio Vista, 1967.

MAHONY, Bertha E.; Louise Payson LATIMER & Beulah FOLMSBEE. *Illustrators of Children's Books 1744-1945*. Boston: The Horn Book Inc., 1947.

MCLEAN, Ruari. *Victorian Book Design and Colour Printing*. Londres: Faber & Faber, 1972.

_____. *Victorian Publishers' Book-Bindings in Paper*. Londres: Gordon Fraser, 1983.

MARTIN, Douglas. *The Telling Line, Essays on Fifteen Contemporary Book Illustrators*. Londres: Julia MacRae Books, 1989.

HORN BOOK PAPERS SERIES, publicada por The Horn Book Inc., Boston:

Nº 1: MILLER, Bertha Mahony & Elinor Whitley FIELD (eds.), *Newbery Medal Books 1922-1955* [1955].

Nº 2 MILLER, Bertha Mahony & Elinor Whitley FIELD (eds.), *Caldecott Medal Books: 1938-1957* [1957].

KINGMAN, Lee (ed.). *Newbery and Caldecott Medal Books: 1956-1965* [1965]; *Newbery and Caldecott Medal Books: 1966-1975* [1975]; *Newbery and Caldecott Medal Books: 1976-1985* [1985].

MUIR, Percy. *English Children's Books*. 4ª reimp. Londres: B. T. Batsford Ltd., 1985.

OPIE, Iona & Peter. *A Nursery Companion*. Oxford: Oxford University Press, 1980.

OPIE, Iona; Robert & Brian ALDERSON. *The Treasures of Childhood: Books, Toys and Games from the Opie Collection*. Londres: Pavilion Books Ltd., em associação com Michael Joseph, 1989.

REYNOLDS, Kimberley & Nicholas TUCKER (eds.) *Children's Book Publishing in Britain since 1945*. Aldershot: Scolar Press, 1998.

RUSTIN, Margaret & Michael. *Narratives of Love and Loss: Studies in Modern Children's Fiction* (rev.). Londres/Nova York: H. Karnac, 2001.

SMITH, Lillian H. *The Unreluctant Years*. Chicago: The American Library Association, 1953.

TORONTO PUBLIC LIBRARY (The Osborne Collection of Early Children's Books). *Plain and Fancy. An Exhibition of Book Covers and Bindings*, 2001. Catálogo.

TOWNSEND, John Rowe. *Written for Children*. 6ª ed. Londres: The Bodley Head, 1995.

VIGUERS, R.H.; Marcia DALPHIN & Bertha Mahoney MILLER. *Illustrators of Children's Books 1946-1956*. Boston: The Horn Book, 1958.

WHALLEY, Joyce Irene & Tessa Rose CHESTER. *A History of Children's Book Illustration*. Londres: John Murray com Victoria and Albert Museum, 1988.

ZIPES, Jack. *Sticks and Stones: The Troublesome Success of Children's Literature from Slovenly Peter to Harry Potter*. Londres: Routledge, 2001.

MONOGRAFIAS

ALDERSON, Brian. *Edward Ardizzone, a Bibliographic Commentary.* Pinner: The Private Libraries Association, 2003.

______. *Ezra Jack Keats: Artist and Picture-Book Maker.* Gretna: Pelican Publishing Company, v. 1, 1994; v. 2, 2002.

AVERY-QUASH, Susanna. "The Most Beautiful Delightful Wonderful Fairy Tale Books, All Printed with Pictures", in *The Contribution of Henry Cole's Home Treasury Series to Children's Books.* Toronto: Toronto Public Library, 1997.

CECIL, Mirabel. *Sebastian Walker 1942-91: A Kind of Prospera*. Londres: Walker Books, 1995.

HALE, Kathleen. *A Slender Talent*. Londres: Frederick Warne, 1998.

HAMMOND, Wayne G. *Arthur Ransome, a Bibliography*. Winchester/New Castle Delaware: Oak Knoll Press, 2000.

HUGHES, Shirley. *A Life Drawing, Recollections of an Illustrator*. Londres: The Bodley Head, 2002.

LANES, Selma G. *The Art of Maurice Sendak*. Nova York: Harry N. Abrams Inc., 1980.

SMITH, Brian. *Rupert: The Rupert Bear Dossier*. Londres: Hawk Books, 1997.

THEROUX, Alexander. *The Strange Case of Edward Gorey*. Seattle: Fantagraphics Books, 2000.

WHITE, Gabriel. *Edward Ardizzone*. Londres: The Bodley Head, 1979.

ARTIGOS

CARRINGTON, Noel. "A Century for Puffin Picture Books", in *Penrose Annual*, v. 51, 1957, pp. 62-64.

LOCK, Margaret. "Bindings on Nineteenth Century Children's Books", in *Canadian Bookbinders and Book Artists' Guild Newsletter*, inverno 2002, pp. 3-15.

THOMAS, David. "Children's Book illustration in England", in *Penrose Annual*, v. 56, 1962, pp.67-74.

ÍNDICE REMISSIVO

OS NÚMEROS DE PÁGINA EM *ITÁLICO* SE REFEREM A ILUSTRAÇÕES.

CRÉDITOS DAS IMAGENS

A Mitchell Beazley gostaria de agradecer às editoras creditadas ao lado de cada capa de livro ilustrada, que gentilmente concederam permissão para publicar imagens protegidas por *copyright*. Em alguns casos, a propriedade dos direitos autorais mudou desde a edição original, e gostaríamos de reconhecer e agradecer também às pessoas e editoras creditadas a seguir, que forneceram material ou concederam permissão. Nos casos em que não conseguimos entrar em contato com os detentores do *copyright*, ficaríamos felizes em receber quaisquer informações relativas à propriedade de imagens protegidas que não tenham sido reconhecidas aqui.

Agradecemos em especial a Jo Ann Reisler e a seu marido, e à Stella and Rose's Books, por fornecerem gentilmente imagens de suas coleções e informações valiosas. Agradecemos também a Leonora e Anne Excell, da Bookmark Children's Books; Don e Sue Gallagher, da Gallagher Collection; e Sue Bell, da Green Meadows Books, por fornecerem gentilmente imagens e livros de suas coleções.

LEGENDA **t** topo **b** base **e** esquerda **c** centro **d** direita **OPG** Octopus Publishing Group

James Wall-Wild, Books by Netsifters 100 c HarperCollins Inc; Ruth Allen da Bufo Books, Hampshire 44 c The Random House Group Ltd; Cotsen Children's Library. Departmento de Livros Raros e Coleções Especiais. Princeton University Library 85 td © 1951, renovado 1979 por Random House Inc. Usado por permissão de Golden Books, um selo da Random House Children's Books, divisão da Random House Inc, 89 td Harcourt Inc, 95 b; Sue Bell, Green Meadow Books 44 t Hamlyn Books, 78 te, 79 te Hamlyn Books, td, be imagem da capa tal como tirada de *The Castle of Adventure* de Enid Blyton e ilustrado por Stuart Tresilian 1946, por permissão de Macmillan Children's Books, London & bd Sampson Low Ltd. Todas as capas de Enid Blyton por gentil permissão de Enid Blyton Ltd (A Chorion Company); Adrian Harrington Rare Books 81 be © C. S. Lewis 1950. Ilustrações de Pauline Baynes © C. S. Lewis Pte Ltd. Ilustrações reimpressas por permissão de C S Lewis & HarperCollins Publishers Ltd; OPG/Roger Dixon 5 HarperCollins Inc, 6 b, 7, 10 t, c, 11 t, c, b, 13 t Todas as imagens de Arthur Rackham são reproduzidas com a gentil permissão de sua família/The Bridgeman Art Library, 14 t, be, bd, 15 te, tc, td, be,16 t, be, bd, 17 te, td, be Sampson Low Ltd, bd, 19 t, be, bc, bd, 20 t The Orion Publishing Group, b The Random House Group Ltd, 21 ce The Random House Group Ltd, d Kingfisher Publications Plc, be Sampson Low Ltd, bd, 22 t, be, bd, 23 te, td capa de *An Alphabet* de William Nicholson (William Heinemann 1898) (c) Elizabeth Banks, be The Random House Group Ltd, bd por permissão de Sir Henry Brooke, 24 be *The Wind in the Willows* de Kenneth Grahame, ilustrado por E. H. Shepard. Prancha colorida da sobrecapa © 1959 E.H. Shepard, reproduzida por gentil permissão de Curtis Brown Ltd, Londres, bd, 25 te Egmont Books Ltd, td Todos os Direitos Reservados. Reproduzida por permissão de Scholastic UK Ltd, ilustração de capa de *Wild Wood* © Andrew Kulman 1993, be & bd Egmont Books Ltd, 26 t (c) Frederick Warne & Co 1908, be (c) Frederick Warne & Co 1902, bd (c) Frederick Warne & Co 1909, 27 te (c) Frederick Warne & Co 1905, td (c) Frederick Warne & Co 1908 & bd Illustration (c) Frederick Warne & Co 1930. Todas reproduzidas por permissão de Frederick Warne & Co, 28 t, b, 29 te, td, be, bd reprodução permitida cortesia de Bloomsbury Publications Plc. Ilustração (c) John Bendall-Brunello, 30 t, be, bc reproduzida por permissão de Frederick Warne & Co, bd, 31 te reproduzida por permissão de Frederick Warne & Co, td, be, bc, 32 te, td reproduzidas por permissão de Frederick Warne & Co, c, b capa de *The Owl and the Pussycat* © 1991 Louise Voce. Reproduzida por permissão de Walker Books Ltd, Londres, 33 td, be imagem de capa tal como tirada de *The Hunting of the Snark* de Lewis Carroll e ilustrado por Henry Holiday 1876, por permissão de Macmillan Children's Books, Londres, bd *Alice's Adventures in Wonderland* ilustrado e resumido por Tony Ross, publicado por Andersen Press Ltd, Londres, 34 te & tc The Random House Group Ltd, b, 35 te, td, bd, 36 te, td, b, 37 te, td, c, bc, bd, 38, 40 b © The Estate of Cicely Mary Barker 1925, reproduzidas por permissão de Frederick Warne & Co, 41 t Bookmark Children's Books. Egmont Books Ltd, c, b, 42 c, b, 43 t Kingfisher Publications Plc, 43 b & 44 b Bookmark Children's Books. Kingfisher Publications Plc, 45 t, b Egmont Books Ltd, 46 t, c The Random House Group Ltd, b, 47 t Kingfisher Publications Plc, c, b Pearson Education, 48 t, b Coleção Particular, 49 te capa de *The Pirate Twins* de William Nicholson (Faber & Faber, 1929) © Elizabeth Banks, be, bd The Culture Archive, por gentil permissão de The Wanda Gág Estate, 50 t & b Hachette Jeunesse, 51 te, 51 td © Kathleen Hale 1949, c © Kathleen Hale 1942, be Bookmark Children's Books © Kathleen Hale 1939 & bd © Kathleen Hale 1952. Todas reproduzidas por permissão de Frederick Warne & Co, 53 td Sampson Low Ltd, be & bd Bookmark Children's Books. © Express Newspapers, 54 t, be, bd, 55 te, td The Lutterworth Press Ltd, be, bd, 56 t & be The Random House Group Ltd, bd, 57 t, be & bd The Random House Group Ltd, 58 t © 1937 Estate of Harold Jones, Walter de la Mare, ilustrado por Harold Jones, Faber & Faber, be © 1937 Estate of Harold Jones, M. E. Atkinson, ilustrado por Harold Jones, The Bodley Head/The Random House Group Ltd & bd © 1958 Estate of Harold Jones, William Blake, ilustrado por Harold Jones, permissões cedidas pelo Espólio do autor, 59 te, 59 td © 1947 Estate of Harold Jones, Faber & Faber & bl © 1961 Estate of Harold Jones, Charles Kingsley, ilustrado por Harold Jones, Gollancz/The Orion Publishing Group, permissões cedidas pelo Espólio do autor, 61 te © 1939 by Virginia Lee Burton, renovado em 1967 by Virginia Lee Demetrios. Reimpresso por permissão de Houghton Mifflin Company. Todos os direitos reservados, td Don & Sue Gallagher, The Gallagher Collection. De *Abraham Lincoln* (sobrecapa) por Ingri & Edgar Parin d'Aulaire. Usado por permissão de Random House Children's Books, divisão da Random House Inc, c & cl Bookmark Children's Books, bd, 62 © 1964 Estate of Edward Ardizzone, The Bodley Head/The Random House Group Ltd, permissão cedida pelo Espólio do autor, 64 t, b, 65 t, c, b The Random House Group Ltd, 66 t reproduzido por gentil permissão de SPCK, c, b, 67 t, b, 68 t, c, b, 69 t, c The Culture Archive, b The Culture Archive. Egmont Books Ltd, 70 b Egmont Books Ltd, 71 t, c, 72 t, c, b, 73 te, td, be, bd, 74 te, tc, td & b The Random House Group Ltd, 75 te, td, be, bd, 76 t © 1936 Estate of Edward Ardizzone, Oxford University Press, be © 1947 Estate of Edward Ardizzone, Noel Langley, ilustrado por Edward Ardizzone, & bd © 1948 Estate of Edward Ardizzone, Cecil Day Lewis, ilustrado por Edward Ardizzone, Putnam & Co, permissões cedidas pelo Espólio do autor, 77 te © 1963 Estate of Edward Ardizzone, Clive King, ilustrado por Edward Ardizzone, Penguin, td © 1965 Estate of Edward Ardizzone, Oxford University Press, cd © 1962 Estate of Edward Ardizzone, Brockhampton Press, be © 1967 Estate of Edward Ardizzone, Christianna Brand, ilustrado por Edward Ardizzone, Brockhampton Press & bd © 1974 Estate of Edward Ardizzone, Graham Greene, ilustrado por Edward Ardizzone, The Bodley Head/The Random House Group Ltd, permissões cedidas pelo Espólio do autor, 78 td Bookmark Children's Books, be & bd reproduzida por gentil permissão de Enid Blyton Ltd (uma empresa Chorion), 80 t The Orion Publishing Group, be Harcourt Inc, bd, 81 te ilustrações de Pauline Baynes © C. S. Lewis Pte Ltd, td Bookmark Children's Books. Ilustrações de Pauline Baynes © C. S. Lewis Pte Ltd. The Random House Group Ltd & bd Ilustrações de Pauline Baynes © C. S. Lewis Pte Ltd, ilustrações reproduzidas por permissão, 82 t © 1941, renovado 1969 by Robert McCloskey. Usadas por permissão de Viking Penguin, uma divisão de Penguin Young Readers Group, membro do Penguin Group (USA) Inc. Todos os direitos reservados, 83 be & bd HarperCollins Inc, 84 t, b Egmont Books Ltd, 87 td © Albert Lamorisse 1957, reimpressa por permissão de HarperCollins Publishers Ltd, be & bd The Random House Group Ltd. 88 t, be, bd por gentil permissão de Sort of Books, 89 be © 1956 by Random House Inc, renovado 1984 by Random House Inc. Usado por permissão de Golden Books, selo da Random House Children's Books, uma divisão da Random House Inc, bd, 90 t Egmont Books Ltd, be traduzido por Doris Orgel, copyright by Doris Orgel, por permissão de Alfred A Knopf, selo da Random House Children's Books, uma divisão da Random House Inc, bd The Random House Group Ltd, 91 t Bookmark Children's Books. The Random House Group Ltd, cl & cr The Random House Group Ltd, b HarperCollins Inc, 94 t Ivan Chermayeff, c The Random House Group Ltd, 95 t Bookmark Children's Books, 96 t, b, 97 t, c, b The Random House Group Ltd, 98 t HarperCollins Inc, b Egmont Books Ltd, 99 t & c Bookmark Children's Books. Capas tiradas de *The Church Mouse* 1972 & *The Church Cat Abroad* 1972 by Graham Oakley, por permissão de Macmillan Children's Books, Londres, b, 100 t por gentil permissão de Shirley Hughes, 101 c por gentil permissão de Shirley Hughes, 102 t, be, bc, 103 te, td por gentil permissão de Shirley Hughes, be, bd, 104 1, td & bd © Ladybird Books Ltd, 105 te © Ladybird Books Ltd 1960, td c © Ladybird Books Ltd 1966, be © Ladybird Books Ltd 1958 & bd © Ladybird Books Ltd 1963. Todas reproduzidas por permissão de Frederick Warne & Co, 106 t, cl capa de *The White Land* © Raymond Briggs (Hamish Hamilton 1972), be capa de *Father Christmas* © Raymond Briggs (Hamish Hamilton 1973) & bd capa de *The Snowman* © Raymond Briggs (Hamish Hamilton 1978). Reimpressa por permissão de The Penguin Group (UK), 107 te, td, be & bd The Random House Group Ltd, 108 te © 1972 de James Marshall & be ilustrações © 1981 by James Marshall. Reimpressas por permissão de Houghton Mifflin Company. Todos os direitos reservados, 108 td The Random House Group Ltd & bd/AP Watt Ltd em nome de Quentin Blake, 109 te The Random House Group Ltd & td por permissão de Klutz/AP. Watt Ltd em nome de Quentin Blake, 109 be, bd por gentil permissão de Alison & Busby Ltd, Londres, 110 t, b The Random House Group Ltd, 111 te Egmont Books Ltd, td, be HarperCollins Inc, bc © 1975 Diogenes Verlag AG Zurich, bd, 112 t capa de The Better Brown Stories © Allan Ahlberg (Viking, 1995) & be capa de Each Peach Pear Plum © Janett & Allan Ahlberg (Kestrel Books, 1978), reimpressa por permissão de The Penguin Group (UK), bc & bd Egmont Books Ltd, 114 te, tc, td & bd reproduzida por gentil permissão de Diana Boston,

115 te © Alan Garrner 1966, be © Alan Garner 1960 & bd © Alan Garner 1973, reimpressas por permissão de HarperCollins Publishers Ltd, 116 be, bd Arte de sobrecapa de Murray Tonkelman, © 1974 by The Viking Press Inc, ilustração de sobrecapa, de Midnight is a Place de Joan Aiken. Usada por permissão de Viking Penguin, uma divisão da Penguin Young Readers Group, membro do Penguin Group (USA) Inc. Todos os direitos reservados, 117 td The Random House Group Ltd, be & bc Bookmark Children's Books. The Random House Group Ltd, bd A Necklace of Raindrops © Jan Pieńkowski © 1964, renovado 1992 by Roald Dahl Nominee Ltd, por permissão de Alfred A. Knopf, selo da Random House Children's Books, uma divisão da Random House Inc, be © Roald Dahl 1967, reimpressa por permissão de HarperCollins Publishers Ltd, bd, 119 te © Roald Dahl 1967. Reimpressa por permissão de HarperCollins Publishers Ltd, td Bookmark Children's Books. Texto © 1970, renovado 1998 by Roald Dahl Nominee Ltd. Ilustrações © 1970 by Donald Chaffin, por permissão de Alfred A. Knopf, selo da Random House Children's Books, uma divisão da Random House Inc, be & bc Bookmark Children's Books. The Random House Group Ltd, bd A. P. Watt Ltd em nome de Quentin Blake, 120 Beware of the Storybook Wolves de Lauren Child. Reimpressa por permissão de Hodder & Stoughton Ltd, 122 t Egmont Books Ltd, b ilustração da capa © 1989 Dom Mansell de Judy The Bad Fairy escrito por Martin Waddell & 123 t capa de Five Minutes' Peace © 1988 Jill Murphy, reproduzida por permissão de Walker Books, Londres, c © A & C Black Publishers Ltd, b © Rodney Peppé, 124 t © Lynne Reid Banks 1981, reimpressas por permissão de HarperCollins Publishers Ltd, c capa de The Dancing Class © 1983 Helen Oxenbury. Reproduzida por permissão de Walker Books Ltd, b capa de Princess Smartypants © Babette Cole (Puffin, 1996), reimpressa por permissão de The Penguin Group (UK), 125 t I Want My Potty de Tony Ross, publicado por Andersen Press Ltd, Londres, c When Sheep Cannot Sleep: The Counting Book de Satoshi Kitamura, reproduzida por permissão de Andersen Press Ltd, Londres, b The Random House Group Ltd, 126 t © 1973 by David Macaulay. Reimpressa por permissão de Houghton Mifflin Company. Todos os direitos reservados, c capa de Stephen Biesty's Incredible Cross-Sections (Dorling Kindersley, 1992), © 1992 Dorling Kindersley Ltd, b capa de Black Maria de Diana Wynne-Jones © Chris Riddell 1991. Egmont Books Ltd, 127 t, c ilustração da capa © 1998 Tony Ross de The Devil and his Boy escrito por Anthony Horowitz. Reproduzida por permissão de Walker Books Ltd & b reprodução cortesia de Bloomsbury Publications Plc, ilustração © Edward Gorey, 128 t & c The Random House Group Ltd, b ilustração da capa de M.O.L.E. © Jan Pieńkowski 1993, escrito por Russell Hoban (Walker Books), 129 t, c, b reprodução cortesia de Bloomsbury Publications Plc, design da capa © Nathan Burton, 130 t The Random House Group Ltd & b ilustração da capa © 1990 Nicola Bayley tirada de The Mousehole Cat escrito por Antonia Barber. Reproduzida por permissão de Walker Books Ltd, Londres, 131 te, td The Random House Group Ltd, be, bd, 132 te ilustração © ThomasTaylor & td Fotografia © Winston Link, reprodução cortesia de Bloomsbury Publications Plc, bd Todos os direitos reservados. Reproduzidas por permissão de Scholastic UK Ltd, 133 te Todos os direitos reservados. Reproduzidas por permissão de Scholastic UK Ltd. Mortal Engines. Ilustração da capa © David Frankland 2001, be Egmont Books Ltd, td © Lemony Snicket & bd © Loney M Setnick 2002, reimpressas por permissão de HarperCollins Publishers Ltd, 134 t © 2002 by Simms Taback. Usada por permissão de G P Putnam's Sons, uma divisão do Penguin Young Readers Group, membro do Penguin Group (USA) Inc, be, bd Square, Triangle, Round, Skinny © 2002 Vladimir Radunsky. Reproduzida por permissão de Walker Books Ltd, Londres, 135 t & b Egmont Books Ltd, 144; OPG/Ken Adlard 31 bd Estate of Rex Whistler 2003. Todos os direitos reservados, DACS., 34 td The Random House Group Ltd, 86 td Todos os direitos reservados. Reproduzida por permissão de Scholastic UK Ltd. Madeline. Ilustração da capa © Ludwig Bemelmans 1938, 87 te, 113 td Haunted House © Jan Pieńkowski 1979 (Heinemann); OPG/Henry Sotheran Ltd 70 c © Michael Bond 1958. Reimpressa por permissão de HarperCollins Publishers Ltd; OPG 113 b Meg & Mog © Jan Pieńkowski 1975 (Puffin); Cortesia de Friends of the Osborne and Lillian H Smith Collections and The Osborne Collection of Early Children's Books, Toronto Public Library 12 b; Cortesia de The Osborne Collection of Early Children's Books, Toronto Public Library 6 t, 8, 10 b/Doação de Elizabeth Budd Bentley à Osborne Collection of Early Children's Books, Toronto Public Library, 15 bd, 18 t, b, 33 te Todas as imagens de Arthur Rackham são reproduzidas com a gentil permissão de sua família/The Bridgeman Art Library, 42 t Kingfisher Publications Plc, 52 t, be & bd Ilustrações a traço de E. H. Shepard copyright sob a Convenção de Berna/reproduzidas pela gentil permissão de Curtis Brown Ltd, London; The Random House Group Ltd 92, 94 b, 101 b por gentil permissão de Shirley Hughes, 116 t,117 te imagens fornecidas por The Random House Group Ltd e reproduzidas por permissão; Jo Ann Reisler e seu marido 3 HarperCollins Inc, 12 t, 13 b HarperCollins Inc, 27 be (c) Frederick Warne & Co. 1906, reproduzidas por permissão de Frederick Warne & Co., 40 t, c, 49 td, 60t © 1934 by Ludwig Bemelmans renovado 1962. Usada por permissão de Viking Penguin, uma divisão do Penguin Young Readers Group, membro do Penguin Group (USA) Inc, be © 1936 by Munro Leaf e Robert Lawson, renovado © 1964 by Munro Leaf e John W Boyd. Usada por permissão de Viking Penguin, uma divisão do Penguin Young Readers Group, membro do Penguin Group (USA) Inc, bd, 82 be HarperCollins Inc, 83 td HarperCollins Inc, 85 te copyright TM & © by Dr. Seuss Enterprises, LP 1940, renovado 1968, por permissão de Random House Children's Books, uma divisão da Random House Inc, be © 1957 by Dr Seuss. Copyright renovado 1985 by Theodor S. Geisel & Audrey S. Geisel, por permissão de Random House Inc, 86 be, bd © 1951, 1953 by Ludwig Bemelmans, renovado © 1979, 1981 by Madeleine Bemelmans e Barbara Marciano. Usadas por permissão da Viking Penguin, uma divisão do Penguin Young Readers Group, membro do Penguin Group (USA) Inc, 89 te, 100 b, 101 t; Royal Library, National Library of Sweden 70 t; Sotheby's 13 c, 24 t Egmont Books Ltd, 32 cl; Stella and Rose's Books of Tintern, Monmouthshire and Hay-On-Wye, Herefordshire 52 c ilustração da capa © E. H. Shepard, reproduzida por gentil permissão de Curtis Brown Ltd, Londres, 53 te © Express Newspapers, 71 b © Hergé/Moulinsart 2003, 82 bd The Random House Group Ltd, 83 te © Margaret Wise Brown 1992, reimpressas por permissão de HarperCollins Publishers Ltd, 85 bd © 1962, renovado 1990 by Random House Inc. Usada por permissão de Golden Books, selo da Random House Children's Books, uma divisão da Random House Inc, 95 c, 113 c Snow White: The Jan Pieńkowski Fairy Tale Library © Jan Pieńkowski 1977 (William Heinemann with Gallery Five) 122 c ilustração da capa © 1986 Jonathan Heale de Tibber escrito por William Mayne. Reproduzida com permissão de Walker Books Ltd, Londres.

AGRADECIMENTOS

A meus netos: Oliver, Richard, Agnes, Imogen, Stephen e William.

Nota do autor e agradecimentos

Deve-se oferecer ao leitor uma explicação dos princípios de seleção de obras usados em livros deste tipo. A gama de enfoques possíveis é vasta, e a primeira decisão tomada foi que o livro deveria combinar exemplos ingleses e norte-americanos, com uma pequena representação de europeus. Muito mais obras da Europa continental poderiam ter sido justificadamente incluídas, mas o aprofundamento em outras áreas teria diminuído e a Europa em si pode constituir outro levantamento. Embora a história abranja da década de 1770 ao presente, o período anterior a 1914 foi um tanto comprimido, em relação às décadas posteriores, com o objetivo de aproximar os exemplos da experiência com livros infantis da maioria dos leitores.

Dentro desse campo cronológico e geográfico, ao menos três abordagens se ofereciam. As seleções poderiam ser feitas primariamente com base na qualidade, com o intuito de representar a história da edição e da produção de livros; ou de mostrar os projetos encontrados nas capas de livros dos melhores autores, independentemente da sua qualidade. O que resultou foi uma mistura de cada abordagem, com um viés para favoritos pessoais e um gosto pelo estranho e incomum. Estou ciente de que há muitas lacunas em todos os aspectos, e peço desculpas aos leitores que sentirem falta de artistas, autores ou livros que valorizam. Não seria possível incluir tudo, mesmo que pudéssemos obter imagens dentro do cronograma e das restrições de um orçamento muito generoso.

De certa maneira, as sobrecapas e capas de livro são áreas subexploradas porque é difícil encontrar exemplos. As bibliotecas de referência, das quais se dependeria para o fornecimento de livros para estudo, normalmente não conservam as sobrecapas soltas. Embora o design dessas sobrecapas seja considerado por muitas bibliotecas parte da encadernação dos livros infantis, isso ocorre com menor frequência nos exemplos da metade do século XX. Uma exceção à regra é a Osborne and Lilian H. Smith Collection of Children's Books da Toronto Public Library, onde as sobrecapas são valorizadas como devem ser. Sou grato à bibliotecária, Leslie McGrath, e à sua equipe por me ajudarem durante uma visita breve demais. No mais, foi necessário contar com a gentileza de colecionadores e vendedores. Fomos muito felizes nesse aspecto, e a maioria dos livros veio de uma única fonte, suplementada por outras requisições específicas respondidas com grande rapidez e cortesia por parte dos envolvidos.

As dimensões dos livros foram fornecidas, já que as escalas relativas em que eles são reproduzidos não são coerentes. A altura é informada antes da largura, e esta última é a medida geral do livro, que em alguns casos foge a uma medição precisa. Tais dimensões devem, portanto, ser tratadas como indicativas. Os detalhes de edição foram fornecidos da forma mais completa que nos pareceu apropriada a um levantamento geral deste tipo, mas em alguns casos há outros níveis de complexidade que exigiram maior elucidação.

Sou grato a Brian Alderson, uma das mais eminentes autoridades em História e crítica de livros infantis, por sua ajuda e aconselhamento sobre diversas questões. Quaisquer deficiências na seleção, erros factuais ou interpretações duvidosas são meus, mas sem ele teria havido muito mais. Por fim, sou muito grato à equipe da editora Mitchell Beazley que trabalhou neste livro, em especial a Emily Asquith e Emma O'Neill, e a Roger Dixon, que fez a maioria das fotografias.

AP

Primeira edição publicada no Reino Unido, sob o título *Children's Book Covers*, por Mitchell Beazley, impressor de Octopus Publishing Group Ltd 2-4 Heron Quays, Docklands, London E14 4 JP

Coordenação editorial ISABEL LOPES COELHO
Capa e composição LUCIANA FACCHINI
Preparação CANDOMBÁ
Revisão CLÁUDIA CANTARIN e REGINA PEREIRA
Revisão técnica RENATA NAKANO

Nesta edição, respeitou-se o novo Acordo Ortográfico da Língua Portuguesa

1ª reimpressão, 2011

Dados Internacionais de Catalogação na Publicação (CIP)
(Câmara Brasileira do Livro, SP, Brasil)

Powers, Alan [1955-]
Era uma vez uma capa: Alan Powers
Tradução: Otacílio Nunes
Título original: *Children' Book Covers*
São Paulo: Cosac Naify, 2008.
144 pp., 403 ils.

Bibliografia
ISBN 978-85-7503-688-4

1. Capas de livros – Estados Unidos – História – Século XX
2. Capas de livros – Grã-Bretanha – História – Século XX
3. Livros ilustrados para criança – Estados Unidos – História – Século XX 4. Livros ilustrados para criança – Grã-Bretanha – História – Século XX 5. Sobrecapas de livros – Estados Unidos – História – Século XX 6. Sobrecapas de livros – Grã-Bretanha – História – Século XX I. Título.

08-00992 CDD-741.642

Índices para catálogo sistemático:
1. Livros para criança: Capas e sobrecapas: Design gráfico 741.642

COSAC NAIFY
Rua General Jardim, 770, 2º andar
01223-010 São Paulo SP
Tel. [55 11] 3218 1444
cosacnaify.com.br

Atendimento ao professor [55 11] 3218 1473

FONTE The Sans
PAPEL Matt Artpaper 157 g/m²
TIRAGEM 4 000
Impresso na China

HISTÓRIA E CRÍTICA DE LITERATURA INFANTIL NA COSAC NAIFY

(2010)
Crítica, teoria e literatura infantil
Peter Hunt

(2011)
Para ler o livro ilustrado
Sophie Van der Linden